btb

Ragnar Jónasson

# BLINDES EIS

Thriller

*Aus dem Englischen*
*von Helga Augustin*

btb

Die isländische Originalausgabe erschien 2012 unter dem Titel »Róf« bei Veröld, Reykjavík, und 2017 unter dem Titel »Blindes Eis« erstmals auf Deutsch bei S. Fischer, Frankfurt am Main.



MIX
Papier | Fördert gute Waldnutzung
FSC® C014496
FSC
www.fsc.org

Penguin Random House Verlagsgruppe FSC® N001967

1. Auflage
Wiederveröffentlichung Oktober 2022

Umschlaggestaltung: semper smile, München
Umschlagmotiv: © Getty images / Andre Schoenherr; Jaris Ho;
© Shutterstock / Songchai W; railway fx; © masterfile / erectus
Satz: GGP Media GmbH, Pößneck
Druck und Einband: GGP Media GmbH, Pößneck
mb · Herstellung: sc
Printed in Germany
ISBN 978-3-442-77216-2

www.btb-verlag.de
www.facebook.com/btbverlag

*Dieses Buch ist dem Andenken*
*meiner Großeltern,*
*Þ. Ragnar Jónasson (1919–2003)*
*und Guðrún Reykdal (1922–2005),*
*gewidmet*

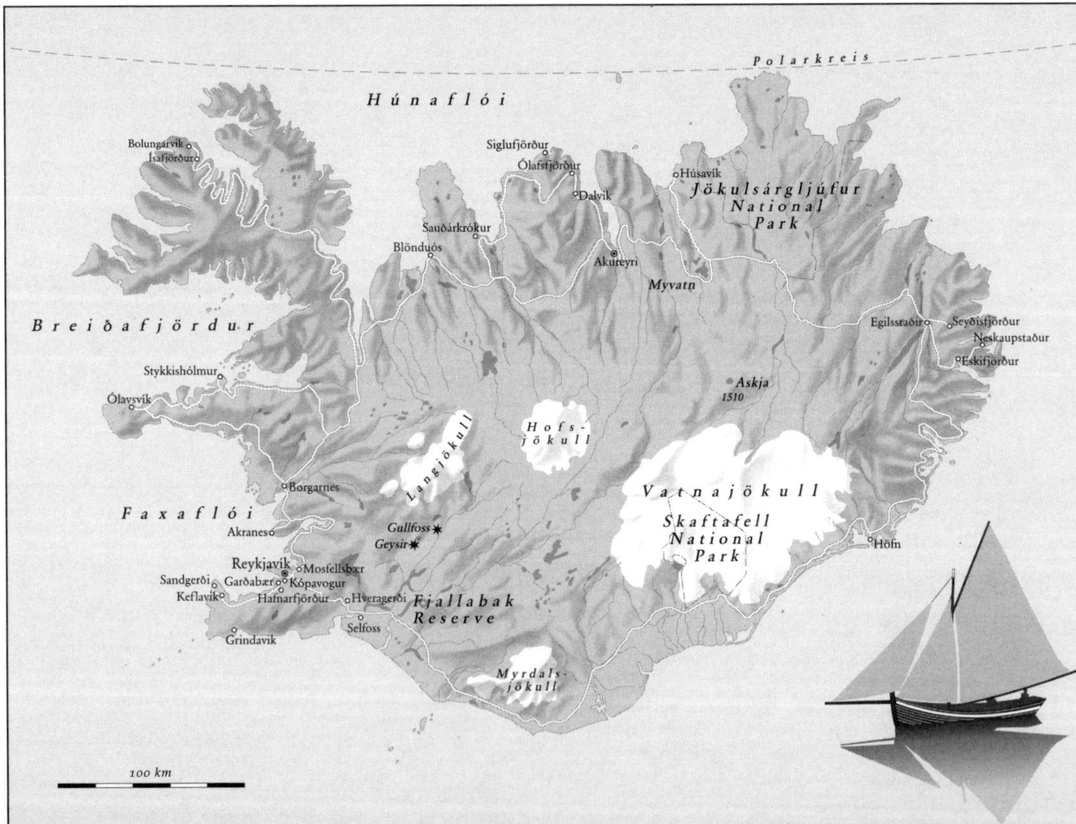
Polarkreis
Húnaflói
Breiðafjördur
Faxaflói
Bolungarvik
Ísafjörður
Siglufjörður
Ólafsfjörður
Dalvik
Húsavík
Jökulsárgljúfur National Park
Sauðárkrókur
Blönduós
Akureyri
Myvatn
Egilsstaðir
Seyðisfjörður
Neskaupstaður
Eskifjörður
Stykkishólmur
Ólavsvík
Askja
1510
Hofsjökull
Langjökull
Vatnajökull
Skaftafell National Park
Höfn
Borgarnes
Akranes
Gullfoss
Geysir
Reykjavík
Mosfellsbær
Sandgerði
Garðabær
Kópavogur
Keflavík
Hafnarfjörður
Hveragerði
Fjallabak Reserve
Selfoss
Grindavík
Myrdalsjökull
100 km

»… Das Leben am Héðinsfjörður war niemals einfach gewesen, und jede Art von Kommunikation mit den Nachbarn war mit großen Schwierigkeiten verbunden. Im Winter war die Küste, an der es keinen Hafen gab, auf dem Seeweg oft nicht erreichbar, und das Überqueren der schneebedeckten Berge war stets risikoreich.«

*Siglufjörður Stories*, von Þ. Ragnar Jónasson *(1919–2003)*

# 1. Kapitel

Es war ein ganz gewöhnlicher Abend, den er ausgestreckt auf dem Sofa verbrachte.

Sie wohnten in der Ljósvallagata an der westlichen Stadtgrenze von Reykjavík, in einer kleinen Erdgeschosswohnung im mittleren von drei antiquierten Reihenhäusern aus den 1930er Jahren. Róbert setzte sich auf, rieb sich die Augen und sah aus dem Fenster in den kleinen Vorgarten. Es dämmerte schon. Jetzt im März musste man mit jedem Wetter rechnen, und im Moment regnete es. Doch er saß behaglich in den eigenen vier Wänden, und da hatte das Prasseln der Tropfen an den Fensterscheiben etwas Beruhigendes.

An der Uni lief es gar nicht so schlecht. Er studierte im ersten Jahr Ingenieurwesen und gehörte mit seinen achtundzwanzig Jahren schon zu den älteren Semestern. Der Umgang mit Zahlen hatte ihm schon immer Spaß gemacht. Seine Eltern, beide Buchhalter, wohnten in Uptown Reykjavík, in Árbær. Die Beziehung zu ihnen war schon immer schwierig gewesen, doch jetzt war der Kontakt fast ganz abgebrochen – sein Lebensstil entsprach einfach nicht ihren Vorstellungen. Es war durchaus okay gewesen, dass sie versucht hatten, ihm ein Buchhalterleben schmackhaft zu machen, doch er wollte seinen eigenen Weg gehen.

Jetzt war er schließlich doch noch an der Universität gelandet, aber das wussten sie nicht einmal. Er versuchte, sich ganz auf sein Studium zu konzentrieren, doch er war in letzter Zeit mit den Gedanken oft in den Westfjorden. Dort besaß er zusammen mit ein paar Freunden ein kleines Boot, weshalb er sehnsüchtig auf den Sommer wartete. Draußen auf dem Meer war es so einfach, alles zu vergessen – das Gute wie das Schlechte. Das Schaukeln des Bootes wirkte wie ein Tonikum gegen Stress, und seine Lebensgeister erwachten in der vollkommenen Stille auf dem Wasser. Ende des Monats wollte er schon mal hinfahren, um das Boot wieder fit zu machen. Für seine Freunde war der Trip in die Fjorde ein willkommener Vorwand, um auf Sauftour zu gehen. Aber nicht für Róbert. Er war seit zwei Jahren trocken – eine absolut notwendige Abstinenz nach den jahrelangen Trinkexzessen, die mit den Ereignissen jenes verhängnisvollen Tags vor acht Jahren begonnen hatten.

*Es war ein wunderschöner Tag. Kaum ein Lüftchen wehte über das Spielfeld, die Sommersonne schien warm, und die Zuschauerränge waren gut gefüllt. Sie steuerten gerade auf einen überzeugenden Sieg gegen einen wenig überzeugenden Gegner zu. Er hatte schon eine Einladung fürs Training mit der nationalen Jugendmannschaft in der Tasche, und später im Sommer bestand die Aussicht auf ein Testtraining mit einem der norwegischen Spitzenteams. Von seinem Agenten wusste er, dass sogar einige Mannschaften der unteren englischen Ligen Interesse an ihm signalisiert hatten. Sein alter Herr war mächtig stolz auf ihn. Denn obwohl er selber einmal ein ziemlich guter Fußballspieler gewesen war, hatte er doch nie Chancen auf eine Profikarriere gehabt.*

*Die Zeiten hatten sich geändert, es gab heute mehr Möglichkeiten.*

*Es waren noch fünf Minuten zu spielen, als Róbert den Ball bekam. Er schaffte es am Verteidiger vorbei, hatte das Tor vor Augen und sah die Angst im Gesicht des Tormanns. Das Spiel lief in die gewohnte Richtung: Ein Fünf-zu-null-Sieg zeichnete sich ab.*

*Er sah den Angreifer nicht kommen, hörte nur das Knacken und spürte den höllischen Schmerz, als sein Bein an drei Stellen brach. Wie gelähmt blickte er hinab auf den offenen Bruch.*

Der Anblick hatte sich in sein Gedächtnis eingebrannt. Die Tage im Krankenhaus verbrachte er wie im Nebel, ohne je zu vergessen, dass der Arzt gesagt hatte, seine Chancen, jemals wieder Fußball zu spielen – zumindest als Profi –, wären gering. Also gab er das Spielen ganz auf und suchte Trost im Alkohol. Ein Drink folgte dem anderen, in wachsendem Tempo. Das Schlimmste aber war, dass sein Genesungsprozess schneller verlief, als der Arzt prognostiziert hatte. Der Bruch verheilte viel besser als erwartet, gleichwohl ließ sich die Zeit nicht mehr zurückdrehen, und der Traum von einer Fußballkarriere war für immer geplatzt.

Inzwischen lief es wieder besser. Es gab Sunna, und den kleinen Kjartan hatte er auch ins Herz geschlossen. Aber tief in seinem Inneren nisteten ein paar dunkle Erinnerungen, die hoffentlich nie ans Licht kommen würden.

* * *

Spät am Abend kam Sunna nach Hause und klopfte ans Fenster, um zu signalisieren, dass sie ihren Schlüssel vergessen hatte.

In ihren schwarzen Jeans und dem grauen Rollkragenpullover war sie schön wie immer. Ihr markantes Gesicht wurde von langem, rabenschwarz glänzendem Haar umrahmt, doch es waren ihre Augen gewesen, die ihn zuerst in Bann gezogen hatten, dicht gefolgt von ihrer tollen Figur. Sie war Tänzerin, und manchmal kam es ihm vor, als tanze sie durch ihre kleine Wohnung, statt zu gehen, jede Bewegung voller Anmut.

Er wusste, dass er großes Glück mit ihr hatte. Sie hatten sich auf der Geburtstagsparty eines gemeinsamen Freundes kennengelernt und sofort gut verstanden. Seit sechs Monaten waren sie ein Paar und vor drei Monaten zusammengezogen.

Sunna kam herein und drehte die Heizung hoch. Sie fror schneller als er.

»Es ist kalt draußen«, sagte sie. Tatsächlich drang frostige Luft ins Zimmer. Das große Wohnzimmerfenster war undicht, und an die ständige Zugluft konnte man sich nur schwer gewöhnen.

Ihr gemeinsames Leben war nicht einfach, doch allmählich wurde ihre Beziehung stabiler. Sie hatte ein Kind aus einer früheren Beziehung, den kleinen Kjartan, und focht mit dem Kindsvater, Breki, einen bitteren Sorgerechtsstreit aus. Fürs Erste hatten Breki und Sunna sich auf ein gemeinsames Sorgerecht geeinigt, und im Moment verbrachte Kjartan auch Zeit mit seinem Vater.

Doch jetzt hatte Sunna einen Anwalt eingeschaltet, um das alleinige Sorgerecht zu erwirken. Sie checkte zudem die Möglichkeit, ihre Tanzausbildung in Großbritannien fortzusetzen, was sie und Róbert aber noch nicht ausdiskutiert hatten. Beides würde Breki nicht kampflos hinnehmen, so dass sie wahrscheinlich vor Gericht endeten. Doch Sunna glaubte, gute Karten zu haben, dass Kjartan ihnen bald ganz allein gehörte.

»Setz dich, Schatz«, sagte Róbert. »Es gibt Pasta.«

»Hmm«, sagte sie und ließ sich auf dem Sofa nieder.

Róbert holte das Essen aus der Küche und brachte Teller, Gläser und einen Wasserkrug mit.

»Ich hoffe, es schmeckt«, sagte er. »Ich lerne noch.«

»Ich hab so großen Hunger, da schmeckt es auf jeden Fall.«

Er stellte Musik zum Relaxen an und setzte sich neben sie.

Sunna erzählte ihm von ihrem Tag – den Proben und dem Druck, unter dem sie stand. Sie war Perfektionistin und hasste es, Fehler zu machen.

Seine Pasta schmeckte nicht sensationell gut, war aber doch ziemlich lecker.

Plötzlich sprang Sunna auf und ergriff seine Hand. »Auf die Beine, Liebling«, sagte sie. »Jetzt wird getanzt.«

Róbert stand auf, nahm sie in die Arme und tanzte mit ihr im Takt einer langsamen südamerikanischen Ballade. Er schob eine Hand unter ihren Pullover, strich mit den Fingerspitzen über ihren Rücken und öffnete mit einem einzigen Handgriff ihren BH. Darin war er Experte.

»He, junger Mann«, sagte sie gespielt empört, ein warmes Leuchten in den Augen. »Was wird das denn?«

»Wir sollten schamlos ausnutzen, dass Kjartan bei seinem Vater ist«, sagte Róbert. Er küsste sie lange und innig. Die Hitze ihrer Körper stieg genauso wie die Zimmertemperatur, und es dauerte nicht lange, da nahm er sie an der Hand und führte sie ins Schlafzimmer.

Wie immer schloss Róbert die Tür und zog die Gardinen vor

dem Fenster zu, das zum Garten hinausging. Trotz dieser Vorkehrungen waren die Laute ihres Liebesspiels noch in der Nachbarwohnung zu hören.

Als wieder Stille eingekehrt war, hörte er eine Tür knallen, vom prasselnden Regen gedämpft. Es klang wie die Verandatür an der Rückseite des alten Hauses. Sunna setzte sich auf und sah ihn erschrocken an. Er versuchte, seinen eigenen Schrecken hinter gespielter Tapferkeit zu verbergen, stand auf und ging nackt ins Wohnzimmer. Niemand da.

Aber die Hintertür stand tatsächlich offen und schlug im Wind hin und her. Er warf einen Blick auf die Veranda, um sagen zu können, dass er nachgesehen hatte, und zog die Tür schnell wieder zu. Selbst wenn es da draußen von Menschen nur so gewimmelt hätte, hätte er sie in der Dunkelheit nicht erkennen können.

Dann ging er von Zimmer zu Zimmer, mit immer heftiger klopfendem Herzen, konnte aber keinen unwillkommenen Gast entdecken. Nur gut, dass Kjartan nicht zu Hause war.

Plötzlich bemerkte er etwas, was ihn die ganze Nacht über wach halten würde.

Er eilte durchs Wohnzimmer zurück, voller Angst, dass Sunna etwas passiert sein könnte. Mit angehaltenem Atem betrat er das Schlafzimmer, wo sie auf dem Bettrand saß und gerade ein Shirt überzog. Sie lächelte schwach, konnte ihre Beunruhigung nur schwer verbergen.

»Da war nichts, Schatz«, sagte er und hoffte, dass sie das Zittern in seiner Stimme nicht bemerkte. »Ich hatte den Müll rausgebracht und wohl die Tür nicht richtig zugemacht«, log er. »Du weißt ja, der Wind hinterm Haus spielt manchmal verrückt. Bleib hier, ich hole dir einen Drink.«

Er verließ rasch das Schlafzimmer und beseitigte als Erstes die Spuren, die er entdeckt hatte.

Hoffentlich tat er das Richtige – Sunna nichts von den Pfützen auf dem Boden zu erzählen, von den nassen Schuhabdrücken, die der Eindringling im Haus hinterlassen hatte. Am schlimmsten aber war, dass die Spuren an der Verandatür nicht endeten, sondern bis zu ihrer Schlafzimmertür führten.

## 2. Kapitel

Ari Þór Arason, Polizeihauptmeister in Siglufjörður, konnte weder sich selbst noch sonst jemandem erklären, warum er sich Gedanken über einen uralten Fall machte. Er kam damit dem Ersuchen eines ihm vollkommen fremden Mannes nach, was umso irrationaler war, da in ihrer kleinen Stadt gerade Chaos herrschte.

Der Mann, Hédinn, hatte ihn kurz vor Weihnachten angerufen, just zu dem Zeitpunkt, als der Chef ihrer Polizeiwache, Tómas, Urlaub in Reykjavík machte. Er bat Ari Þór, Nachforschungen in einer sehr alten, längst zu den Akten gelegten Begebenheit anzustellen, in der es um den Tod einer jungen Frau ging. Ari Þór hatte versprochen, sich darum zu kümmern, sobald er Zeit dazu finde, was heute Abend schließlich der Fall war.

Deshalb hatte er Hédinn angerufen und gebeten, abends auf die Polizeiwache zu kommen, natürlich erst nachdem dieser versichert hatte, dass er die letzten zwei Tage nicht aus dem Haus gegangen sei, um eine Ansteckungsgefahr auszuschließen. Hédinn klang zunächst unschlüssig, ob er Ari Þór angesichts der gegenwärtigen Lage persönlich treffen sollte, willigte aber schließlich ein, weil er unbedingt über diese alte Sache reden wollte.

Die Infektionskrankheit hatte sich vor zwei Tagen mit dem Eintreffen eines wohlhabenden, abenteuerlustigen Reisenden aus Frankreich in der Stadt ausgebreitet. Der Mann war zuvor von Afrika nach Grönland geflogen und hatte kurzerhand beschlossen, einen Abstecher nach Island zu machen. Sein Kleinflugzeug bekam Landeerlaubnis auf dem entlegenen Behelfsflugplatz von Siglufjörður, wo er das Hering-Museum besichtigen wollte. Er hatte eigentlich vorgehabt, nur vierundzwanzig Stunden zu bleiben, war aber am Abend seiner Ankunft sehr krank geworden.

Zunächst wurde angenommen, er habe eine ungewöhnlich schwere Grippe mit sehr hohem Fieber, doch sein Zustand verschlechterte sich dermaßen rasant, dass er in der darauffolgenden Nacht starb. Ein Spezialist stellte fest, dass der Mann an Ebola erkrankt war, was er sich sehr wahrscheinlich auf seinen Reisen durch Afrika zugezogen hatte, das Fieber war aber erst jetzt ausgebrochen. Ebolafieber war hochansteckend, und es bestand die Gefahr, dass unzählige andere Menschen sich während der Inkubationszeit damit infiziert hatten.

Die Zivilschutzbehörde wurde informiert, und Tests von Gewebeproben des Toten bestätigten die Diagnose. Da man keinerlei praktische Erfahrung im Umgang mit der Krankheit hatte und kein Risiko eingehen wollte, wurde umgehend die drastische Entscheidung getroffen, die kleine Stadt unter Quarantäne zu stellen. Zudem versuchte man, alle Leute, die mit dem Verstorbenen Kontakt gehabt hatten, ausfindig zu machen und alle Orte, an denen er gewesen war, gewissenhaft zu desinfizieren.

Es dauerte nicht lange, und es hieß, dass auch die in jener Nacht diensthabende Krankenschwester erkrankt war. Heute

Morgen hatte Ari Þór dann gehört, dass sie zunächst unter Beobachtung gestanden hatte, doch als sie leichte Symptome entwickelte, auf die Isolierstation verlegt worden war.

Noch einmal wurde alles in Bewegung gesetzt, um sämtliche Aufenthaltsorte und Kontakte des Mannes mit der Bevölkerung zu ermitteln, und die ganze Desinfizierungsprozedur begann von neuem.

Doch im Moment war alles ruhig. Die Krankenschwester lag noch immer auf der Isolierstation des Siglufjörðurer Krankenhauses und würde notfalls sofort auf die Intensivstation nach Reykjavík gebracht werden, sollte sich ihr Zustand verschlechtern. Der Polizei, also ihm, war mitgeteilt worden, davon auszugehen, dass die Stadt noch mehrere Tage unter Quarantäne bleiben musste.

Obwohl im Grunde wenig passierte, herrschte in ganz Siglufjörður Panik, fraglos angeheizt von der umfassenden Berichterstattung in den Medien, die das Ebolafieber inzwischen als »Französische Krankheit« bezeichneten. Die Einwohner hatten natürlich große Angst, und die Politiker und Experten vertraten den Standpunkt, dass keine unnötigen Risiken eingegangen werden durften. Das Leben in der Stadt war praktisch zum Erliegen gekommen. Die meisten Menschen entschieden, zu Hause zu bleiben und via Telefon und E-Mail zu kommunizieren. Niemand hatte auch nur das geringste Interesse gezeigt, die unsichtbaren Mauern um die Stadt zu überwinden, um ihr einen Besuch abzustatten. Sämtliche Geschäfte, Firmen und Lokale waren vorübergehend geschlossen, und die Kinder hatten schulfrei.

Ari Þór war gesund und ging davon aus, dass ihn die Krankheit nicht erwischen würde, denn er war nie in die Nähe des bedauernswerten Reisenden und der Krankenschwester gekommen. Das galt auch für den Chef der Polizeiwache in Siglufjörður, seinen Vorgesetzten Tómas, der gerade aus dem Urlaub zurück war und wieder Dienst mit ihm schob.

Ari Þór hoffte, dass Hédinns Besuch für ein wenig Ablenkung sorgte und ihn an etwas anderes denken lassen würde als an die gefährliche Infektionskrankheit. Und irgendwie hatte er die dunkle Ahnung, dass er nicht umsonst hoffte.

## 3. Kapitel

»Ich bin am Héðinsfjörður geboren«, sagte Hédinn, Ari Þórs Besucher. »Warst du schon einmal dort?«

Sie hatten sich zur Begrüßung nicht einmal die Hand gegeben und saßen jetzt in einigem Abstand voneinander in der Kaffeestube der Wache.

»Seit der Tunnel eröffnet wurde, bin ich schon öfter vorbeigefahren«, erwiderte Ari Þór, während er darauf wartete, dass sein Tee abkühlte. Hédinn hatte sich für Kaffee entschieden.

»Ja, genau so ist es«, erwiderte Hédinn mit tiefer Stimme.

Er war ein zurückhaltender, stiller Mann, vermied nach Möglichkeit den Blickkontakt mit Ari Þór und sah meistens auf den Tisch oder in seine Kaffeetasse.

»Genau so ist es«, wiederholte er. »Kein Mensch hält sich lange dort auf. Es ist immer noch derselbe menschenleere Fjord, obwohl die Leute ihn jetzt ständig passieren. Früher war es unvorstellbar, dass dort einmal so viele Menschen vorbeikommen.«

Hédinn schien auf die sechzig zuzugehen, und es dauerte nicht lange, da bestätigte er Ari Þórs Schätzung.

»Ich bin 1956 dort geboren. Meine Eltern waren ein Jahr zuvor hingezogen, da hat schon niemand mehr am Fjord gelebt. Das fanden sie bedauerlich und wollten es ändern. Und sie waren auch nicht allein, die Schwester meiner Mutter und ihr Mann waren mitgegangen. Sie wollten sich dort in der Landwirtschaft versuchen.«

Er hielt inne, nippte vorsichtig an seinem Kaffee und biss in das Plätzchen, das er sich aus der Schachtel auf dem Tisch genommen hatte. Seine Nervosität war nicht zu übersehen.

»Besaßen sie denn einen Hof oder Land dort?«, fragte Ari Þór. »Es ist ja eine wunderschöne Gegend.«

»Wunderschön ...«, wiederholte Hédinn mit verträumter Stimme, schien sich gerade in Erinnerungen zu verlieren. »Für dich ist es das vielleicht, aber ich denke anders darüber. Das Leben dort ist seit jeher unglaublich hart. Es gibt immer viel Schnee, und im Winter ist man von der Welt so gut wie abgeschnitten. Und über zu wenige Lawinen in den Bergen kann man auch nicht klagen.«

Hédinn unterstrich seine Worte mit einem Kopfschütteln und einem Stirnrunzeln. Er war ein großer, etwas übergewichtiger Mann und hatte das dünne, strähnige Haar nach hinten gekämmt.

»Aber um deine Frage zu beantworten – nein, meine Eltern hatten dort nie eigenes Land besessen. Sie pachteten einen leerstehenden Hof, der noch in gutem Zustand war. Mein Vater hat sein Leben lang hart gearbeitet und wollte schon immer gern Bauer sein. Das Haus war groß genug für alle vier – meine Eltern und die Schwester meiner Mutter und ihren Mann. Der Schwager hatte damals wohl finanzielle Probleme und war froh, etwas Neues ausprobieren zu können. Ein Jahr später wurde ich dann geboren, da waren wir zu fünft ...« Er hielt inne, blickte finster drein. »Na ja, das ist noch nicht wirklich sicher, aber dazu komme ich später«, fügte er hinzu.

Ari Þór sagte nichts und ließ Hédinn weitererzählen.

»Du hast gesagt, du bist dort schon vorbeigefahren, aber vom Fjord weiter draußen kennst du dann kaum etwas. Von der neuen Straße aus sieht man nämlich nur die Héðinsfjörðurer Lagune. Dort gibt es eine schmale Nehrung, Víkursandur, die die Lagune vom Fjord trennt, und von der Straße aus kann man bestenfalls bis dahin sehen. Aber das ist für das, was ich dir erzählen will, unwichtig. Unser Haus lag an der Lagune, und eigentlich müsste ich *liegt* sagen, weil ein Rest ja noch steht. Es ist das einzige Haus auf der Westseite der Lagune. Da gibt es nur einen kleinen Streifen ebenes Tiefland, und es liegt im Schatten eines hohen Bergs, direkt unten am Fuß. Natürlich war es total verrückt, dort leben zu wollen, aber meine Eltern waren fest entschlossen, es zu versuchen. Weißt du, ich habe immer geglaubt, dass die Lebensbedingungen dort – der Berg und die Abgeschiedenheit – zu den Ereignissen beigetragen haben. In so einer Gegend kann man leicht den Verstand verlieren, nicht wahr?«

Ari Þór brauchte einen Moment, bis ihm klar wurde, dass Hédinn eine Antwort auf seine Frage erwartete.

»Vermutlich schon« war alles, was er herausbrachte. Und obwohl man die Abgeschiedenheit von Héðinsfjörður ganz sicher nicht mit Siglufjörður vergleichen konnte, erinnerte er sich noch gut an seinen ersten qualvollen Winter hier: Er hatte nachts kaum schlafen können, die Dunkelheit und das Gefühl, eingesperrt zu sein, hatten ihn fast erstickt. Der viele Schnee hatte Siglufjörður nämlich mehr oder weniger vom Rest der Welt abgeschnitten.

»Du weißt das sicher besser als ich«, sagte er, bei dieser Erinnerung fröstelnd. »Wie war denn das Leben dort?«

»Ich weiß es besser? Du meine Güte, ich erinnere mich an gar nichts. Wir sind weggezogen, nachdem … das passiert war, da war ich nicht mal ein Jahr alt. Und meine Eltern haben kaum über die Zeit in Héðinsfjörður geredet, was verständlich ist. Aber es war nicht alles schlimm, glaube ich. Meine Mutter hat mir erzählt, ich sei an einem herrlichen Maitag geboren und dass sie kurz nach der Geburt zur Lagune gegangen ist. Sie hat übers Wasser geschaut, das an dem sonnigen Tag vollkommen ruhig war, und in dem Moment beschlossen, mich Hédinn zu nennen. Nach dem Wikinger, der sich um das Jahr 900 am Héðinsfjörður niedergelassen hatte. Sie haben mir auch von wunderschönen Wintertagen erzählt, aber manchmal hat mein Vater gesagt, dass einem die hohen Berge in den dunklen Wintermonaten aufs Gemüt schlagen konnten.«

Erneut überkam Ari Þór ein beklemmendes Gefühl. Er erinnerte sich nur allzu gut, wie sehr die Berge rund um Siglufjörður ihm zugesetzt hatten, als er vor zweieinhalb Jahren hierhergezogen war. Er hatte gelegentlich zwar immer noch klaustrophobische Anwandlungen, aber sie beherrschten ihn nicht mehr.

»Damals war es nicht leicht, von Héðinsfjörður nach Siglufjörður oder Ólafsfjörður zu kommen«, fuhr Hédinn fort. »Am einfachsten ging es auf dem Seeweg, aber man konnte auch laufen – über den Hestsskard-Pass und runter nach Siglufjörður. Laut einer Geschichte aus dem 19. Jahrhundert war eine Frau von einem Hof in Hvanndalir zu Fuß losgezogen, um Feuerholz zu sammeln, und das auf dem extrem mühsamen Weg an der Ostseite des Fjords, entlang des Gerölls. Sie war schwanger und trug unter ihren Kleidern obendrein noch ein Kleinkind auf dem Rücken – den ganzen langen Weg. Wenn man will, ist alles möglich. Diese Geschichte hat ein glückliches Ende genommen, aber meine nicht.« Hédinn sah auf, ein trauriges Lächeln im Gesicht. Er wartete einen Moment, bevor er fortfuhr.

»Unser altes Haus steht ganz in der Nähe des Weges, den man zum Héðinsfjörður geht, wenn man zu Fuß über den Hestsskard-Pass aus Siglufjörður kommt. Heutzutage gehen die Leute dort zum Vergnügen entlang. Die Zeiten ändern sich, nicht wahr? Und die Menschen auch. Meine Eltern sind beide tot, meine Mutter ist zuerst gestorben, dann mein Vater«, sagte er und verfiel erneut in Schweigen.

»Die beiden anderen sind auch tot?«, fragte Ari Þór, hauptsächlich, um das Schweigen zu durchbrechen. »Ich meine, deine Tante und dein Onkel?«

Hédinn wirkte verwundert. »Dann hast du also nie davon gehört?«, fragte er schließlich.

»Was meinst du denn?«

»Tut mir leid, ich bin einfach davon ausgegangen, dass du die Geschichte kennst. Damals kannte sie jeder, aber nach einer Zeit verblasst wohl alles. Es ist jetzt über ein halbes Jahrhundert her, da geraten selbst die schlimmsten Dinge in Vergessenheit. Und niemand konnte jemals mit Sicherheit sagen, ob es Mord war oder Selbstmord …«

»Wirklich? Wer war denn gestorben?«, fragte Ari Þór interessiert.

»Meine Tante. Sie ist an Gift gestorben.«

»Gift?« Ari Þór schüttelte es bei der Vorstellung.

»Es war in ihrem Kaffee, und es dauerte ewig, bis der Arzt eintraf. Vielleicht hätte sie gerettet werden können, wenn früher Hilfe gekommen wäre. Vielleicht hat sie es aber auch selbst getan, gerade weil sie wusste, dass der Krankenwagen oder der

Arzt nicht rechtzeitig eintreffen würden.« Hédinn sprach jetzt noch langsamer, die Stimme war noch tiefer. »Man kam zu dem Schluss, dass es ein Unfall war – dass sie versehentlich Rattengift anstatt Zucker in ihren Kaffee getan hatte. Was ich ziemlich weit hergeholt finde.«

»Du glaubst, jemand hat sie ermordet?«, fragte Ari Þór geradeheraus. Er wich schwierigen Fragen schon lange nicht mehr taktvoll aus, war in dieser Hinsicht sowieso nie besonders rücksichtsvoll gewesen.

»Das kann meiner Meinung nach die einzige Schlussfolgerung sein. Und da es ja nur drei mögliche Täter gab – ihren Mann und meine Eltern –, hing der Verdacht immer wie ein Schatten über der Familie. Natürlich haben es die Leute nie offen ausgesprochen, und am häufigsten hing man der Theorie an, dass sie Selbstmord begangen hatte. Aber heute spricht kaum noch jemand darüber. Nach ihrem Tod sind wir nach Siglufjörður gezogen. Ihr Mann ist zurück in den Süden nach Reykjavík gegangen und hat dort den Rest seines Lebens verbracht. Meine Eltern haben nie mit mir über die Sache gesprochen, und groß nachgebohrt hab ich auch nicht. Von den eigenen Eltern denkt man ja sowieso nicht schlecht, oder? Aber der Zweifel hat sich in meinem Hinterkopf festgesetzt. Meiner Meinung nach hat sie entweder Selbstmord begangen, oder ihr Mann hat sie umgebracht. Das hat es schon oft gegeben. Männer töten ihre Frauen, und umgekehrt«, sagte Hédinn mit einem Seufzer.

»Du kannst dir sicher denken, wie meine nächste Frage lautet«, sagte Ari Þór.

»Ja«, erwiderte Hédinn, verfiel aber wieder in Schweigen. Schließlich sagte er: »Du fragst dich, warum ich damit nach so vielen Jahren zu dir komme.«

Ari Þór nickte. Er griff nach seiner Teetasse auf dem Tisch, um einen Schluck zu trinken, dachte dann aber an das Rattengift im Kaffee der bedauernswerten Frau und überlegte es sich anders.

»Das ist eine Geschichte für sich.« Hédinn straffte die Schultern. Er dachte einen Moment nach, als müsse er nach den richtigen Worten suchen. »Zuerst solltest du wissen, dass ich dich vor Weihnachten angerufen habe, weil ich wusste, dass Tómas in Urlaub ist und du für ihn übernimmst. Er kennt die Stadt und alle ihre Geschichten viel zu gut. Ich dachte mir, dass du einen unverstellten Blick auf das Ganze haben wirst, obwohl es mich schon ein bisschen verwundert, dass du noch nie etwas von der Geschichte gehört hast. Aber es gibt noch einen anderen Grund. Ein Freund von mir wohnt unten im Süden und war letzten Herbst auf einem Treffen der Siglufjörður-Gesellschaft. Das ist ein Verein, der regelmäßig Zusammenkünfte für Leute organisiert, die aus Siglufjörður weggezogen sind. Es war ihr Fotoabend.«

Ari Þór sah ihn fragend an.

»Ja, ein Fotoabend«, wiederholte Hédinn. »Sie sehen sich alte Fotos von Siglufjörður an, wobei ein Teil des Vergnügens ist, Leute darauf wiederzuerkennen und ihre Namen zu notieren. Auf diese Weise führen sie ein Verzeichnis aller Menschen, die über die Jahre in Siglufjörður gewohnt haben.«

»Und dabei ist etwas passiert?«

»Richtig. Er hat mich noch am gleichen Abend angerufen – und gesagt, er hätte das Foto gesehen.«

Die Gewichtigkeit, die Hédinns Stimme plötzlich hatte, sowie der düstere Unterton veranlassten Ari Þór, seinen Worten mehr Aufmerksamkeit zu schenken.

»Das Foto war in Héðinsfjörður gemacht worden, direkt vor dem Haus, in dem wir wohnten.« Er trank einen Schluck Kaffee, wobei seine Hand zitterte. »Das war vor dem Tod meiner Tante, an einem sonnigen Tag mitten im Winter, aber es lag hoher Schnee.«

Wieder überkam Ari Þór das vertraute Unbehagen, doch er verdrängte es.

»Aber das Foto selbst hat nichts Sonniges. Es zeigt fünf Leute, mich eingeschlossen. Ich muss damals ein paar Monate alt gewesen sein.«

»Ein Familienfoto scheint mir erst mal nichts Merkwürdiges zu sein«, sagte Ari Þór.

»Stimmt«, erwiderte Hédinn leise. Er starrte in seine Kaffeetasse, dann blickte er ruckartig auf und sah Ari Þór fest in die Augen. »Auf dem Foto sind meine Mutter, mein Vater, ich und meine Tante. Ihr Mann, Maríus, muss es gemacht haben, jedenfalls stelle ich mir das so vor.«

»Und wer ist die fünfte Person?«, fragte Ari Þór innerlich schaudernd. Er dachte an alte Geschichten von Geistern, die auf Fotos erschienen. Wollte Hédinn auf so etwas hinaus?

»Ein Junge im Teenageralter, von dem ich noch nie gehört hatte. Er steht genau in der Mitte und hat mich auf dem Arm. Um es abzukürzen: Keiner der Anwesenden an dem Fotoabend hatte die leiseste Ahnung, wer dieser Junge war.« Hédinn stieß einen Seufzer aus. »Wer ist dieser Teenager, und was ist aus ihm geworden? Ist er womöglich schuld am Tod meiner Tante?«

## 4. Kapitel

Völlig erschöpft nach der schlaflosen Nacht, goss Róbert sich Milch ins Müsli. Sunna saß ihm am Küchentisch gegenüber und hatte offensichtlich gut geschlafen. Im Hintergrund liefen leise die Nachrichten; es sah ganz nach einem alltäglichen Morgen im März aus, bis vielleicht auf die Meldung über den Ausbruch eines Virus in Siglufjörður, an dem letzte Nacht ein Patient gestorben war. Die Vorstellung von einer ansteckenden Krankheit beunruhigte Róbert ein wenig. Er hoffte inständig, dass man die Ausbreitung verhindern konnte und seine Familie unbeschadet blieb. Doch heute früh beschäftigten ihn andere, dringendere Probleme als der Ausbruch eines Virus.

Ihr Zuhause, so sauber und geschmackvoll es auch war, fühlte sich schmutzig an – verunreinigt von dem nächtlichen Eindringling. Wer hatte bei ihnen rumgeschnüffelt? Hatte er – oder sie – ihr leidenschaftliches Liebesspiel durchs Schlafzimmerfenster beobachtet und beschlossen, ins Haus zu kommen? War es womöglich ein Spanner gewesen? Oder war es doch etwas viel Ernsteres? Die Hintertür war verschlossen gewesen, da war er sich sicher – absolut sicher.

Aber natürlich waren da auch noch Sunnas verlorene Hausschlüssel. Konnte es sein, dass jemand sie gefunden und herausbekommen hatte, wem sie gehörten, und eingebrochen war?

Oder waren die Schlüssel vielleicht gezielt entwendet worden? Diese Vorstellung war äußerst bedrohlich. Jedenfalls musste er heute Morgen sofort einen Schlüsseldienst bestellen und sämtliche Schlösser austauschen lassen.

Er griff mit der Hand hinter sich und stellte das Radio aus. Einen Moment lang war es bis auf den Regen, der heftig und unablässig die Fensterscheiben traktierte, still in der kleinen Küche.

»Deine Schlüssel hast du nicht gefunden, oder?« Er versuchte, nicht besorgt zu klingen.

»Also, das ist wirklich seltsam«, sagte Sunna und blickte von ihrer Zeitung auf. »Ich habe keine Ahnung, wo sie sind. Gestern bei der Probe hatte ich sie definitiv noch. Sie waren in meiner Manteltasche, ich bin mir ganz sicher. Und den Mantel hatte ich im Vorraum gelassen, wo auch die Sachen der anderen lagen. Da wurde noch nie was gestohlen, aber schon möglich, dass irgendjemand in meine Tasche gegriffen hat.«

»Irgendjemand?«, fragte Róbert.

»Ja, ich denke schon.«

»Sogar jemand von draußen auf der Straße?«

»Möglich wäre das«, sagte sie und sah ihn durchdringend an. »Warum fragst du? Stimmt etwas nicht?«

Er zwang sich zu lächeln. »Nein, alles okay …« Er zögerte, bevor er weitersprach. »Ich überlege, ob wir die Schlösser austauschen lassen sollen. Nur um sicherzugehen.«

»Ist das nicht ein bisschen übertrieben?«, fragte sie, offensichtlich überrascht. »Ich finde sie sicher noch.«

»Du kennst mich doch … vielleicht bin ich ja übervorsichtig. Aber es war sowieso fällig«, log er. »Der Schlüssel ließ sich manchmal schwer im Schloss umdrehen.«

»Davon hab ich noch nichts gemerkt«, sagte Sunna, sah auf die Uhr und stand auf. »Aber wie du willst. Ich muss jetzt gehen, sonst komme ich zu spät.«

Sie eilte aus der Küche, drehte sich in der Tür um und fragte: »Bist du heute Mittag zu Hause?«

Róbert hatte zwar eine Vorlesung, wollte das Haus aber keinesfalls verlassen, bevor die Schlösser ausgetauscht waren. Es war nicht gelogen, als er Sunna sagte, dass er von Natur aus vorsichtig war.

»Ich denke schon«, sagte er.

»Breki wollte Kjartan zurückbringen. Ist es okay, wenn ich dann noch nicht wieder da bin?«, fragte sie etwas verlegen.

Er hatte keine hohe Meinung von Sunnas Exfreund.

»Kein Problem«, erwiderte Róbert. »Nur eins noch …«, begann er, als sie gerade die Tür hinter sich schließen wollte. »Er lässt dich doch in Ruhe, oder?«

»Breki?«

»Ja. Du weißt ja, was der Anwalt gesagt hat – dass du mit ihm nicht übers Sorgerecht reden sollst. Das ist jetzt ausschließlich Sache der Anwälte.«

»Mach dir wegen Breki keine Sorgen. Mit ihm komme ich klar«, sagte sie lächelnd.

# 5. Kapitel

Als Ísrún ihren Platz im Flugzeug einnahm, das sie von den Färöer Inseln zurück nach Island bringen würde, hatte sie vor Angst Bauchschmerzen. Der Hinflug war gut gewesen, aber den Landeanflug, bei dem sich das Flugzeug zwischen hoch aufragenden und scheinbar zum Greifen nahen Bergen durchschlängeln musste, würde sie nie vergessen. Die Augen zu schließen war ein großer Fehler gewesen, weil plötzliche Turbulenzen ihre Schreckensvisionen noch steigerten und die Landung noch traumatischer machten. Beim Verlassen des Flugzeugs wünschte ihr ein Crew-Mitglied einen angenehmen Aufenthalt – offensichtlich war ihm ihre Blässe aufgefallen.

»Der Flug war okay«, stammelte Ísrún, »bis auf die Landung.«

»Die Landung?«, hatte er überrascht gefragt. »Aber die war doch absolut problemlos. Gute Bedingungen und nur wenig Turbulenzen.«

Als sie sich jetzt anschnallte, sagte sie sich, dass der Start bestimmt weniger beunruhigend als die letzte Landung sein würde.

Sie hatte die paar Tage nicht zum Vergnügen auf den Färöern verbracht – ganz im Gegenteil. Sie mochte die Menschen, die sie hier kannte, sehr gern und hatte sie früher mit ihren Eltern öfter besucht. Aber diesmal war sie gekommen, um ihre Mutter, Anna, wiederzusehen.

Anna war auf den Färöer Inseln geboren, als Tochter einer Fischerfamilie. Ihre Eltern waren tot, aber sie hielt engen Kontakt mit ihren beiden Schwestern, die noch immer auf den Inseln lebten. Anna war mit zwanzig nach Island gezogen. Sie lernte einen Isländer kennen, Orri, der den Sommer über auf den Färöern arbeitete. Laut Anna war es Liebe auf den ersten Blick. Sie bauten ein Haus in Kópavogur, einer Stadtgemeinde in der Metropolregion Reykjavík, zogen aber später nach Grafarvogur, einem großen Wohnviertel der Hauptstadt. Anna studierte Literatur an der *Universität Island*, und ein paar Jahre nach ihrem Abschluss wurde Ísrún geboren.

Orri verdiente sein Geld als Lastwagen- und Busfahrer, während Anna nach dem Studium einen kleinen Verlag gründete, mit dem sie Autoren von den Färöer-Inseln in Island bekanntmachen wollte. Nachdem sie ein paar Übersetzungen veröffentlicht hatte, begann sie, auch Kinderbücher zu publizieren. Die letzten Jahre hatte sie Reiseführer mit ins Programm aufgenommen und war auch damit sehr erfolgreich gewesen.

Während ihnen der Verlag finanzielle Sicherheit bot, erwies sich die Ehe von Anna und Orri als weniger solide. Orri hatte beschlossen, sich als Reiseveranstalter zu versuchen, mit dem Ziel, Geld mit Fremdwährungen zu verdienen. Das war nach der Finanzkrise 2008 aufgrund der Einführung von Devisenkontrollen in Island besonders attraktiv, weil diese den Zugang zu Fremdwährungen einschränkten. Er hatte zudem gehofft, von Annas Reiseführern zu profitieren, in denen er für sein eigenes Unternehmen warb. Er kaufte einen einfachen Bus und schließlich noch einen zweiten. Letzterer war der Tropfen, der das Fass zum Überlaufen brachte. Anna ging auf die sechzig zu und war gerade dabei, ihren Verlag zu verkaufen. Die ausgehandelten Konditionen waren recht gut und würden es ihr erlauben, in Rente zu gehen. Orri war sieben Jahre älter als sie, hatte aber nicht vor, aufzuhören. Und dass Anna den Verlag verkaufen wollte, gefiel ihm gar nicht. Ísrún hatte sie gerade besucht, als der Streit ihrer Eltern eine neue Stufe erreichte.

»Ich hab noch einen Bus gekauft«, hatte er sonntags beim Abendessen gemurmelt.

»Reicht einer denn nicht?«, fragte Ísrún arglos.

»Doch. Aber ich hab gerade einen in Deutschland bestellt.«

»Noch einen Bus?«, fragte Anna scharf, starrte ihren Mann an und gab sich große Mühe, in Anwesenheit der Tochter ihre Wut zu kontrollieren.

»Der Preis war gut«, fuhr er fort. »Er hat hunderttausend auf dem Tacho, aber das ist nichts. Und mit *air conditioning*«, sagte er, benutzte das englische Wort und sprach es mit einem amerikanischen Akzent aus, den er sich in den achtziger Jahren bei einem einjährigen Aufenthalt in den USA zugelegt hatte.

»Und wie hoch ist der gute Preis?«, fragte Anna.

»Ich bezahl ihn früh genug, du wirst schon sehen«, antwortete er ausweichend. »Ich hab alles genau kalkuliert. Die Nachfrage nach den Golden-Circle-Rundreisen ist riesengroß, das wird eine Goldmine«, fügte er übertrieben grinsend hinzu.

»Hatten wir nicht beschlossen, es in Zukunft langsamer angehen zu lassen?«, sagte Anna, woraufhin die Unterhaltung versiegte.

Schweigend setzten sie die Mahlzeit fort, doch Ísrún wusste, dass sie weiterdiskutieren würden, sobald sie sich verabschiedet hatte.

Jetzt, zwei Monate später, war Anna gegangen. Sie hatte nicht nur ihren Verlag verkauft und war aus dem gemeinsamen Haus ausgezogen, sie hatte auch Island verlassen und lebte wieder auf den Färöern. Dort wohnte sie in einem großen Haus, das einer ihrer Schwestern gehörte. Orri war am Boden zerstört. Er tat alles, um sein Reiseunternehmen profitabel zu machen, doch Ísrún befürchtete, dass er sich übernommen hatte. Er war nicht mehr der Alte, und Annas Auszug schien ihm alle Energie geraubt zu haben.

Es war Ísrúns Idee gewesen, die Pause zwischen ihren Schichten in der Nachrichtenredaktion zu nutzen, um auf die Färöer zu fliegen und ihre Mutter zu überreden, nach Island zurückzukommen. Das Ganze war eher eine Schnapsidee gewesen, aber Ísrún neigte momentan zu übereilten Entscheidungen. Denn um sich von ihrer Erbkrankheit abzulenken, konzentrierte sie sich auf alles mögliche andere. Vor eineinhalb Jahren hatte sie einen Arzt aufgesucht, um herauszufinden, ob sie an der gleichen Krankheit litt, an der ihre Großmutter vor vielen Jahren gestorben war – einer Krankheit, die zur Bildung gefährlicher Tumore führen konnte. Die Diagnose bestätigte ihre schlimme Befürchtung. Aber der Tumor, den sie fanden, war glücklicherweise gutartig. Der Arzt hatte jedoch keinen Zweifel daran gelassen, dass sich die Krankheit in eine weniger günstige Richtung entwickeln könnte, sie aber trotzdem ermutigt, optimistisch zu sein. Das versuchte sie nun nach Kräften und bemühte sich, so zu tun, als hätte sie die Diagnose nie bekommen. Sie hatte niemandem von ihrer Krankheit erzählt, nicht einmal ihren Eltern. Kurzfristig hatte sie überlegt, es ihrer Mutter zu sagen, um sie so zur Rückkehr nach Island zu bewegen. Doch den Gedanken hatte sie schnell wieder verworfen, weil es allen Beteiligten gegenüber unfair gewesen wäre. Andererseits war die Trennung ihrer Eltern neben ihrer Arbeit eine weitere Belastung. Und der Arzt hatte empfohlen, sie solle – außer regelmäßigem Sport und gesundem Essen – Stress vermeiden. Was im Grunde hieß, dass sie ihre Arbeit als Journalistin aufgeben müsste.

»Dann kannst du mich genauso gut gleich begraben«, hatte sie erwidert und es sofort bereut, mit Galgenhumor reagiert zu haben.

Denn sie liebte die Hektik und den Nervenkitzel in der Nachrichtenredaktion. Seit ihrem Studium arbeitete sie – mit wenigen Unterbrechungen – als Redakteurin beim Fernsehen, und es gefiel ihr nach wie vor gut. Mit einigen Kollegen hatte sie sich angefreundet, doch es gab auch andere, die ihr nicht so wohlgesinnt waren. Bei einem, Ívar, war sie sogar sicher, dass er sie loswerden wollte und systematisch gegen sie intrigierte. Er war Redaktionsleiter – und somit auch an den meisten Tagen ihr Vorgesetzter –, konnte ihr also Aufgaben zuteilen. Lange Zeit hatte er ihr nur belanglose Themen übertragen, die keinerlei Herausforderung darstellten, aber das hatte sich letzten Sommer geändert. Sie hatte für ihre Reportage über Menschenhandel in Island eine Auszeichnung erhalten und war umgehend zur Lieblingsreporterin der Nachrichtenchefin, María, aufgestiegen, was sich auf ihre Beziehung zu Ívar ausgesprochen positiv auswirkte: Von da an war er Ísrún gegenüber freundlicher, wohl hauptsächlich, um María nicht gegen sich aufzubringen. Ísrún war sicher, dass er, wenn María aufhörte, deren Nachfolge antreten wollte. Aber auch sie selbst hatte ein Auge auf die Stelle geworfen. Und natürlich konnte jeder sehen, dass seine Freundlichkeit gegenüber Ísrún nur gespielt war.

Die Reise auf die Färöer Inseln war absolut unbefriedigend gewesen. Ihre Mutter war stur wie ein Esel – genauso wie Ísrún zuweilen – und fest entschlossen dortzubleiben, jedenfalls vorerst. Ísrún bereute schon halb, das Geld für den Flug ausgegeben und die Arbeitspause zwischen den Schichten für den Trip verschwendet zu haben. Doch eine Erkenntnis nahm sie mit nach Hause, nämlich dass sie künftig mehr Zeit auf den Inseln verbringen sollte. Sie sprach kaum Färöisch, hatte kaum Gelegenheit gehabt, die Stadt und die Menschen kennenzulernen oder ihre Verwandten länger zu sehen, was ihr jetzt ein schlechtes Gewissen bereitete.

»Dein Vater und ich haben einfach nichts mehr gemeinsam, Liebes«, hatte ihre Mutter zu ihr gesagt. »Jedenfalls nicht im Moment. Warten wir's ab.«

Dann war die Frage gekommen, auf die Ísrún gewartet hatte: »Hat er dich geschickt?«

»Nein, natürlich nicht. Kann ich dich nicht einfach besuchen, weil ich Lust dazu habe?«

»Tut mir leid … natürlich, Liebes«, hatte Anna kleinlaut geantwortet.

»Es läuft nicht gut bei ihm«, hatte Ísrún gesagt.

»Ich habe ihn gewarnt, aber damit muss er allein klarkommen. Wir hätten genug Geld, um uns zur Ruhe zu setzen. Dieses blödsinnige Reiseunternehmen ist viel zu kostspielig.«

»Du lässt doch nicht irgendwelche Touristen eine Ehe zerstören, die dreißig Jahre gehalten hat, oder?«

»So einfach ist es nicht. Jede Kleinigkeit in unserer Beziehung ist mir auf die Nerven gegangen, und ich bin sicher, dass es ihm mit mir genauso ging. Er hat sich nur noch für seine Arbeit und die verdammten Busse interessiert. Und ich wollte ein bisschen leben – reisen, im Garten arbeiten, in Konzerte und ins Theater gehen. Aber all das interessiert ihn nicht. Ich konnte nicht mal im Bett lesen, weil alle Lichter aus sein mussten, wenn er schlafen wollte. Weißt du, Ísrún, in so einer langen Ehe wie unserer kommt es zu Ermüdungserscheinungen, und es ist nicht immer leicht. Eines Tages wirst du das sicher selbst feststellen«, hatte Anna erwidert und dabei indirekt auf Ísrúns Singledasein angespielt.

Ihre Mutter hatte recht – seit Ísrúns letzter fester Beziehung waren einige Jahre vergangen. Ihre Krankheit hatte dabei eine große Rolle gespielt, aber auch ihr Problem, mit einem grauenvollen Erlebnis, das inzwischen eine Weile zurücklag, fertigzuwerden. Was letztlich bedeutete, dass sie wenig Interesse und kaum Energie hatte, sich einen neuen Freund zu suchen.

* * *

Der Rückflug von den Färöer Inseln war vollkommen unproblematisch. Ísrún fuhr vom Flughafen direkt zur Arbeit, wo sie gerade noch rechtzeitig zu ihrer Schicht eintraf.

»Ísrún«, rief Ívar mit Blick auf die Uhr, als sie zur Tür hereinkam.

Sie ging zu ihm hin, gab sich betont entschieden und selbstsicher. Ívar hatte noch nie eine Auszeichnung erhalten, das wusste sie, und das wusste er. Aber noch wichtiger war, dass María, die Nachrichtenchefin, es auch wusste.

Sie starrte ihn wortlos an.

»Du hast doch in den nächsten Tagen Dienst, oder?«, fragte er nach einem peinlichen Schweigen.

»Ja«, sagte sie.

»Kannst du dich um die Sache in Siglufjörður kümmern? Den tödlichen Virus? Du warst doch letzten Sommer dort, stimmt's?«

»Okay«, sagte sie, ohne sich ein Lächeln abzuringen.

Sie ging zu ihrem Schreibtisch, fuhr den Computer hoch und googelte die Telefonnummer der Polizei in Siglufjörður. Sie erinnerte sich noch gut an die Tage in der kleinen Stadt. Obwohl schlimme Ereignisse in ihrer Vergangenheit sie nach Siglufjörður geführt hatten, wurde sie dort in gewisser Weise dazu inspiriert, sich entschlossen der Zukunft zu stellen. Jetzt hatten die Menschen in Siglufjörður selbst eine Herausforderung zu meistern, denn sie waren mit einer ernsthaften Bedrohung konfrontiert. Allerdings hoffte sie inständig, nicht hinreisen zu müssen, solange noch Ansteckungsgefahr bestand.

# 6. Kapitel

Um sieben Uhr morgens wurde Ari Þór von Tómas abgelöst. Der nächtlichen Nachricht, dass sich der Zustand der Krankenschwester verschlechtert hatte, war inzwischen die Meldung von ihrem Tod gefolgt – sie war gestorben, bevor sie nach Reykjavík auf die Intensivstation gebracht werden konnte.

Gleich nachdem Tómas auf der Wache eingetroffen war, nahm er an einer eilig anberaumten Telefonkonferenz mit dem Krankenhausmanagement, einem Spezialisten für Infektionskrankheiten und der Zivilschutzbehörde teil. Alle persönlichen Zusammenkünfte waren abgesagt worden. Niemand wollte das nächste Opfer sein.

Tómas tat sein Bestes, sich während des Telefongesprächs unerschütterlich zu geben und den Eindruck zu vermitteln, Pflichterfüllung hätte oberste Priorität und seine eigene Gesundheit wäre zweitrangig. Doch das entsprach nicht seinen wahren Gefühlen. In Wirklichkeit machte ihm diese Infektionskrankheit panische Angst, und er wollte so gut es ging vermeiden, irgendwohin gehen zu müssen.

Tómas hatte den Auftrag, eine Pressemitteilung über den Tod der Krankenschwester zu verfassen. Es schien, als starre das ganze Land wie gebannt auf die Lage in Siglufjörður – aus sicherer Entfernung. Siglufjörður und seine Bewohner waren zu Laborratten geworden, weggesperrt in einen Glaskäfig, den niemand auch nur im Traum öffnen würde. Die Pressemitteilung war nur noch eine Formsache. Die Nachricht vom Tod der Krankenschwester hatte sich längst verbreitet und war schon im Radio gemeldet worden, lange bevor Tómas den Stift in die Hand genommen und ein Statement verfasst hatte. So war seine Aufgabe weniger, den Tod der Krankenschwester zu verkünden, als die Bürger zu beruhigen und den Rest des Landes zu überzeugen, dass die Krankheit unter Kontrolle war. Tómas selbst war in guter körperlicher Verfassung und nie auch nur in die Nähe des Virus gekommen. Aber er war müde. Er und Ari Þór schoben abwechselnd Dienst, weil die Wache rund um die Uhr besetzt sein musste, um Anrufe entgegennehmen zu können. Zwar war die Suche nach einem geeigneten Kandidaten für die Besetzung der dritten Stelle bereits angelaufen, wegen der gegenwärtigen Umstände jedoch auf Eis gelegt worden. Aber da es hier ein altes Feldbett gab, konnte derjenige, der Nachtschicht hatte, sich wenigstens ein bisschen ausruhen.

Einerseits wünschte sich Tómas, seine Frau wäre jetzt hier, um ihm beizustehen, andererseits war er natürlich froh, sie in Reykjavík zu wissen, wo sie vom Virus ungefährdet Kunstgeschichte studierte – zumindest bis auf weiteres.

Tómas hatte eine dreimonatige Auszeit in der Hauptstadt genommen und war gerade erst nach Siglufjörður zurückgekehrt. Seine Frau hatte dort ein kleines Apartment unweit der Universität Island gemietet und schien sich sehr wohl zu fühlen. Es war ihre Idee gewesen, dass Tómas eine Weile nach Reykjavík kommen und bei ihr wohnen sollte. Und wenn es ihm gefiel, hatte sie gemeint, konnten sie ihr großes Haus in Siglufjörður verkaufen und sich stattdessen eine Wohnung in der Stadt zulegen. Er hatte nicht sofort zugestimmt, schließlich aber doch eingewilligt, weil sie ihm sehr fehlte und er das Abendessen aus der Mikrowelle satthatte.

So hatte er dann eines Abends nach einer langen Fahrt vor ihrer Wohnungstür in Reykjavík gestanden. Obwohl sie wusste, dass er abends eintreffen würde, waren Besucher da – zwei Männer und eine Frau, alle viel jünger als Tómas, die um einen alten Couchtisch auf einem verschlissenen blauen Sofa saßen. Er stellte sich ihnen vor, fühlte sich jedoch einigermaßen unbehaglich. Auf dem Tisch standen Weingläser, eine halbvolle Flasche Rotwein sowie eine bereits geleerte.

»Möchtest du auch ein Glas Wein?«, fragte seine Frau.

Er schüttelte den Kopf. »Nach der Fahrt brauche ich erst mal ein bisschen Schlaf«, sagte er.

Er hatte erwartet, dass sie ihre Gäste so schnell wie möglich verabschiedete, doch das war nicht der Fall. Sie hatten sich bis nach zwei Uhr morgens weiter unterhalten, während Tómas in dem schmalen Bett im kleinen Schlafzimmer wie ein Gefangener in einer Zelle lag. Das Bett war gerade groß genug für eine Person, und sie wollte es ihm überlassen und selbst auf dem Sofa schlafen. Sollte er beschließen, länger als die verabredeten drei Monate zu bleiben, könnten sie ein größeres Bett kaufen, hatte sie gesagt. Natürlich bot er an, es umgekehrt zu machen und selbst auf dem Sofa zu schlafen.

Wir brauchen sicher Zeit, um uns hier aneinander zu gewöhnen, hatte er gedacht. Aber es änderte sich nichts. Ihre Freunde riefen weiter zu jeder Tages- und Nachtzeit an, wann immer es ihnen passte. Das Leben seiner Frau schien sich nur um ihre Seminare und Prüfungen zu drehen, und sie blieb bis tief in die Nacht auf. Ihm war es wiederum unmöglich, sich mit ihren Kommilitonen anzufreunden, wobei er zugeben musste, dass er sich auch nicht besonders anstrengte. An manchen Abenden arbeitete sie in der Bibliothek, während er allein in der Wohnung blieb. Am Ende der drei Monate war es ihm nicht gelungen, sich an ihren Rhythmus und Lebensstil zu gewöhnen, und er verstand auch nicht, wie jemand, der nur ein Jahr jünger war als er, so chaotisch leben konnte.

Auf der Heimfahrt nach Siglufjörður war er sich wenigstens einer Sache sicher gewesen, nämlich dass sie keinen anderen Mann kennengelernt hatte. Aber sie liebte ihr neues Leben, was fast genauso schlimm war. Als er sich dann der kleinen Stadt zwischen den Bergen näherte, musste er sich eingestehen, was andere Menschen – ihre Freunde und Bekannten – zweifellos schon länger wussten: dass ihre Beziehung auf das Ende zusteuerte.

Das Timing hätte nicht schlechter sein können, auch wenn es wohl nie einen guten Zeitpunkt gab, sich von seiner Jugendliebe zu trennen. Aber Tómas hatte den Tod seines Kollegen, der sich letzten Sommer das Leben genommen hatte, noch immer nicht ganz überwunden.

Zu allem Überfluss war Ari Þór an dem Abend, als ihr Kollege starb, auch noch mit einem Messer verletzt worden. Glücklicherweise ging der Stich haarscharf an lebenswichtigen Organen vorbei und hatte keine ernsthaften Verletzungen verursacht. Der Vorfall wurde untersucht, und alle Anwesenden sagten aus, es wäre ein Unfall gewesen. Damit gab man sich zwar zufrieden, aber Tómas hegte keinerlei Zweifel, dass zwischen Ari Þór und dem Mann mit dem Messer ein Kampf stattgefunden hatte. Doch der Fall wurde abgeschlossen, und Tómas tat, als wäre nichts passiert.

Zurück in Siglufjörður, hatte Tómas sich in die Arbeit gestürzt, nicht zuletzt, um sich vom möglichen Ende seiner Ehe abzulenken. Und dank der neuen Bedrohung durch den Virus hatte er reichlich zu tun.

Tómas' Aufgabe war es, dafür zu sorgen, dass die Stadt auch während der Quarantäne weiter mit Waren beliefert wurde. Das war ihm bis jetzt weitgehend gelungen, auch wenn es sich als schwierig erwiesen hatte, Fahrer zu finden, die herkommen wollten. Viele schienen überzeugt, dass es auch in der Luft vor tödlichen Bakterien wimmelte, und hatten ihre Lieferungen an den Eingängen der beiden Tunnel abgestellt, die nach Siglufjörður führten. Zudem waren die Menschen hier nicht gewillt, ihre Häuser öfter als absolut notwendig zu verlassen, und keiner der Angestellten des örtlichen Co-ops war bereit zu arbeiten. Am Ende nahm der Manager des Ladens die Bestellungen telefonisch entgegen und lieferte den Leuten ihre Waren nach Hause.

Tómas seufzte. Ihm blieb nichts anderes übrig, als seine Ehesorgen beiseitezuschieben und sich auf die hiesige Krise zu konzentrieren. Die Pressemitteilung war raus, als Nächstes musste er den Co-op-Manager anrufen. Doch in dem Moment klingelte das Telefon.

Es war Ísrún, die junge Fernsehreporterin – die mit dem Brandmal im Gesicht. Sie hatte letzten Sommer einige Berühmtheit erlangt, als in einem nahe gelegenen Fjord ein Mann aus Siglufjörður tot aufgefunden wurde und sie als erste Journalistin vor Ort war.

Sie wollte Informationen über den Stand der Dinge in der Stadt nach dem weiteren Todesfall. Tómas war gerade sehr beschäftigt, notierte aber ihre Nummer und versprach, sie zurückzurufen.

Er legte auf und klebte den Zettel mit der Nummer an Ari Þórs Computerbildschirm. Wenn er später zur Abendschicht kam, konnte er sich mit den Presseleuten rumschlagen.

## 7. Kapitel

Plötzlich war Róbert hellwach.

Hatte jemand ans Fenster geklopft?

Er setzte sich auf dem Sofa auf. Soviel er wusste, war er allein in der Wohnung. Ein kalter Schauder überlief ihn. Dann sah er, dass er unter dem offenen Fenster eingeschlafen war.

Der Blick auf die Wanduhr sagte ihm, dass es schon fast Mittag war. Wieder fröstelte ihn, aber diesmal wegen des kalten Luftzugs, der seinen Kopf umwehte. Wahrscheinlich bekam er eine Erkältung.

Er schreckte zusammen. Erneutes Klopfen, laut und deutlich. Nicht länger Teil eines verschwommenen Traums, dafür war es zu real.

Kalter Schweiß überzog seinen Körper, als ein Fremder durchs Fenster blickte. Er war starr vor Angst. Normalerweise war er nicht so empfindlich, doch das nächtliche Ereignis hatte an seinen Nerven gezerrt.

Dann fiel ihm ein, dass er den Schlüsseldienst bestellt hatte, und er schüttelte den Kopf über sich selbst.

Er nickte dem Mann zu, sprang auf und eilte in den Flur. Vor der Tür im Regen stand ein Mann mittleren Alters, mit Dreitagebart und zurückgekämmtem, nassem Haar.

»Ich hab auch schon geklingelt«, sagte er leicht vorwurfsvoll.

»Dann hab ich ans Fenster geklopft, um zu sehen, ob überhaupt jemand da ist. Hatte keine Lust, wegen nichts und wieder nichts eine halbe Stunde hierhergefahren zu sein.«

»Tut mir leid, komm rein«, sagte Róbert. »Die Klingel ist so leise, man hört sie kaum. Ich war einen Moment eingenickt und hab es nicht mitgekriegt.«

Der Mann trat sorgfältig die Schuhe auf der Matte ab, doch machte er keine Anstalten, sie auszuziehen.

»Was ist das Problem? Klemmt das Schloss?«

»Das nicht. Wir haben einen Schlüsselbund verloren, deshalb soll das Schloss ausgetauscht werden – hier und an der Hintertür. Es ist besser, auf Nummer sicher zu gehen.«

Der Mann vom Schlüsseldienst nickte und begann sofort mit der Arbeit.

Róbert machte sich einen Kaffee, ging damit zum Küchentisch und wartete. Er hoffte, dass das dampfende Getränk die Erkältung im Keim ersticken würde, doch er verbrannte sich bloß die Zunge. Er war müde. Der nächtliche Eindringling hatte seine Schlafstörungen im Prinzip nur verschlimmert, aber nicht verursacht. Der wahre Grund waren bestimmte Ereignisse aus der Vergangenheit, mit denen er schwerer klarkam, als er jemals gedacht hätte.

»Soll ich auch Sicherheitsketten anbringen?«, hörte er den Mann aus dem Flur rufen.

Er dachte kurz nach, zögerte und sagte dann ja. Allerdings nicht ohne ein schlechtes Gewissen, weil er damit eingestand, dass er nicht selbst für die Sicherheit seiner Familie sorgen konnte.

Der Schlosser war schneller fertig als erwartet. Danach beschloss Róbert, sich wieder hinzulegen. Diesmal nahm er sich jedoch Zeit, die Gardine zuzuziehen und auch die Sicherheitsketten an Vorder- und Hintertür einzuhängen. Er machte sich allerdings keine Illusionen, dass sie wirklich etwas nutzten, wenn jemand mit Gewalt eindringen würde. Als er schließlich auf dem Sofa lag und versuchte, alle Gedanken aus seinem Kopf zu vertreiben – derzeit leichter gesagt als getan –, hatte er noch immer das ungute Gefühl, beobachtet zu werden.

Eine halbe Stunde später ertönte die Türklingel, und Róbert war immer noch wach. Diesmal hörte er sie laut und deutlich.

Er ließ sich Zeit, um zu öffnen, denn es war sicher Breki, Sunnas bescheuerter Ex, der Kjartan zurückbrachte. Róbert hatte Breki von Anfang an nicht gemocht, aber auch nicht groß versucht, ihn wirklich kennenzulernen.

»In mancherlei Hinsicht seid ihr euch ähnlich«, hatte Sunna einmal gesagt.

Ihm war klar, was sie meinte. Er war keiner, der leicht aufgab, und schätzte Breki genauso ein.

Er machte die Tür so weit auf, wie die Sicherheitskette es zuließ, blickte durch den Spalt und schloss sie wieder, um die Kette auszuhaken.

»Hi«, sagte er unfreundlich. Er und Breki waren etwa gleich groß – um die eins sechsundachtzig. Breki hatte einen glattrasierten Kopf, einen ungepflegten Bart und ungewöhnlich große Augen. Er nickte Róbert zu und hielt ihm seine fleischige Hand hin, die Róbert ignorierte.

Mit der anderen Hand hielt Breki einen Kindersitz, in dem Kjartan eingewickelt lag und fest schlief. Der Junge hatte warme Kleidung zum Schutz vor Regen und der feuchten Kälte an, die damit einherging.

»Ist Sunna zu Hause?«, fragte Breki und ließ den Blick schweifen.

»Sie arbeitet«, erwiderte Róbert, nahm ihm den Autositz ab und stellte ihn vorsichtig auf den Boden.

Breki zuckte die Schultern, machte kehrt und ging zu seinem grünen Pick-up, der mitten auf der engen Straße stand.

»Hey«, rief Róbert ihm schniefend hinterher. Der Kaffee hatte gegen seine Erkältung kein bisschen geholfen. »Hey«, wiederholte er. »Was hast du letzte Nacht hier zu suchen gehabt?«

Er beobachtete Breki genau, um zu sehen, wie er auf die Provokation reagierte. Der drehte sich um und starrte ihn mit weit aufgerissenen Augen und perplexem Gesichtsausdruck an.

»Wovon redest du da? Letzte Nacht war ich nicht mal hier in der Nähe.«

Róbert wartete. Das reichte fürs Erste.

»Ich war sicher, dass ich dich gesehen habe«, sagte er und schlug die Tür zu.

Róbert wusste, dass er leise sein sollte, aber der Kleine war nicht aufgewacht. Er wartete, bis Brekis grüne Rostbeule weggefahren war, hob Kjartan behutsam vom Autositz in den Kinderwagen, der im Flur stand, und fuhr im Regen um den Block, die neuen Schlüssel in der Tasche.

Am Ende der Straße blieb er stehen und warf beinahe zwanghaft einen Blick über die Schulter zurück.

Da war niemand. Aber die Erinnerung an den unwillkommenen Besucher verfolgte ihn wie ein Gespenst.

# 8. Kapitel

Ari Þór trat seine Nachtschicht an, obwohl er müde war. Er hatte zwar tagsüber im Bett gelegen, aber nicht richtig schlafen können.

Zum Glück erwartete ihn nicht viel Arbeit. Vielleicht konnte er nach Hause gehen und mit dem Diensthandy in Reichweite den Schlaf nachholen. Er musste Ísrún, die Journalistin aus Reykjavík, anrufen, aber sie war wahrscheinlich schon nach Hause gegangen, also konnte das bis später warten.

Auch im Krankenhaus musste er heute Abend noch anrufen, um mit dem Facharzt für Ansteckungskrankheiten die Lage zu besprechen. Der zweite Todesfall hatte die Angst der Menschen noch gesteigert. In allen Medien wurden die Symptome der Krankenschwester diskutiert, von Erbrechen bis zu offenen Wunden und inneren Blutungen. Jetzt war offensichtlich, welche Gefahr ihnen drohte, und niemand wollte der Nächste sein. Im Gespräch mit dem leitenden Arzt wurde Ari Þór klar, mit welcher Angst das Krankenhauspersonal lebte, selbst jetzt noch, wo der strikteste Notstandsplan in Kraft war.

Er fand, dass die Medien nach dem Tod der Krankenschwester die Furcht der Menschen weiter geschürt hatten. Gleichzeitig wurden die Behörden aber nicht müde, der Öffentlichkeit zu versichern, dass die Situation unter Kontrolle war. Unter den gegebenen Umständen betrachtete man es sogar als Erfolg, dass sich nicht mehr Leute angesteckt hatten.

Davon einmal abgesehen, hatte Ari Þór gerade allen Grund, gut gelaunt zu sein, denn die Beziehung zu Kristín, seiner Exfreundin, war besser geworden. Und das grenzte an ein Wunder. Denn nachdem sie schon einige Zeit getrennt gewesen waren, konnte er sie nicht vergessen und war eines Tages unangemeldet vor ihrer Tür in Akureyri aufgetaucht – die ihm dann ein anderer Mann öffnete. Die Eifersucht hatte ihn so gepackt, dass er die Beherrschung verlor. In der anschließenden Schlägerei hatte er einen Messerstich abgekriegt, wofür er sich aber selbst die Schuld gab. Erstaunlicherweise hatte dieser Vorfall ihn und Kristín aber wieder näher zusammengebracht.

Doch das war nicht die einzige Aufregung in seinem Privatleben gewesen. Im Januar hatte er einen jener überraschenden, wenig erbaulichen Anrufe erhalten, die man in den düsteren Wintermonaten nahe des arktischen Polarkreises nun wirklich nicht brauchte.

»Ist dort Ari Þór?«, hatte eine Frauenstimme zögernd gefragt.

»Ja«, hatte er einsilbig geantwortet, erkannte die Stimme nicht. Dass jemand auf seiner Dienststelle anrief und seinen Namen kannte, kam selten vor, weshalb er annahm, es handele sich um eine Beschwerde – dass jemand fand, er mache seine Arbeit nicht gut genug. In diesem Fall wäre ihm das allemal lieber gewesen.

»Du erinnerst dich vermutlich nicht an mich«, fuhr die Frau nach einer kurzen Pause fort. »Wir haben uns in Blönduós kennengelernt.«

Mehr musste sie nicht sagen. Ari Þór war zusammengezuckt wie nach einer Ohrfeige. Er erinnerte sich an sie, allerdings nur vage. Viel mehr war nach dem Nebelschleier, der sich über das nächtliche Trinkgelage gelegt hatte, auch nicht zu erwarten. Es war die rothaarige Frau, die er bei einem Trip aufs Land kennengelernt und mit der er eine Nacht verbracht hatte. In dem Herbst, als er und Kristín auseinandergegangen waren.

»Ja, natürlich erinnere ich mich«, sagte er.

»Wir müssen reden.« Drückendes Schweigen trat ein. »Ich war damals mehr oder weniger mit jemandem zusammen, als wir uns getroffen haben«, sagte sie schließlich. »Wir hatten gerade eine Auszeit vereinbart … Aber kurz nachdem wir … du weißt schon … hab ich festgestellt, dass ich schwanger war.«

Vor diesem Satz hatte Ari Þór sich immer gefürchtet.

»Was? Und du glaubst, dass das Kind von mir sein könnte?«, fragte er.

»Ich bin mir nicht sicher. Mit meinem Freund ist inzwischen Schluss. Als das Kind auf der Welt war, hatte ich ihn zuerst glauben lassen, dass es von ihm sei, aber dann musste ich zugeben, dass ich mir nicht sicher bin. Kurz darauf haben wir uns getrennt. Ich muss jetzt einen Test machen lassen, um Klarheit zu schaffen.«

Ari Þór wusste, dass er dem Test zustimmen musste, wenn auch widerwillig. Er konnte ja schlecht nein sagen, das sah er ein.

Bevor er den Anruf beendete, fragte er: »Ist es ein Junge oder ein Mädchen?«

»Ein Junge«, sagte sie mit Stolz in der Stimme. »Er ist jetzt sieben Monate alt. Willst du ihn mal kennenlernen?«

Ari Þór zögerte einen Moment, musste darüber nachdenken.

»Nein, lieber nicht«, sagte er schließlich. »Wir finden erst mal raus, ob ich überhaupt der Vater bin, okay?«

Als er den Hörer aufgelegt hatte, erfasste ihn eine Mischung aus Beklommenheit und Freude. Wie zum Teufel sollte er Kristín davon erzählen? Damals hatte er beschlossen, den One-Night-Stand in Blönduós ihr gegenüber zu verschweigen. Es ging sie sowieso nichts an – sie waren zu der Zeit ja getrennt.

Zunächst hatte er ernsthaft in Erwägung gezogen, Kristín angesichts der neuen Entwicklung in ihrer Beziehung nichts von seiner potentiellen Vaterschaft zu sagen und sie in seliger Unwissenheit zu lassen. Aber da sie sich einander gerade wieder annäherten, war ihm bei der Vorstellung unwohl, dass eine Lüge zwischen ihnen stand. Also hatte er schließlich allen Mut zusammengenommen und ihr die ganze Geschichte erzählt. Sie nahm es besser auf, als er erwartet hatte.

»Dann ist es also nicht sicher, ob es dein Kind ist«, sagte sie.

»Aber ich kann es auch nicht ausschließen.«

»Darüber machen wir uns Gedanken, wenn es wirklich so ist«, hatte sie achselzuckend und mit einem Lächeln erwidert. Doch obwohl sie sich um einen leichten Ton bemühte, hatte er die Sorge gespürt – beinahe gesehen –, die sich hinter ihrer gelassenen Haltung verbarg. Aber im Moment war es einfacher, die Sache erst einmal auf sich beruhen zu lassen.

Nachdem von Ari Þór, dem kleinen Jungen und dem früheren Freund Blutproben genommen worden waren, stellte sich heraus, dass der Freund und Ari Þór die gleiche Blutgruppe hatten, so dass sie auch noch einen DNA-Test machen mussten. Im Moment warteten sie alle auf das Ergebnis. Jetzt schon seit zwei Monaten.

Das Telefon auf Ari Þórs Schreibtisch klingelte und holte ihn aus den Gedanken über sein turbulentes Privatleben zurück in die Gegenwart.

Am anderen Ende war eine alte Dame, die allein lebte, obwohl sie schon weit über achtzig war. Als Erstes entschuldigte sie sich für die Umstände, die sie mache, aber das Telefon vom Co-op sei schon den ganzen Tag besetzt und sie brauche dringend ein paar Lebensmittel: ein Fischfilet, Roggenbrot und Milch für sich selbst und ihre Katze. Ari Þór versprach, sich darum zu kümmern, und notierte sich, beim Co-op anzurufen.

Er verabschiedete sich von der alten Dame. Der Ladenmanager war sicher ziemlich erschöpft, dachte er.

Da er sonst nichts zu tun hatte, schien ihm die Ruhe und der Frieden in einer Stadt unter Quarantäne die perfekte Gelegenheit, noch einmal einen Blick in die Héðinsfjörður-Akte zu werfen.

»Ich kann nichts versprechen«, hatte er Hédinn gesagt, der ihn bat, sich die alten Polizeiberichte noch einmal anzusehen, um nach Möglichkeit den Teenager auf dem Foto zu identifizieren.

Zuerst hatte Ari Þór die Akten auf der Wache durchgesehen, doch die reichten bei weitem nicht lange genug zurück, um irgendetwas über den Tod der Frau zu enthalten. Somit hatte er momentan nur das Material von Hédinn zur Verfügung.

Er holte die dünne Mappe hervor und sah sich das Foto, das zuoberst auf den wenigen Papieren lag, genau an. Der Schwarzweißschnappschuss war schon etwas verblasst, und jemand, vermutlich Hédinn, hatte auf die Rückseite die Namen aller Personen auf dem Foto geschrieben – ausgenommen natürlich den des Teenagers. Sie standen nebeneinander auf den Treppenstufen eines flachen, gemauerten Bauernhauses. Links war Jórunn, die fünfundzwanzig Jahre alte Schwester von Hédinns Mutter – also die Frau, die durch Gift gestorben war. Da hatte sie nicht wissen können, wie wenig Zeit ihr nur noch blieb, dachte Ari Þór. Sie war im März 1957 gestorben, doch von wann die Aufnahme stammte, war schwer zu sagen. Der Schnee im Hintergrund ließ vermuten, dass es Winter war, aber im hohen Norden schneite es oft genug auch noch im Frühling oder schon im Herbst. Das Baby, Hédinn, schien wenige Monate alt zu sein, war also kein Neugeborenes mehr. Wenn man nun Hédinns Geburtsdatum zugrunde legte, musste das Foto im Herbst oder Winter 1956 gemacht worden sein. Jórunns ernstes Gesicht wurde von kurzen, dunklen Haaren umrahmt. Sie trug einen Wollpullover und eine Jacke und hatte den Blick gesenkt, sah also die Person hinter der Kamera nicht an.

Der unbekannte Teenager stand neben ihr. Er hatte nichts Ungewöhnliches an sich, doch aufgrund von Hédinns Geschichte konnte Ari Þór nicht umhin, ihn als bedrohlich zu empfinden. Auf dem Foto wirkte er wie ein Junge am falschen Ort zur falschen Zeit; ein unwillkommener Gast. Laut Hédinn hatte ihn an dem Fotoabend niemand erkannt, was vermuten ließ, dass er nicht aus Siglufjörður stammte. Ari Þór schätzte ihn auf vierzehn oder fünfzehn. Er trug Arbeitskleidung und hatte die Augen aufgerissen, den Mund hingegen fest verschlossen; seine zerzausten Haare standen in alle Richtungen. Er hielt das Baby auf dem Arm, das in eine Wolldecke gewickelt war und eine dicke Mütze trug. Doch warum hielt der Junge das Baby? Und in welcher Beziehung stand er zu der Familie?

Hédinns Eltern standen rechts neben dem Teenager. Hédinns Vater, Gudmundur, schien so um die vierzig. Er war ein hochgewachsener Mann, aber in Arbeitshosen und kariertem Hemd für diese Temperaturen nicht angemessen gekleidet. Er hatte ein markantes Gesicht mit tiefen Falten; seine Augen waren hinter einer runden, zarten Brille verborgen. Es schien ihn nicht gerade zu freuen, dass er fotografiert wurde.

Gudfinna, Hédinns Mutter, hatte wie ihre Schwester den Blick gesenkt. Die beiden sahen sich sehr ähnlich, allerdings war Gudfinna schlanker und älter als Jórunn, zur Zeit des Fotos wohl so um die dreißig.

Ari Þór konnte nicht sagen, weshalb, aber irgendwie machten die Menschen auf dem Foto einen wehmütigen Eindruck. Nur das Baby, das unschuldig im Arm des Jungen lag, schien die Traurigkeit der anderen nicht zu spüren.

Noch einmal betrachtete Ari Þór einen nach dem anderen: zuerst Jórunn, dann den Teenager und Baby Hédinn und schließlich das Paar Gudmundur und Gudfinna. Und jetzt fiel ihm auf, dass der Junge als Einziger in die Kamera schaute. Die beiden Frauen blickten auf den angehäuften Schnee vor ihren Füßen, und Gudmundurs seltsame Brille verschleierte seine Augen. Wenn die Aufnahme wirklich ein Geheimnis barg, dann war es gut versteckt.

Er legte das Foto beiseite und widmete sich den beiliegenden Zeitungsausschnitten. Sie datierten aus einer lange zurückliegenden Zeit, in der es weder eine Boulevardpresse noch eine ständige Flut von Internetnachrichten gab. Zwei kleine Ausschnitte aus überregionalen Zeitschriften waren dabei, beide mehr oder weniger gleichen Inhalts: Eine etwa zwanzig Jahre alte Frau war auf einem Bauernhof in Héðinsfjörður durch Gift gestorben. Die Nachricht war eine Woche nach ihrem Tod erschienen, wahrscheinlich aufgrund von Polizeiinformationen.

Sie enthielt zudem die kühne Behauptung, dass es sich um einen Unfall handelte. In keinem der beiden Berichte wurde der Name der Frau erwähnt.

Ein dritter Ausschnitt stammte aus einer Siglufjörðurer Wochenzeitung. Darin wurde der plötzliche Tod der Frau am ausführlichsten beschrieben. Zwar erfuhr man kaum mehr Einzelheiten als in den beiden anderen Berichten, aber ihr Name wurde genannt. Und es war ein Foto vom Héðinsfjörður im Winter abgebildet, mit dem Bauernhaus in der Mitte, den Bergen auf der einen und der Lagune auf der anderen Seite. Beim Betrachten überkam Ari Þór das gleiche Unbehagen wie schon während Hédinns Bericht – die Einsamkeit des Ortes war fast spürbar, die Düsternis erdrückend.

Ari Þór überlegte, ob er durch den neuen Tunnel nach Héðinsfjörður fahren sollte, um sich ein Bild vor Ort zu machen und die Überreste des alten Hauses anzusehen. Er verspürte das Bedürfnis, die Atmosphäre dieses menschenleeren Fjords in sich aufzunehmen, der inzwischen gut zugänglich war. Durch den Tunnel hatte man eine direkte Verbindung nach Siglufjörður geschaffen, und zum ersten Mal konnte man den Héðinsfjörður mit dem Auto erreichen. Doch am Ende siegte sein Gewissen: Er konnte sich über die Order, innerhalb der Stadtgrenzen zu bleiben, nicht einfach hinwegsetzen, auch wenn es sich nur um einen abendlichen Ausflug in einen unbewohnten Fjord handelte.

Das Klingeln des Telefons durchbrach die abendliche Stille.

Diesmal war es Tómas.

»Wie läuft's denn so, mein Junge?«, fragte Tómas, dessen Stimme Erschöpfung verriet.

Neuerdings hatte er sich angewöhnt, Ari Þór während des

Dienstes anzurufen und zu fragen, ob er alles unter Kontrolle hatte. Ari Þór vermutete allerdings, dass er in Wirklichkeit nur mit jemandem sprechen wollte.

»Nicht schlecht«, antwortete Ari Þór zurückhaltend.

»Du rufst mich an, wenn etwas passiert?«

»Natürlich. Übrigens … wo werden eigentlich die alten Polizeiakten aufbewahrt?«, fragte Ari Þór.

»Was …? Wie alt meinst du denn?«, fragte Tómas, offensichtlich überrascht.

»1957, also über fünfzig Jahre zurück.«

»Was willst du denn damit?«, fragte Tómas misstrauisch.

Vielleicht sollte er Tómas einfach fragen, was er über den Fall von damals wusste. Ari Þór hatte ja nicht versprochen, die Sache vertraulich zu behandeln.

»Ich sehe mir nur einen alten Fall an, wenn hier gerade Leerlauf ist.«

»Tatsächlich?«

»Es geht um eine Frau, die durch Gift gestorben ist – in Héðinsfjörður. Erinnerst du dich daran?«

»Ich hab natürlich davon gehört, aber ich war damals ein junger Bursche, als das passierte. Héðinn ist ein alter Freund von mir, er ist dort geboren. Die Tote war seine Tante.«

»Richtig. Er hatte mich kurz vor Weihnachten angerufen, als du unten im Süden warst, und gestern hatte ich endlich Zeit, mit ihm zu reden. Er hatte ein paar alte Zeitungsmeldungen gesammelt und mich gefragt, ob ich mir den Fall einmal ansehen könnte. Ich hab versprochen, dass ich das mache. Mehr kann ich dir ja später erzählen«, ergänzte Ari Þór ungewöhnlich entschlossen. Irgendwie wollte er der Sache selbst nachgehen.

»Dass Hédinn die Vergangenheit ausgräbt, überrascht mich nicht. Er ist Lehrer und war schon immer ausgesprochen wissbegierig. Ich kann dir die Akte morgen besorgen.«

»Gibt es außer Hédinn sonst noch jemanden, der die Geschichte kennt?«, fragte Ari Þór.

»Vielleicht der Pfarrer, Eggert«, sagte Tómas nach einer Pause. »Er kennt die Geschichte vom Héðinsfjörður sehr gut. Geh zu ihm hin, dann kannst du gleich eine theologische Diskussion mit ihm führen.«

»Genau«, erwiderte Ari Þór und verdrehte die Augen, denn er war der Witze über seinen Flirt mit der Theologie allmählich überdrüssig. Er hatte drei Versuche gebraucht, um seinen Platz im Leben zu finden, und hoffte, ihn jetzt wirklich gefunden zu haben. Zuerst war es die Philosophie, dann hatte er Theologie studiert – und beides aufgegeben.

»Bevor ich's vergesse«, sagte Tómas. »Hast du die Journalistin zurückgerufen? Es war Ísrún, sie macht doch die Reportagen über Verbrechen.«

»Oje, die hab ich ganz vergessen«, erwiderte Ari Þór.

Er beendete das Gespräch mit Tómas und rief sofort Ísrún an. Nach dem dritten Klingelton nahm sie ab.

»Hallo?«, sagte sie mit fester Stimme.

»Ísrún?«, fragte Ari Þór.

Er guckte nur selten Nachrichten, wusste aber, wer sie war. Hin und wieder hatte er im Fernsehen einen ihrer Berichte über Verbrechen gesehen und auch mal ein Interview mit ihr in einer Wochenendzeitung gelesen. Der Anlass war ihre Auszeichnung für eine Reportage über Menschenhandel in Skagafjörður, einen Fall, in den vor etwa einem Jahr sowohl er als auch Tómas involviert waren. Sie hatte ein Brandmal im Gesicht, weil ihr als Baby versehentlich heißer Kaffee ins Gesicht geschüttet worden war. So jedenfalls hatte er es aus dem Interview in Erinnerung.

»Am Apparat«, sagte sie, einen abwehrenden Unterton in der Stimme. »Und wer bist du?«

»Ari Þór von der Polizei in Siglufjörður. Du wolltest zurückgerufen werden.«

»Oh, gut. Der Rückruf kommt ja bemerkenswert prompt«, sagte sie mit deutlichem Sarkasmus. »Vielleicht haben die Telefonleitungen bei euch im Norden auch einen Virus?«

»Bei uns tut jeder sein Bestes, um nicht mit dem tödlichen Virus infiziert zu werden, und wir Polizisten sind so ungefähr die Einzigen, die noch zur Arbeit gehen«, erwiderte Ari Þór barsch. »Aber es ist gut zu wissen, dass ihr im Süden die Sache genauso ernst nehmt wie wir.«

»Sorry«, erwiderte Ísrún sofort. »Ich wollte niemandem zu nahe treten. Wir werden in der Abendsendung darüber berichten, deshalb wollte ich kurz den Stand der Dinge checken. Morgen senden wir einen weiteren Bericht, wir können also alles gebrauchen, was du hast.«

»Das Ganze hier ist ziemlich deprimierend«, sagte er unverblümter, als er das normalerweise tun würde, was seiner Verärgerung geschuldet war. »Ich hab ja schon gesagt, wir tun, was wir können – die Wache ist rund um die Uhr besetzt. Aber dass wir vielleicht nur einen Schritt davon entfernt sind, uns einen tödlichen Virus einzufangen, ist kein bisschen witzig und schlägt uns allen hier zunehmend aufs Gemüt. So sieht der Stand der Dinge aus.«

Ísrún war eindeutig überrascht.

»Das tut mir leid. Ich weiß nicht, was ich sagen soll.« Eine

Pause trat ein, sie musste seine Antwort auf ihre ironische Bemerkung wohl erst einmal verdauen. »Ich würde gegen Ende der Woche gern eine weitere Reportage darüber machen«, sagte sie schließlich sehr viel freundlicher. »Könnten wir für morgen ein Telefoninterview vereinbaren?«

»Das muss ich mit meinem Vorgesetzten absprechen«, antwortete er, fand allerdings gut, dass sie sich durch sein schroffes Verhalten nicht hatte abschrecken lassen. »Aber es dürfte kein Problem sein.«

»Klingt gut«, sagte sie erfreut. »Dann bis morgen.«

## 9. Kapitel

Die Kellerwohnung, in der Snorri Ellertsson in Reykjavík im Stadtteil Thingholt zur Miete wohnte, gehörte einer älteren Witwe. Sie war weit über achtzig, lebte aber immer noch oben im Haus. Ihr verstorbener Mann, ein Psychiater, hatte das Souterrain irgendwann Mitte des 20. Jahrhunderts als Praxis genutzt, und wenn Snorri sich langweilte, stellte er sich die Gespräche vor, die über die Jahre hier stattgefunden haben mussten – dazu übernahm er beide Rollen, die von Arzt und Patient, wobei seine lebhafte Phantasie sich als nützlich erwies. Die brauchte man sowieso als Künstler, besonders wenn man wie er Musiker war. Was war schon ein Künstler ohne Kreativität?

Snorri saß im Halbdunkel am Keyboard und arbeitete an einer neuen Komposition. Er hatte Schwierigkeiten, sich zu konzentrieren, war zu aufgeregt wegen des Termins mit der Plattenfirma heute Abend. Nach all den harten Jahren mit endlosen Gigs vor einem lächerlich kleinen Publikum in heruntergekommenen Bars, nach all den Bemühungen, im Radio gesendet zu werden, hatte er endlich eine bessere Zukunft vor Augen. Nach dem Anruf war er im siebten Himmel gewesen. Dieser Abend war ein wichtiger Schritt auf dem Weg zu einem Plattenvertrag.

Viel gab es nicht, worauf er in seinem kurzen Leben stolz sein konnte, aber jetzt wollte er die Neuigkeit unbedingt mit jemandem teilen. Er hätte es gern seinen Eltern erzählt, was allerdings wenig ratsam war.

Sein Vater, Ellert Snorrason, war ein bekannter Politiker gewesen. Er hatte eine lange, erfolgreiche Karriere im Parlament und als Minister in der Regierung hinter sich und lebte inzwischen im Ruhestand. In seiner aktiven Zeit war Ellert von seiner eigenen Partei wie auch von seinen politischen Gegnern stets respektiert worden. Aber Snorri wusste auch, dass er das Amt des Premierministers angestrebt hatte, doch dieser Traum war nicht in Erfüllung gegangen. Allerdings war er ihm einmal sehr nahe gekommen, als wegen der Finanzkrise vor etwas über zwei Jahren beschlossen wurde, ein Regierungsbündnis, bestehend aus sämtlichen Parteien, zu bilden. Niemand hatte daran gezweifelt, dass ihm dabei die Rolle des Premierministers zufallen würde. Denn trotz seiner langen Karriere in der Politik war Ellert ein bemerkenswert unumstrittener Mann gewesen, mit mehr Erfahrung als sonst jemand im Parlament. Doch am wichtigsten war: Andere Parlamentsmitglieder schienen ihm zu vertrauen.

Jahrelang hatte Snorri seinen Eltern eine Enttäuschung nach der anderen bereitet. Er war immer tiefer in einen Alkohol- und Drogensumpf gerutscht, und just als es schien, dass sein Vater die Führung des Landes übernehmen würde, war seine Sucht außer Kontrolle geraten. Und der Traum seines Vaters vom Amt des Premierministers war für immer ausgeträumt. Ellert hatte sich aus persönlichen Gründen aus der Politik zurückgezogen, doch die wahren Hintergründe drangen nie an die Öffentlichkeit.

Snorris Mutter, Klara, war selbst nie berufstätig gewesen, hatte aber alle politischen Fäden in der Hand gehalten. Snorri zweifelte keinen Moment daran, dass der Erfolg seines Vaters als Minister größtenteils dem politischen Instinkt und der Zielstrebigkeit seiner Mutter zu verdanken war. Was bedeutete, dass nicht nur der Traum Ellerts zerstört worden war, sondern auch der von Klara. Als seine Karriere ein plötzliches Ende fand, war ihre enorme Enttäuschung nicht zu übersehen.

Sie reagierte rigoros und brach jeden Kontakt zu ihrem Sohn ab. Die wenigen Male, die er angerufen hatte, weigerte sie sich, mit ihm zu sprechen. So war Snorri seit über zwei Jahren nicht mehr in dem Haus seiner Kindheit und Jugend gewesen. Vermutlich hätte Ellert gegen einen Besuch nichts einzuwenden gehabt, aber Klara hatte seit jeher das Sagen in ihrer Ehe.

Diese Unerbittlichkeit seiner Mutter bewies eindeutig, was Snorri schon immer geahnt hatte: Politik war nichts für gutherzige Menschen. Deshalb war es ihm nie auch nur ansatzweise in den Sinn gekommen, in die Fußstapfen seines Vaters zu treten.

Ellert war also nicht Regierungschef geworden. Aber welchen Unterschied machte das letztendlich? Er konnte noch immer auf eine erfolgreiche und makellose Karriere zurückschauen. Und seine Partei hatte auch ohne ihn weiterhin den Premierminister gestellt. Sein unbestrittener Kronprinz, Marteinn – ein Freund der Familie und Jugendfreund von Snorri – hatte den Staffelstab übernommen. Mit Marteinn an der Spitze hatte seine Partei nach Bildung der Koalition die Wahl spielend gewonnen – er war eine Führungspersönlichkeit für die neue Generation, mit einer großartigen Zukunft vor sich. Snorri hatte gute Gründe zu glauben, dass der alte Herr nicht die

Energie gehabt hätte, eine weitere Wahlkampagne durchzuziehen, schon gar nicht mit so großem Erfolg wie Marteinn.

Aber vielleicht hatte Snorri auch jeden Grund, sich schuldig zu fühlen. Die verdammten Drogen.

Vielleicht sollte er mit seiner Schwester, Nanna, über seinen Erfolg reden.

Sie war zwar immer sehr beschäftigt, doch sie telefonierte manchmal mit ihm und tat ihr Bestes, um den Kontakt mit ihrem Bruder aufrechtzuerhalten. Wobei ihr Ehemann sie dabei nicht gerade unterstützte. Einmal war er seiner Schwester und ihrem Mann auf der Straße begegnet, und sie hatten ein kurzes, ernstes Gespräch geführt. Beim Gehen hörte er ihren Mann sagen – zweifellos war es für seine Ohren bestimmt –, dass jemand, der Drogen nahm, »der Kinder wegen« nicht in die Nähe ihrer Familie kommen dürfe. So ein Mistkerl.

Aber Snorri hatte diese Exzesse hinter sich gelassen, und nun schien seine Musikerkarriere Fahrt aufzunehmen.

Er öffnete den Laptop und schrieb seiner Schwester eine Nachricht, fragte, was es Neues gab, und berichtete von seinen guten Nachrichten: dass er hoffte, einen Plattenvertrag zu bekommen. *Das Treffen heute Abend ist in Kópavogur. Mal sehen, was passiert* – Nanna lebte mit ihrer Familie in einem großen Haus in Kópavogur –, *ich denke an dich, wenn ich im Studio bin. Hoffentlich ist mein Termin erfolgreich. Liebe Grüße an die Familie*, fügte er hinzu. Er mochte ihre zwei kleinen Kinder, obwohl er sie selten sah.

Es wäre schön, mit Marteinn, seinem Jugendfreund – und jetzigen Premierminister –, bei einem Kaffee über die Neuigkeit sprechen zu können, in Erinnerungen zu schwelgen und ihren Erfolg zu feiern. Aber eine Verabredung mit ihm zu treffen war leichter gesagt als getan. Nicht zuletzt, weil sie in ihrem Leben gänzlich verschiedene Richtungen eingeschlagen hatten.

Als Jugendliche hatten beide eine vielversprechende Zukunft vor sich. Doch während Snorri sich irgendwann in zweifelhafter Gesellschaft wiederfand, verlor Marteinn niemals sein Ziel aus den Augen und legte eine eiskalte Cleverness an den Tag, die Snorris Wesen vollkommen fremd war. Aber trotz seines Ehrgeizes und seiner Zielstrebigkeit hatte Marteinn seinen alten Freund nie aufgegeben. Als Snorri durch das soziale Netz gefallen und in einer Unterwelt aus Drogensüchtigen gelandet war, hatte Marteinn immer Kontakt zu ihm gehalten. Obwohl ihre Freundschaft kein Geheimnis war, musste er wie jeder umsichtige Politiker vorsichtig sein, so dass sie sich nie irgendwo trafen, wo viele Menschen waren.

Doch seit den dramatischen Tagen im Februar vor zwei Jahren war Marteinn ihm aus dem Weg gegangen. Snorri konnte das verstehen. Für einen Premierminister – selbst eines kleinen Landes – war so ein Freund nicht tragbar. Und es machte auch keinen Unterschied, dass Snorri danach alles tat, um sein Leben wieder auf die Reihe zu kriegen: Mit Unterstützung seiner Schwester hatte er einen Drogenentzug gemacht, wurde clean und entdeckte seine erste Liebe wieder, die Musik.

Es war nach neun Uhr abends. Er hatte ein Taxi bestellt, denn er besaß kein Auto und musste ins Industriegebiet von Kópavogur, eine zehn- bis fünfzehnminütige Fahrt vom Zentrum in Reykjavík. Er hatte verabredet, um neun Uhr dreißig dort zu sein.

Ihn schauderte bei der Vorstellung, so weit hinauszufahren. Er fühlte sich in der Stadt am wohlsten und hoffte, eine Mitfahrgelegenheit zurück zu bekommen.

Auf dem Weg nach draußen warf Snorri einen Blick in den Spiegel. Er wusste, dass er dem Bild eines Musikers entsprechen musste, fand sich akzeptabel und fuhr sich mit den Fingern durch die Haare. Für einen jungen Mann wie ihn waren sie bereits erschreckend dünn.

Er steckte eine CD in die Tasche seines schwarzen Mantels und eilte hinaus, um an der Straßenecke auf das Taxi zu warten. Bei diesem grässlichen Wetter war kein Mensch unterwegs. Als er den Regentropfen zusah, wie sie in eine Pfütze platschten, ging ihm das Motiv eines klassischen Musikstücks durch den Kopf – eines wundervollen Walzers, aber wer ihn komponiert hatte, wusste er nicht genau. Wahrscheinlich jemand aus der Familie Strauss, dachte er.

Das Taxi bog um die Ecke. Als es durch eine Pfütze fuhr und Wasser in seine Richtung spritzte, sprang er gerade noch rechtzeitig zur Seite, um nicht vollgespritzt zu werden. Heute ist meine Glücksnacht, dachte er.

## 10. Kapitel

Es war mitten in der Nacht, und Róbert war immer noch wach.

Am Abend war nichts Ungewöhnliches passiert. Kjartan war schon früh eingeschlafen, und Sunna war gut gelaunt von der Arbeit nach Hause gekommen. Beim Dinner – es gab duftenden Seesaibling – erzählte ihr Róbert, dass die Schlösser ausgetauscht waren. Sie nickte und lächelte.

»Und du warst nett zu Breki, als er Kjartan nach Hause gebracht hat?«, fragte sie.

»Natürlich, Schatz«, log er.

Sie schlief bald ein, müde nach den anstrengenden Proben.

Es war nicht allein der Gedanke an den Eindringling, der Róbert wach hielt. Auch sein alter Albtraum feierte ein Comeback. Aus irgendeinem Grund hatte er ihn eine ganze Zeit lang nicht mehr gehabt, aber seit kurzem trieb er wieder sein Unwesen.

Er lag im Bett, betrachtete Sunna, so friedlich und schön, und starrte immer wieder an die Decke. Kjartan schlief tief und fest in seinem kleinen Zimmer am Ende des Flurs.

Róbert beschloss, ein letztes Mal nach ihm zu sehen. Nur um sicher zu sein, denn die Ruhe und der Frieden ihres Zuhauses waren gestört worden, und es fiel ihm schwer, damit zurechtzukommen.

Vorsichtig stieg er aus dem Bett und ging mit leisen, festen Schritten ins Zimmer des Jungen, darauf bedacht, im Dunkeln nirgends anzustoßen. Die Tür stand einen Spalt offen, aber er konnte nicht sehen, ob der Junge in seinem Bett lag oder nicht. Mit einem Mal hatte er Angst, der Kleine könnte verschwunden sein, und eilte an sein Bett.

Große Erleichterung überkam ihn, als der Junge sich im Schlaf drehte. Alles war gut.

Róbert tappte zurück ins Schlafzimmer und wollte sich gerade wieder hinlegen, als er glaubte, vor dem Schlafzimmerfenster eine Bewegung zu bemerken.

Die Gardinen waren zugezogen, sehen konnte er nichts.

Róbert stand still und lauschte. Irrtum ausgeschlossen. Draußen trieb sich jemand herum.

Er ging zum Fenster, blickte kurz zu Sunna, die fest schlief, schob vorsichtig die Gardine ein Stück beiseite und sah hinaus.

Obwohl er geahnt hatte, dass jemand dort draußen war, überraschte ihn der Anblick dann doch.

Mitten im Garten stand eine dunkle Gestalt im Regenmantel, die Kapuze auf dem vorgebeugten Kopf, das Gesicht in den Händen vergraben.

Róbert stand wie angewurzelt da, unfähig, sich zu bewegen. Zuerst hatte sein Herz fast stillgestanden, doch jetzt hämmerte es wild. Er war in Panik.

Kurz davor, die Beherrschung zu verlieren, schloss er die Augen, überzeugt, dass seine Phantasie ihm einen Streich spielte. Doch als er sie wieder öffnete, war die Gestalt noch immer da. Róbert spürte ihren Blick auf sich, aber vielleicht war auch das nur Einbildung.

Mehrere Sekunden verstrichen, langsam wie eine Ewigkeit.

Dann zwang er sich, logisch zu denken. Am liebsten hätte er die Fensterscheibe eingeschlagen und sich auf die Person gestürzt, aber er wollte Sunna und Kjartan nicht wecken, sondern etwas Vernünftiges und Realistisches tun. Etwas, das nicht von Angst beherrscht war.

Die Gestalt stand immer noch bewegungslos im Garten.

Róbert lief aus dem Schlafzimmer, rannte zur Eingangstür, öffnete sie, so leise es ging. Aber die verdammte Sicherheitskette auszuhaken hatte wertvolle Zeit gekostet, und obwohl er dann nur noch Sekunden bis in den Garten brauchte, war er zu spät. Kein Mensch weit und breit.

Er blickte sich um, doch es war niemand zu sehen. Auf der gegenüberliegenden Straßenseite schwang leicht das Gartentor zum alten Hólavellir-Friedhof, als hätte es jemand aufgestoßen, um durchzugehen.

Einen Moment lang war Róbert drauf und dran, über die Straße und auf den großen, dunklen Friedhof zu laufen, überlegte es sich dann aber anders. Der Ort war ein Labyrinth, und er wollte sich nicht so weit vom Haus entfernen.

Er ging zurück ins Haus, zitterte am ganzen Körper und war sicher, dass ihm alle Haare zu Berge standen.

## 11. Kapitel

Ísrúns alte rote Klapperkiste brachte sie zwar noch immer wacker ans Ziel, doch sie wusste, dass der Wagen jeden Moment seinen Geist aufgeben konnte. Aber auch an diesem wolkenverhangenen Morgen im März hatte er sie brav zur Arbeit befördert.

Das Wetter spiegelte ihre Stimmung wider – die ständige Trägheit, die ihr immer mehr zusetzte, seit die Krankheit ausgebrochen war. Sicher war das auch eine Folge ihrer Sorge über das Fortschreiten der Krankheit, die sie immer und überall plagte – an der Arbeit, abends und sogar nachts, wenn sie nicht schlafen konnte, ging sie ihr nicht aus dem Kopf.

Gleichzeitig konnte sie sich seit letztem Jahr, nachdem sie die Auszeichnung für hervorragende journalistische Arbeit bekommen hatte, über einen Mangel an interessanten Aufgaben nicht beklagen. Damals hatte María, die Nachrichtenchefin, entschieden – zweifellos gegen den Willen Ívars, des Redaktionsleiters –, dass Ísrún alle Themen im Zusammenhang mit Verbrechen übernehmen sollte.

Doch sich mit all den schlimmen Ereignissen, die auf ihrem Schreibtisch landeten, zu befassen war nicht gerade ein Stimmungsaufheller. Anfang des Jahres musste sie über einen versuchten Mord im Norden Islands berichten, bei dem ein betrunkener Möchtegernkiller einen alten Bekannten wegen eines Erbschaftsstreits angegriffen hatte. Danach war eine junge Frau in einem Nachtclub in Kópavogur von einem unbekannten Mann vergewaltigt worden, der sich bis heute auf freiem Fuß befand. Das Opfer hatte sein Gesicht nicht richtig gesehen, weil es größtenteils von einer Skimaske verdeckt wurde, dafür aber die Schimpfwörter deutlich gehört, die er ihr ins Ohr flüsterte, als er sie niederhielt. Darüber zu berichten fand Ísrún besonders grauenvoll, weil sie ein paar Jahre zuvor selbst Opfer einer Vergewaltigung gewesen war. Sie lebte so gut es ging mit diesem Erlebnis, hatte aber nur mit einem einzigen Menschen darüber reden können – einer Frau, die Opfer desselben Mannes gewesen war. Und obwohl sie sich immer wieder vorzumachen versuchte, darüber hinweg zu sein, war sie vor Flashbacks, die ohne Vorwarnung wie aus dem Nichts kamen, nicht gefeit.

Vor nur einer Woche war eine junge Frau gestorben, die zwei Jahre im Koma gelegen hatte, nachdem sie in ihrem Apartment in Reykjavík anscheinend ohne Motiv mit einem Baseballschläger niedergeknüppelt worden war. An dem Abend war ihr Mann bei der Arbeit und sie allein zu Hause – ein weiteres Gewaltverbrechen, das nie aufgeklärt wurde. Das Leben im kleinen Island wurde tagtäglich gefährlicher.

Ísrún tat wirklich ihr Bestes, damit ihr das alles nicht unter die Haut ging, aber leicht war es nicht. Sie schlief, so viel sie konnte, um bei Kräften zu bleiben. Aber diese Woche, mit der gestrigen Nachtschicht und den kommenden Tagesschichten, würde nicht einfach werden.

Doch sie hatte schon gut vorgearbeitet und bereits einen Interviewtermin mit Ari Þór, dem Polizisten in Siglufjörður, verabredet. Bei dem Telefonat am Vorabend war er ihr ungewöhnlich offen erschienen, und sie fand das Gespräch interessant, auch wenn es nur ein paar Minuten gedauert hatte. Als sie hinterher im Internet recherchierte, um herauszufinden, wie er wohl aussah, war ihre Suche ergebnislos verlaufen. Er blieb ein geheimnisvoller Mann.

Am Ende der Abendschicht hatte ihr Vater angerufen. Er wusste von Ísrúns Reise auf die Färöer Inseln und wollte wissen, was es Neues von ihrer Mutter gab. Zu stolz, um geradeheraus zu fragen, ob Anna nach Hause kommen würde, umkreiste er das Thema so vorsichtig wie ein Fisch den Angelhaken. Da er Ísrún leidtat, versicherte sie ihm, es wäre nur eine vorübergehende Situation – wobei diese Behauptung einzig auf ihrer eigenen Überzeugung basierte.

Am Abend rief dann auch noch ihre Mutter von den Färöern an, angeblich, um sich zu erkundigen, wie ihr Rückflug gewesen sei. Doch in Wirklichkeit wollte sie etwas über Ísrúns Vater erfahren, das spürte Ísrún deutlich, auch wenn sie keine einzige direkte Frage nach ihm stellte. Die beiden waren sich so ähnlich und passten perfekt zusammen.

Bei der Redaktionssitzung am Montagmorgen wurde Ísrún die Weiterverfolgung ihrer Storys zugeteilt, einschließlich der Entwicklung in Siglufjörður. Zudem sollte sie über einen nächtlichen Überfall in der Hafnarstræti berichten; noch ein Verbrechen.

Doch die große Story des Tages sollte Ísrún erst nach der Redaktionssitzung erfahren, als Ívar und María sie zu sich riefen, um mit ihr zu reden.

»Wir haben etwas Neues für dich«, sagte María, sobald Ísrún die Bürotür hinter sich geschlossen hatte, und kam wie immer sofort zur Sache.

Ísrún setzte sich und wartete. Ihr Herz schlug etwas schneller.

»Es handelt sich um eine delikate Angelegenheit«, sagte María. »Es geht um Ellert Snorrason.«

Ísrún hatte sofort das Bild des zurückhaltenden, würdevollen älteren Staatsmannes vor Augen, den sie ein- oder zweimal interviewt hatte. War er im fortgeschrittenen Alter und bereits im Ruhestand noch in einen Skandal verwickelt?

»Sein Sohn wurde letzte Nacht Opfer eines Verkehrsunfalls mit Fahrerflucht«, sagte María. »In Kópavogur«, sagte sie nach einer Kunstpause, »auf einer ruhigen Straße im Industriegebiet. Keine Zeugen, und der Fahrer hat nicht angehalten.«

»Wie geht es ihm – ich meine, dem Sohn?«, fragte Ísrún.

»Er war vermutlich sofort tot.«

Stille trat ein. Ísrún hatte das Gefühl, das Opfer verdiente einen Moment des Gedenkens.

»Ich mache mich gleich an die Arbeit«, erwiderte sie schließlich.

»Die Polizei nimmt die Sache sehr ernst«, sagte María. »Sie geht von einem heftigen Zusammenprall aus, in einer Straße, in der Schnellfahren gar nicht so einfach ist. Die Straßenverhältnisse letzte Nacht waren wegen des Regens zwar nicht gut, aber auch nicht so schlecht, dass Vorsätzlichkeit ausgeschlossen werden kann.«

»Wir bringen es in den Spätnachrichten?«, fragte Ísrún.

Ívar war die ganze Zeit still gewesen, doch jetzt zeigte sein Ton deutlich, was er von ihrer Frage hielt. »Natürlich.«

»Und wir nennen seinen Namen?«

Ívar zögerte und sah María an, was ungewöhnlich war.

»Ich glaube, das ist okay«, sagte sie. »Wir beobachten, ob sein

Name im Laufe des Tages irgendwo genannt wird. Er war sehr bekannt – ein regelmäßiger Besucher der Reykjavíker Nachtclubszene, bis er dann in die Drogenszene abrutschte. Soviel ich weiß, war er Musiker und ist öffentlich aufgetreten, aber ein großer Wurf ist ihm wohl nie gelungen. Wir sollten auch nicht vergessen, dass er ein enger Jugendfreund unseres ehrenwerten Premierministers war – der eine erfüllt alle in ihn gesetzten Erwartungen, und der andere versinkt im Drogensumpf und wird an einem regnerischen Tag Opfer eines Verkehrsunfalls.«

»Soll ich versuchen, eine Stellungnahme von Marteinn zu bekommen? Ist der Premierminister darauf vorbereitet, darüber zu reden?«, fragte Ísrún, wobei sie ostentativ María ansah.

»Mach, was immer deiner Meinung nach funktioniert«, erwiderte Ívar. »Aber liefer mir eine ordentliche Geschichte.«

Ísrún nickte. »Bevor ich's vergesse. Ich wollte gegen Ende der Woche für unser Feature einen kurzen Bericht über den Virus in Siglufjörður machen, ist das okay?«, fragte sie wieder an María gewandt.

»Klingt gut«, sagte María und lächelte.

Ísrún genoss Marías Wertschätzung, und Ívars neidischer Gesichtsausdruck genügte, um ihre Stimmung zu heben.

# 12. Kapitel

Es war eine ruhige Nacht gewesen.

Ari Þór hatte Zeit gehabt, das Material von Hédinn durchzusehen, aber als er dann merkte, wie ihm die Augen zufielen, war er nach Hause gegangen und hatte geschlafen. Spätnachmittags hatte er sowieso wieder Dienst.

Als er zurück auf die Wache kam, begrüßte Tómas ihn freudig. »Schön, dass du wieder da bist, mein Junge«, sagte er. Ari Þór schien die gute Laune eher aufgesetzt. »Ich hab die Akte besorgt, nach der du gefragt hast«, fügte er hinzu, als wolle er ein launisches Kind aufmuntern.

»Akte?«, fragte Ari Þór überrascht.

»Ja. Die alten Polizeiberichte über den Todesfall in Héðinsfjörður.«

»Danke. Das ist nett von dir.«

»Liegen alle in einer Mappe auf deinem Schreibtisch. Und ich wollte dir von … von Sandra erzählen.«

»Sandra?«, fragte er. Hoffentlich war ihr nichts passiert. Vor zwei Jahren hatte er bei den Ermittlungen zum Tod eines älteren Siglufjörðurer Schriftstellers zweimal mit ihr gesprochen, und sie war freundlich und hilfreich gewesen.

Nach der Aufklärung des Falls hatte er sie weiterhin regelmäßig im Altersheim besucht. Mindestens einmal im Monat war er bei ihr, und sie waren gute Freunde geworden. Ari Þór hatte keine eigene Familie mehr, und in gewisser Weise hatte die alte Sandra mit ihrer Herzlichkeit und Wärme diese Lücke gefüllt. Die Besuche bei ihr schienen ihm wie eine Reise in eine Vergangenheit, in der noch nicht alles so verdammt kompliziert war.

»Sie liegt im Krankenhaus«, sagte Tómas.

»Krankenhaus?«, wiederholte Ari Þór erschrocken. »Hat sie den …?«

Er wagte es kaum, den Gedanken zu Ende zu denken. Sandra würde nicht ewig leben, das wusste er zwar, war aber nicht darauf vorbereitet, eine so gute Freundin so schnell zu verlieren. Noch nicht.

»Der Arzt sagt, das ist sehr unwahrscheinlich«, erwiderte Tómas. »Sie hat wohl nur eine ganz normale Grippe.«

»Ich habe gestern Abend mit der Journalistin telefoniert«, sagte Ari Þór, um schnell das Thema zu wechseln. Über Sandras Zustand wollte er nicht sprechen und lieber so tun, als wäre sie nicht krank. »Ísrún. Sie will über unsere Situation hier ein Interview mit mir machen, geht das in Ordnung?«

»Das kannst du entscheiden, mein Junge«, sagte Tómas zu Ari Þórs Erstaunen. Normalerweise vermied es Tómas, in die Öffentlichkeit zu gehen, und war den Medien gegenüber immer sehr kurz angebunden.

Dass Ísrún bis jetzt noch nicht angerufen hatte, überraschte Ari Þór allerdings. Eigentlich wollte sie sich doch bei ihm melden. Aber vielleicht hatte sie sich ja doch gegen ein Interview entschieden. Was wirklich schade wäre. Er hätte gern Kristín angerufen und gesagt, dass er fürs Fernsehen interviewt würde – wenn auch nur übers Telefon.

Mit Kristín hatte er morgens telefoniert. »Ich habe gehört, dass die Krankenschwester gestorben ist«, sagte sie. »Wirklich schlimm.«

»Ja, das stimmt.«

»Hast du … hast du Angst?«

Er hatte gelogen. »Nein, eigentlich nicht. So schlimm, wie es die Medien darstellen, ist es nicht. Und man kann sich ja an die notwendigen Vorsichtsmaßnahmen halten.«

»Trotzdem, halt dich so wenig wie möglich im Freien auf.«

»Es macht kaum einen Unterschied, ob ich drinnen oder draußen bin«, hatte er erwidert. »Es ist sowieso kaum jemand auf der Straße.«

Jetzt saß Ari Þór an seinem Schreibtisch und fing an, die alten Polizeiakten zu lesen, die Tómas für ihn ausgegraben hatte. Aber die kurzen, sachlichen Sätze lieferten ihm keine neuen Erkenntnisse über den Fall. Jórunn war 1957 an einem Märzabend gestorben, nach einer Tasse Kaffee, in der Rattengift war. Schlimmer als in jener Nacht hätte das Wetter nicht sein können, und als die ersten Symptome auftraten – die für Rattengift typischen Blutungen –, war es unmöglich, einen Arzt zu holen. Alle dort lebenden Personen hatten bestätigt, dass es im Haus Rattengift gab und dass es in der Küche in einer Büchse aufbewahrt wurde, die nicht viel anders aussah als die Zuckerdose. Als der Arzt und die Polizei am nächsten Tag eintrafen, war Jórunn bereits tot. Sie hatte ihrer Familie noch erzählen können, sie hätte das Gift aus Versehen in ihren Kaffee gerührt. An dem Punkt stimmten alle Aussagen überein.

Als Ari Þór den Bericht fertig gelesen hatte, schleuderte er ihn beinahe entrüstet von sich. Er glaubte kaum etwas von dem, was darin stand. Er bezweifelte allerdings nicht, dass dies genau die Informationen waren, die die Polizei erhalten hatte – er bezweifelte nur deren Zuverlässigkeit. Das war eine viel zu einfache und bequeme Lösung für einen so komplizierten Fall. Ihm war aber auch klar, dass die Polizei es sicher schwer gehabt hatte, die hanebüchen klingende Geschichte in Frage zu stellen, wenn offensichtlich niemand interessiert war, daran zu rütteln, und alle drei Zeugen das Gleiche erzählten.

Das Interessanteste an dem Bericht war sicher das, was fehlte, dachte Ari Þór. Dass sich außer Jórunn und Maríus, Gudmundur und Gudfinna – und natürlich deren Sohn Hédinn – an dem Abend niemand sonst im Haus befand, galt als sicher. Aber was war mit dem Teenager auf dem Foto? Er schien sich in Luft aufgelöst zu haben – jedenfalls wurde er nirgendwo erwähnt.

Nach kurzer Suche fand Ari Þór die Telefonnummer der Siglufjörður-Gesellschaft in Reykjavík, und wenig später sprach er mit dem Mann, der den Fotoabend organisiert hatte. Ari Þór stellte sich vor, aber nicht als Polizeihauptmeister, sondern als jemand mit Interesse an einem speziellen Foto. Der Mann schien keineswegs überrascht und fragte, um welches Foto es sich denn handelte.

»Ein Gruppenfoto, das in Héðinsfjörður aufgenommen wurde«, erklärte Ari Þór. »Zwei Frauen, ein –«, begann er, wurde aber sofort unterbrochen.

»Ja, ja. Ich weiß, welches du meinst. Wir haben hier nicht oft Fotos von Héðinsfjörður. Gudmundur und Gudfinna aus Siglufjörður waren drauf. Sie hatten versucht, das Land in Héðinsfjörður zu bewirtschaften, sind aber wieder zurück in die Stadt gezogen. Das war kurz nach dem Todesfall dort, wenn ich mich recht erinnere«, sagte der Mann, wobei er die Stimme bei der Erwähnung des Todesfalls senkte.

Ari Þór wartete, dass er weitersprach.

»Bist du mit ihnen verwandt?«, fragte der Mann.

»Nein, aber ich kenne ihren Sohn. Ich habe mich gefragt, von wem das Foto ist?«

»Dann kennst du also Hédinn?«, fragte der Mann, wartete aber nicht auf eine Antwort. »Er ist ein guter Kerl.«

»Das waren anständige Leute, nicht wahr?«, fragte Ari Þór. »Ich meine Gudmundur und Gudfinna.«

»Na ja. Mit Gudmundur ist nicht jeder gut ausgekommen. Er war keiner, mit dem man Streit haben wollte. Aber er war erfolgreich in dem, was er tat. Er hatte schon als junger Mann mit dem Fischfang angefangen und eine eigene Firma gehabt. Ich sage es mal so: Er hatte genug Geld, um sich einen Fehler wie das Abenteuer im Héðinsfjörður leisten zu können. Obwohl es vermutlich ein teurer Ausflug in die falsche Richtung war. Er musste irgendeine Vorstellung vom Reiz der Abgeschiedenheit haben, dem Zauber eines verlassenen Fjords, so etwas in der Art. Seitdem hat niemand mehr am Héðinsfjörður gewohnt.«

»Und seine Frau?«

»Sie waren ja beide in Reykjavík aufgewachsen, sie und ihre Schwester. Die Schwester ist diejenige, die gestorben ist. An ihren Namen kann ich mich nicht mehr erinnern …«

»Jórunn«, sagte Ari Þór.

»Richtig, Jórunn. Der Name ihres Mannes war Maríus, er hat auch das Foto gemacht. Soviel ich weiß, waren sich die Schwestern sehr ähnlich und von der Enge und Dunkelheit am Fjord nicht gerade begeistert. So ein Leben gefällt nicht jedem. Sie hat das Gift genommen. Ich meine Jórunn.«

»Ist das sicher?«, fragte Ari Þór.

»Na ja … soweit ich mich erinnere, war das die Erklärung damals. Aber ich werde auch langsam alt. Ich glaube allerdings nicht, dass jemand daran zweifelte. Du kannst dir sicher vorstellen, wie hart ein Winter dort ohne Strom ist. Da hat es noch nie Strom gegeben, auch kein Telefon. Es war schon schwer genug in Siglufjörður. Ich bin vor einiger Zeit hier in den Süden gezogen, um näher bei meiner Familie zu sein«, sagte er, Bedauern in der Stimme.

»Du hast gesagt, Maríus hätte das Foto gemacht; ist er nicht gestorben?«, fragte Ari Þór.

»Doch, vor zwei Jahren. Ich habe es von seinem Bruder bekommen. Der hatte eine Weile gebraucht, um Maríus' Sachen durchzugehen. Letzten Winter hat er uns kontaktiert, oder, besser gesagt, eine Krankenschwester aus dem Altersheim, in dem er jetzt ist, hat sich bei uns gemeldet. Sie sagte, Maríus hätte seinem Bruder zwei Schachteln mit alten Fotos hinterlassen und der Bruder wollte sie uns schenken. Wir haben sie in unsere Sammlung aufgenommen und ein paar davon an dem Fotoabend gezeigt. Du würdest staunen, wie viele Leute wir auf den alten Aufnahmen identifizieren konnten«, sagte er freudig.

»Hast du die Telefonnummer von Maríus' Bruder?«

»Tut mir leid, nein. Aber ich weiß den Namen des Heims; da kannst du anrufen und nach ihm fragen.« Eine Pause trat ein, dann las er den Namen des Altersheims vor. »Ich glaube, er ist schon über neunzig, der alte Knabe. Er heißt Nikulás Knutsson.«

## 13. Kapitel

Der Psychiater hatte sein Bestes getan, um Emil zu helfen.

»Emil. Sag mir, wie du dich fühlst«, hatte er gesagt.

Keine Reaktion.

»Schreib es auf, Emil, wenn dir das leichter fällt«, hatte er mit väterlicher Stimme gesagt.

Nichts.

Es war, als wäre er ausgeknipst. Weder wollte er sprechen, noch konnte er es; jedenfalls nicht über sie.

Emil war siebenundzwanzig Jahre alt. Geboren und aufgewachsen war er in Kópavogur und nach der erfolgreichen Bewerbung um eine Studentenwohnung von zu Hause ausgezogen. Da er sich mit Computern gut auskannte, stand sein Entschluss, sich ganz auf Wirtschaftswissenschaften zu konzentrieren, schnell fest. Als er nach drei Jahren alle Lehrveranstaltungen erfolgreich abgeschlossen hatte, entschied er, eine Pause einzulegen; sein Bachelor of Science würde erst einmal reichen. Er hatte ein gutes Angebot von einer der großen Banken akzeptiert und arbeitete noch immer dort, jedenfalls theoretisch. Derzeit war er krankgeschrieben und ein Ende dieser Situation noch nicht in Sicht.

Manche seiner Kollegen hatten ihre erworbenen Fähigkeiten genutzt, um ein eigenes Unternehmen zu gründen, aber das hatte Emil nie gereizt. Er hatte weder die Energie noch den Pioniergeist für so einen Schritt.

Nach Beendigung seines Studiums hatte er sich ein kleines Apartment in Reykjavík gekauft; seine Eltern hatten geholfen, das Geld für die Anzahlung zusammenzubekommen, und für den Rest hatte er eine Hypothek aufgenommen. Ein Jahr später hatte er Bylgja kennengelernt.

Sie hatte bei derselben Bank gearbeitet wie er und war im Studium ein Jahr hinter ihm gewesen. An der Uni war sie ihm zwar aufgefallen, aber ihre Wege hatten sich nie gekreuzt. Als sie sich dann bei einer Mitarbeiter-Party kennenlernten, hatten sie sich sofort gut verstanden. Und sie war, so schien es ihm jedenfalls, kurz darauf zu ihm gezogen. Sie waren nicht nur ein Liebespaar, sondern auch Freunde und Seelenverwandte und verbrachten jede freie Minute miteinander und schmiedeten Pläne für die Zukunft.

Und dann war sie plötzlich weg, wie von der Dunkelheit verschluckt.

Es passierte zwischen einem hastigen Dinner und dem nächtlichen Schlaf, der nie kam; zwischen dem ramponierten alten Ikea-Sofa und dem neuen, das sie kaufen wollten; zwischen seinem Heiratsantrag und der Hochzeit, die nie stattfand.

An dem Abend hatte er in der Bank Überstunden gemacht. Im Rückblick – einen anderen Blickwinkel hatte er nicht – hätte die Arbeit warten können. Seine immer gleichen Gedanken drehten sich nur noch im Kreis. Er hatte geglaubt, für einen jungen Mann mit einer rosigen Zukunft vor sich würde es sich lohnen, Überstunden zu machen – der Letzte zu sein, der das Büro verließ. Bylgja war nicht weniger ehrgeizig, aber an dem

Abend war sie zu Hause gewesen. Denn seit einiger Zeit überlegte sie, Ende des Jahres zurück an die Universität zu gehen und ihr Studium fortzusetzen. An dem Abend wollte sie die Leseliste abarbeiten, Monate vor Beginn des Seminars. Und das hatte sie das Leben gekostet.

Jetzt wohnte er wieder bei seinen Eltern. Die Raten für das Apartment wollte er nicht weiter bezahlen, obwohl seine Eltern das übernommen hätten. Sie hatten ihm geholfen, wieder auf die Beine zu kommen, konnten aber kaum erwarten, dass er dorthin zurückzog. Das Apartment stand zum Verkauf, damit ihm wenigstens kein größerer finanzieller Schaden entstand. Probleme hatte er auch so schon genug.

Zum Psychiater ging er auch nicht mehr. Der konnte ihm nicht helfen. Emil hatte ihm gesagt, er bräuchte seine Hilfe nicht mehr, obwohl das nicht ganz stimmte.

Auch mit anderen Menschen sprach er kaum – nicht einmal mit seinen Eltern. Früher war er offener gewesen.

Aber so vieles hatte sich geändert. Jetzt dachte er nur noch an Rache.

# 14. Kapitel

Ísrún saß erschöpft in der Nachrichtenredaktion und sah mit ihren Kollegen die Spätnachrichten auf dem großen Bildschirm an. Es war Usus, am Ende des Tages die Nachrichten gemeinsam anzusehen. So konnten sie auf telefonische Beschwerden von Anrufern – die es fast jeden Abend gab – sofort reagieren und danach in einer kurzen Konferenz die Ereignisse des Tages besprechen.

Der erste Beitrag an diesem Abend war von Ísrún. Nach Auskunft ihres Informanten bei der Polizei bestand der Verdacht, dass Snorri Ellertsson absichtlich überfahren worden war.

María hatte die Entscheidung getroffen, Snorris Namen in dem Bericht zu erwähnen – es sei schon deshalb wichtig, weil es möglicherweise um Mord ging und das Opfer sowohl der Sohn eines angesehenen Politikers als auch ein früherer enger Freund des Premierministers war. María hatte die Veröffentlichung des Namens damit gerechtfertigt, dass ein politischer Gegner hinter dem Anschlag stecken könnte, um der Regierung oder sogar Ellert persönlich zu schaden. Diese weit hergeholten Mutmaßungen hatte Ísrún in ihrem Bericht jedoch nicht wiederholt. Allerdings hatte ihr Informant auch keine Gründe geliefert, warum die Polizei das Geschehen nicht wie einen gewöhnlichen Unfall behandelte.

Ísrún hatte wie immer bei Verbrechen mit der Polizei gesprochen und war mit einem Kameramann am Unfallort gewesen. Viel zu sehen gab es dort zwar nicht, aber sie brauchten Filmmaterial für die Spätnachrichten. Aus Rücksicht auf die Familie hatte sie davon abgesehen, die Eltern oder die Schwester anzurufen. Auch den Premierminister wollte sie vorerst nicht befragen. Wie die meisten Journalisten hatte sie mit Marteinn schon beruflich zu tun gehabt und plante, vor oder nach der Kabinettssitzung am nächsten Tag mit ihm zu sprechen.

Nach der ganzen Hektik des Tages fiel ihr siedend heiß ein, dass sie den Polizisten in Siglufjörður nicht angerufen und die Virus-Story nicht weiterverfolgt hatte. Wahrscheinlich passierte nicht mehr viel, und die Geschichte versiegte langsam. Aber das Interesse an so einem Drama war groß, und ein guter Journalist würde jeden Tag einen neuen Gesichtspunkt präsentieren. Es war geradezu unverzeihlich, den Anruf zu vergessen.

Sie ging in ein Besprechungszimmer und rief mit ihrem alten, schäbigen Handy die Polizeiwache in Siglufjörður an. Das Budget des Senders war nicht groß genug, um das Nachrichtenteam mit moderneren Telefonen auszustatten.

»Polizei Siglufjörður«, meldete sich nach kurzem Klingeln eine feste Stimme.

Ísrún erkannte sie wieder. »Hallo, Ari Þór, hier ist Ísrún«, sagte sie. »Von der Nachrichtenredaktion«, fügte sie nach einem peinlichen Schweigen hinzu.

»Ja, ich weiß«, sagte er. »Was ist mit dem Interview? Ich hab grünes Licht bekommen.«

»Danke, das freut mich. Ich …« Sie zögerte kurz, entschied nicht zum ersten Mal, dass eine Notlüge besser war als die Wahrheit.

»Ich hab's heute einfach nicht geschafft ...« Das klang jedenfalls besser als zuzugeben, dass sie es vergessen hatte.

»Dann findet es nicht statt?«

»Doch, natürlich. Aber wir müssen es auf morgen verschieben, wenn dir das passt. Meine Schicht ist jetzt gleich zu Ende, und ich brauche etwas Zeit, um hier die Technik für die Aufnahme vorzubereiten.«

»Kein Problem«, versicherte ihr Ari Þór etwas freundlicher.

»Aber wo ich dich schon an der Strippe habe, wie ist denn im Moment die Situation? Du hast dich nicht infiziert, ja?«, fragte sie, nahm einen Kugelschreiber aus der Tasche und zog einen Schreibblock vom Tisch zu sich heran. Wenn es etwas Neues gab, konnte sie es ihrem Kollegen von der Nachtschicht weitergeben.

»Nein, ich passe gut auf«, sagte er. »Der einzige Mensch, den ich momentan sehe, ist mein Chef.«

»Schön. Ich hoffe, du bist morgen früh auch noch da.«

»Sicher.«

Ísrún hoffte, dass morgen beim Interview seine Antworten etwas länger ausfallen würden. Jetzt wollte sie versuchen, noch ein paar nützliche Anhaltspunkte zu bekommen, auf denen sie das Interview aufbauen konnte. Aber sie musste vorsichtig sein. Es war ihr schon oft genug passiert, dass ein Vorgespräch sehr vielversprechend verlief, das Interview selbst aber voll in die Hose ging, weil die Person auf Sendung dann anfing rumzustottern. Manchmal wussten die Leute einfach nicht, wie sie das wiederholen konnten, was sie noch kurz zuvor bei ausgeschaltetem Mikrophon gesagt hatten.

»Was macht denn die Polizei in so einer kleinen Stadt hauptsächlich?«, fragte sie.

»Nicht viel.«

»Was hast du denn im Moment gerade zu tun?«

»Ich schlage die Zeit mit dem Lesen alter Akten tot«, sagte er nach längerem Schweigen.

»Alte Fälle?«, fragte sie wenig enthusiastisch. »Irgendetwas Spannendes?«

»Ich suche nach einer Erklärung für etwas, das vor über fünfzig Jahren passiert ist. Es geht um den Tod einer jungen Frau am Héðinsfjörður«, sagte er, die Stimme jetzt ernster. »Aber das bleibt unter uns, ja? Es ist eine alte Sache, die in den Nachrichten nichts zu suchen hat.«

»Es wird erst ein Thema für die Nachrichten sein, wenn du den Fall gelöst hast«, sagte Ísrún, obwohl ihre Neugier trotzdem geweckt war. »Dann bin ich die Erste, die du anrufst, ja?«

»Na ja … okay. Aber mach dir keine großen Hoffnungen. Ich werde wohl kaum herausfinden, was wirklich passiert ist, und selbst wenn, wird es die Medien wenig interessieren«, sagte er leise.

»An solchen alten Fällen besteht immer Interesse. Die Menschen lieben es, wenn am Ende doch noch die Gerechtigkeit siegt. Meinst du nicht auch?«

»Ja, klar«, murmelte Ari Þór.

»Wir können eine Sendung darüber machen, wenn du das Rätsel löst«, sagte sie in der Absicht, seine Eitelkeit zu kitzeln, aber ohne ihr Versprechen wirklich halten zu wollen.

»Das könnte interessant sein«, sagte Ari Þór.

Der Köder war ausgelegt. Jetzt musste sie ihn nur noch an Land ziehen.

»Worum geht es in dem Fall?«, fragte sie und gab sich dabei mäßig interessiert. »Aber ich hab nicht viel Zeit, unser Nachbereitungsmeeting beginnt gleich«, sagte sie, damit seine Ausführungen nicht ausuferten.

»Eine junge Frau hat Gift genommen – oder sie wurde vergiftet. Das war 1957, hier in der Nähe, am Héðinsfjörður.«

»Am Héðinsfjörður? Da wohnt doch gar keiner, oder?«

»Jetzt nicht mehr, aber früher schon. Die Frau gehörte zu den letzten Bewohnern. Sie waren zu fünft. Zwei Eheleute und das Baby von einem der Paare – es wurde am Héðinsfjörður geboren. Er lebt noch, alle anderen sind tot.«

»Und warum hast du den Fall noch mal ausgegraben?«

»Vor kurzem ist ein Foto aufgetaucht, das wahrscheinlich im Winter zuvor gemacht wurde. Da ist ein Teenager drauf, den niemand wiedererkennt. Und das wirft ein paar Fragen hinsichtlich des Todes der Frau auf.«

»Spannend«, sagte Ísrún. »Und da kann man jetzt noch Nachforschungen anstellen? Nach über fünfzig Jahren wirst du nicht mehr viele Leute befragen können.«

»Stimmt … Aber wir werden sehen. In Reykjavík lebt ein alter Mann – der Bruder von einem der damaligen Bewohner. Es ist sicher interessant, mal mit ihm zu sprechen. Er hatte das Foto im Nachlass seines verstorbenen Bruders gefunden und noch ein paar andere Sachen. Aber das muss erst einmal warten.«

Durch die Glasscheibe sah Ísrún, dass das Nachbereitungsmeeting wirklich gleich anfing. Diese Meetings fanden im Redaktionsraum statt und waren meist sehr kurz. Man konnte sie leicht verpassen, wenn man nur ein paar Minuten zu spät war.

»Warum denn?«, fragte sie trotzdem neugierig.

»Der alte Knabe ist über neunzig und hört so schlecht, dass er nicht telefonieren will. Aber im Kopf ist er noch total klar, hat man mir erzählt. Wenn ich das nächste Mal im Süden bin, besuche ich ihn – falls die Quarantäne hier jemals wieder aufgehoben wird.« In seiner Stimme schwang Entschlossenheit mit.

Ísrún wollte das Gespräch gerade beenden, als Ari Þór plötzlich eine Frage stellte.

»Du hast sicher auch keine Zeit, dich mal mit ihm zu unterhalten? Es würde bestimmt nicht mehr als ein paar Minuten dauern. Er lebt in einem Altenheim. Ich würde es ja selbst machen, aber unter diesen Umständen ist an einen Trip nach Reykjavík nicht zu denken.«

»Eigentlich hab ich wirklich …«, begann Ísrún, doch überlegte es sich dann anders. Es würde sicher nicht schaden, wenn ein Polizist ihr einen Gefallen schuldete. »Wenn ich morgen Zeit habe, versuche ich, zu ihm zu gehen.«

Sie notierte den Namen und die Adresse des alten Mannes auf einem Stück Papier und schrieb auch Ari Þórs Handynummer auf, damit sie ihn morgen für das Interview auch wirklich erreichte, und verabschiedete sich schnell.

Als sie in den Redaktionsraum kam, war das Nachbereitungsmeeting gerade zu Ende. Sie nahm ihre Jacke, stempelte aus und ging hinaus in den trüben, kalten Abend, ohne mit jemandem zu reden.

# 15. Kapitel

Nach den vergangenen diesigen Tagen war es heute Morgen erfreulich heiter. Ísrún wohnte im Westen der Stadt und machte sich schon früh auf den Weg nach Breidholt, einem Vorort von Reykjavík. Dass der Berufsverkehr überwiegend in die entgegengesetzte Richtung rollte, war ihr natürlich recht.

Nach dem Gespräch gestern Abend hatte Ari Þór ihr eine Mail mit zusätzlichen Informationen über den Fall am Héðinsfjörður geschickt und auch, was er darüber dachte, sowie Fragen, die sie dem alten Nikulás stellen sollte. Ein Scan des Fotos war auch dabei.

Am frühen Morgen hatte Ísrún den Manager des Altenheims, in dem der Dreiundneunzigjährige lebte, angerufen und erfahren, dass er ein hellwacher Mann war, aber nicht mehr gut hörte. Er hatte Ísrúns Kommen zugestimmt, wann immer es ihr passte. Sie brauchte unerwartet lange, um das Heim zu finden, hatte aber noch genug Zeit, mit ihm zu sprechen und rechtzeitig zum Morgenmeeting in der Redaktion zu sein.

Es war ein ausladendes, nichtssagendes Gebäude aus den 1980er Jahren, umgeben von einem gepflegten Grundstück, auch wenn die kahlen Bäume zu dieser Jahreszeit etwas trist wirkten. An einem Sommertag würden die Gärten sicher phantastisch aussehen, dachte Ísrún.

Nikulás saß im dunkelgrauen Anzug, weißen Hemd und mit einer gestreiften Krawatte im Gesellschaftsraum des Altenheims und wartete auf sie. Mit einer Tasse Kaffee in der Hand blickte er hinaus in die öden Gärten. Er war ein beleibter Mann, mit Glatze und einem ausdrucksstarken Gesicht.

Ísrún erklärte ihm den Grund ihres Besuchs, erwähnte allerdings nicht, dass Ari Þór Polizist war, und bemühte sich, laut und deutlich zu sprechen. In allem anderen hielt sie sich an die Fakten, sagte ihm, dass sie den Fall wegen des rätselhaften Fotos, das aufgetaucht war, noch einmal ausgegraben hatten. Nikulás nickte nur und erlaubte Ísrún, das Gespräch aufzuzeichnen.

»Ich würde gern etwas über das Foto und über deinen Bruder erfahren«, sagte sie und legte den Computerausdruck der Aufnahme vor ihn auf den Tisch. »Weißt du, wer der Junge hier ist?«, fragte sie und deutete mit dem Finger auf den Teenager, der mit dem Baby auf dem Arm mitten in der Gruppe stand.

»Nein. An ihn kann ich mich nicht erinnern. Vermutlich hat mein Bruder das Foto gemacht«, sagte er mit klarer Stimme, gefolgt von einem Hustenanfall.

»War das Foto in einer Schachtel mit anderen Bildern?«, fragte Ísrún.

»Ja. Er und Jórunn hatten etwa ein Jahr in Siglufjörður gewohnt. Ihre ältere Schwester hatte einen Mann aus dem Ort geheiratet, aber das weißt du sicher schon.« Er seufzte. »In der Stadt hatte Maríus dann auch seine Leidenschaft zum Fotografieren entdeckt. Wenn ich mich recht erinnere, war das so um 1954. Die Fotos in der Schachtel waren größtenteils in Siglufjörður gemacht, außer dem einen hier am Héðinsfjörður und ein paar wenigen Aufnahmen von der Umgebung dort. Ich wusste erst nicht, was ich damit machen soll, weil ich ja nicht viel Platz hier in meinem Zimmer habe. Ein alter Freund, der auch von dort oben kommt, meinte dann, ich soll sie der Siglufjörður-Gesellschaft schenken, weil die an so was interessiert sind. Das ist die ganze Geschichte.« Er trank einen Schluck Kaffee und beugte sich näher zu Ísrún hin. »Ich hab dich schon im Fernsehen gesehen. Du machst deine Arbeit gut.«

»Vielen Dank«, sagte sie gelassen. Sie hatte irgendwann beschlossen, ihren Seelenfrieden weder von Lob noch Tadel beeinflussen zu lassen. »Dann hast du das also alles von deinem Bruder geerbt?«

»Richtig. Es gab sonst niemanden.«

»Und, war er im Alter gut versorgt?«

»Es ging so. Das Apartment, in dem er gewohnt hat, hatte ihm gehört und war auch abbezahlt, was heutzutage nicht mehr üblich zu sein scheint. Die Möbel waren ziemlich abgenutzt, und er besaß nur wenige Bücher, war kein großer Leser, der arme Kerl. Er war ein einfacher Mann. Es gab noch ein bisschen Geld auf einem alten Sparbuch, das er jahrzehntelang nicht angerührt hatte; aber durch die Inflation war das nicht mehr viel«, endete er lächelnd.

»Hast du deinen Bruder in Héðinsfjörður jemals besucht?«

»Um Himmels willen, nein. Ich war nie dort, die Gegend hat mich nie interessiert. Und außerdem hatte ich immer zu tun. Was sollte ich denn an so einem verlassenen Ort? Da hinzuziehen hat meinen Bruder kaputtgemacht. Er war nie wieder derselbe, nachdem Jórunn sich das Leben genommen hatte. Ich bin sicher, daran war die Abgeschiedenheit schuld«, sagte er stirnrunzelnd.

»Es war kein Unfall?«, fragte Ísrún.

»Sie hat sich das Leben genommen. Ich glaube, das weiß jeder«, sagte er bestimmt.

»Bist du sicher?«

»Absolut. Maríus hat oft so was angedeutet, wenn wir miteinander gesprochen haben. Er hat gesagt, die Dunkelheit hätte einigen von ihnen dort schlimm zugesetzt.«

Diese Enthüllung überraschte Ísrún dann doch. Vielleicht war es ja wirklich Selbstmord gewesen? Doch sie war entschlossen, alle anderen Fragen, die sie sich aufgeschrieben hatte, trotzdem noch zu stellen.

»Wie das?«

»Über die Zeit im Héðinsfjörður hat er nie viel erzählt, und Einzelheiten sowieso nicht. Aber ab und zu hat er plötzlich einen Kommentar abgegeben. Wie zum Beispiel, dass Jórunn nicht den Weg hätte wählen sollen, den sie gegangen ist. Sie waren nach Siglufjörður gezogen, weil Jórunns Schwester Gudfinna hingezogen war. Maríus hatte im Leben nie seinen Platz gefunden. Ich hab ja schon gesagt, er war ein einfacher Mann und weder eigenständig noch besonders robust. Er ließ sich leicht beeinflussen. Körperlich stark war er auch nicht, und schwerer Arbeit war er kaum gewachsen. Gudmundur, Gudfinnas Mann, hatte ihm Arbeit in Siglufjörður versprochen, und Maríus schaffte eine Zeitlang in der Heringsverarbeitung; auch noch, als ich die beiden im darauffolgenden Sommer dort besuchte. Er war nicht glücklich. Und die Arbeit war zu schwer für ihn, aber ich glaube, später hat man ihm leichtere Arbeiten gegeben. Vermutlich hat Gudmundur sie beide unterstützt. Er war ein erfolgreicher Geschäftsmann – hat sein Geld mit der Fischerei verdient. Ich weiß nur, dass er sich um meinen Bruder gekümmert hat. Als Maríus nach dem Tod seiner Frau in den Süden zog, hat er dafür gesorgt, dass er ein Dach über dem Kopf hatte. Der arme Kerl hatte ein schweres Leben, aber jetzt hat er seinen Frieden gefunden.«

»Seid ihr beide in Reykjavík geboren?«, fragte Ísrún nach einer Pause.

»Aber ja! Maríus und ich sind beide hier geboren. Er hätte nie in den Norden ziehen dürfen. Ich wollte nie weg von hier.« Er richtete sich im Stuhl auf. »Wärst du so nett und holst mir noch einen Kaffee?«

»Natürlich«, sagte Ísrún lächelnd. Sie nahm seine Tasse und füllte Kaffee aus der Thermoskanne in der Zimmerecke nach.

Nachdem Nikulás einen Schluck getrunken hatte, fuhr er nahtlos mit seiner Erzählung fort. »Er hatte immer Probleme mit der Arbeit gehabt. Ich hatte als junger Mann im Kohlebergwerk gearbeitet und Maríus da auch einen Job verschafft. Er sollte mir helfen, aber er war nicht sehr nützlich. Eine Zeitlang konnte ich das vertuschen, aber er hat sich auch keine Mühe gegeben. Es war klar, dass das nicht ewig gehen würde, und dann wurde er auch entlassen. Ich weiß noch, dass er das nicht gut verkraftet hat. Ich hab danach viele Jahre in einem Herrenbekleidungsgeschäft an der Laugavegur gearbeitet. Du bist so jung und wirst es wohl kaum noch kennen. Mitte der achtziger Jahre wurde das Geschäft geschlossen, nicht lange nachdem ich in Rente gegangen war. Ich habe nie in Geld geschwommen und hatte immer nur genug für mich und meine Familie. Maríus musste für sich selbst sorgen.«

»Ist er deshalb nach Siglufjörður gezogen?«, fragte Ísrún.

»Kann man so sagen. Hier in Reykjavík war es immer schwer für ihn gewesen. Deshalb gaben sie auch ihr …« Der alte Mann blickte sich um, als suche er nach einem Fluchtweg.

Sofort war Ísrúns Journalistinneninstinkt geweckt, und sie wollte die ganze Geschichte hören.

»Sie gaben auch ihr …?«, wiederholte sie, wartete einen Moment und vollendete den Satz dann selbst mit einer Vermutung. »Sie haben ihr Kind aufgegeben?«

Sie hatte an den Teenager auf dem Foto gedacht. Eine Weile schwieg Nikulás, dann sprach er leise weiter, ohne Ísrún anzusehen.

»Es ist wahrscheinlich in Ordnung, wenn ich es dir erzähle, wo es schon so lange her ist. Vielleicht lebt der Junge noch, ich weiß es nicht …« Wieder verstummte er. Ísrún musste sich in Geduld üben. »Es hat nichts mit Jórunns Tod zu tun«, sagte er schließlich.

»Sie hatten ein Kind?«, fragte sie mit gedämpfter Stimme.

»Ja. Jórunn war gerade erst zwanzig und Maríus nicht viel älter. Sie konnten ein Kind nicht ernähren und beschlossen ziemlich schnell, es zur Adoption freizugeben. Ich … also, ich hab ihnen gut zugeredet, diesen Weg zu gehen. Ich kannte Maríus besser als sonst jemand und dachte, er würde das nicht schaffen, jedenfalls damals nicht. Er hatte keine feste Arbeit und war jemand, der erst spät erwachsen geworden ist.«

Nikulás seufzte und rieb sich die Augen, vielleicht um Tränen zu verbergen oder einfach nur aus Müdigkeit. Ísrún wollte nicht mehr lange bleiben, doch unbedingt die Geschichte zu Ende hören. Die Zeit drängte in vielerlei Hinsicht.

»Es war eine sehr schwere Entscheidung für Jórunn«, fuhr er fort. »Aber sie stand es durch. Es sei das Beste für das Kind, sagte sie.«

»Und was wurde aus dem Baby?«, fragte Ísrún nach einer kurzen Pause.

»Nun … er – es war ein Junge –, er wurde adoptiert, wie ich schon sagte. Ich weiß nicht, von wem, und Jórunn wollte es auch nicht wissen. Aber sie bestand darauf, dass es Leute waren, die sie nicht kannte. Gute Menschen, die irgendwo auf dem Land lebten, sagte sie. Sie wollte nicht riskieren, ihrem eigenen Kind in Reykjavík auf der Straße zu begegnen«, sagte er und verstummte erneut. Sein Gesichtsausdruck verriet, wie schwer ihm die Erinnerung an die Vergangenheit fiel. »Sie sagte, sie sei sicher, dass sie ihn jederzeit und an jedem Ort wiedererkennen würde.«

»Sie hatten nie Kontakt mit ihm – dem Jungen?«

»Nein, nicht dass ich wüsste. Er wurde ganz legal adoptiert, ohne irgendein Mauscheln. Soviel ich weiß, haben sie ihn nie wiedergesehen.« Seine Stimme war ganz leise geworden.

Ísrún blickte auf ihre Uhr. »Kann ich dir noch einen Kaffee holen, bevor ich gehe?«, fragte sie nach kurzem Schweigen. »Ich muss jetzt wirklich los, sonst komme ich zu spät zu meinem Meeting.«

»Nein, nicht nötig«, sagte Nikulás. »Aber danke.«

»Ich melde mich wieder, wenn mir noch mehr Fragen einfallen«, sagte sie.

»Gern. Aber du musst herkommen. Es hat keinen Zweck, mich anzurufen, am Telefon höre ich absolut nichts«, sagte er, wobei wieder ein Lächeln über sein Gesicht huschte. »Einige von denen, die noch älter sind als ich, haben sogar Internet auf ihren Zimmern. Sie verschicken E-Mails! Kannst du dir das vorstellen? Ich komme mit der ganzen Technik nicht zurecht. Wenn du mir also eine Nachricht zukommen lassen willst, dann muss sie bei mir im Briefkasten landen.«

Ísrún nickte lächelnd und verabschiedete sich.

Sie konnte an nichts anderes denken als an das Foto mit dem Jungen mit den großen Augen und dem Baby auf dem Arm.

Der alte Mann hatte gesagt, dass Jórunn bei der Geburt ihres Kindes zwanzig Jahre alt war. Laut Ari Þórs Informationen war sie etwa fünfundzwanzig, als das Foto aufgenommen wurde. Das hieß, dass ihr Junge zu der Zeit um die fünf Jahre alt gewesen war und ganz bestimmt kein Teenager; somit musste der Junge auf dem Foto ein anderer sein.

Ísrún ließ ihren Wagen an und machte sich auf den Weg in die Redaktion, unbeantwortete Fragen frisch im Kopf. Wer war der Junge auf dem Foto? Und: Was war aus Jórunns und Maríus' Sohn geworden?

## 16. Kapitel

Da das allmorgendliche Meeting bereits angefangen hatte, wollte sie sich unbemerkt hinten ins Konferenzzimmer schleichen, stieß aber den Kaffeebecher eines Kollegen um und schaffte es so, dass auch wirklich jeder ihr verspätetes Eintreffen mitbekam. Der ganze Tisch war voller Kaffee. Die Leute rissen schnell ihre Papiere und Notizblöcke an sich, doch keiner machte Anstalten, die Kaffeelache wegzuwischen. Ísrún entschuldigte sich, verließ das Zimmer und kam mit einer Küchenrolle zurück. Während sie den Tisch abwischte, herrschte peinliche Stille.

»Danke, dass du doch noch zu uns gefunden hast, Ísrún«, sagte Ívar, der wie immer morgens die Redaktionssitzung leitete.

»Tut mir leid, dass ich spät bin. Ich habe noch eine Spur für die Snorri-Geschichte verfolgt.«

Sie hatte keinerlei Gewissenbisse zu lügen. So, wie sie es sah, log sie nur Ívar an, und der verdiente es.

»Und verrätst du uns auch, was für eine Spur das ist?«, fragte Ívar und warf ihr einen finsteren Blick aus verärgert zusammengekniffenen Augen zu.

»Ich habe versprochen, es vorerst noch für mich zu behalten«, sagte sie lächelnd. »Aber ich gehe davon aus, dass ich

María … und dir schon bald etwas liefern kann.« Sie hielt inne. »Ich will auch versuchen, nach der Kabinettssitzung ein Statement von Marteinn über seinen Freund zu bekommen.«

Da Ívar aussah, als würde er gleich einen Einwand vorbringen, kam sie ihm schnell zuvor.

»Außerdem verfolge ich die Situation in Siglufjörður weiter. Mal sehen, wie sich das dort entwickelt.«

Ívar reagierte sauer und murmelte etwas vor sich hin. Ísrún hatte gewonnen.

Er zahlte es ihr umgehend heim und schickte sie auf die Laugavegur, wo sie die Leute nach ihrer Meinung über die steigenden Benzinpreise befragen sollte. Sie wussten beide, wie ermüdend und zeitraubend es war, Fußgänger für ein Statement über ein aktuelles Thema vor die Kamera zu bekommen. Doch sie lächelte nur, denn sein kleiner Sieg würde ihrem Triumphzug nicht schaden können. Sie war bereits auf dem besten Weg, im Fernsehen bekannter zu sein als Ívar, und konnte ganz realistisch mit einer baldigen Beförderung rechnen – oder auf ein gutes Angebot von einem anderen Sender hoffen.

Sofort dachte sie jedoch an ihre Gesundheit. In der Hektik des Tages konnte sie ihre Krankheit manchmal vergessen, aber dann, wenn sie am wenigsten damit rechnete, schoss es ihr wieder durch den Kopf, und sie empfand all ihren Ehrgeiz, all ihre harte Arbeit als vollkommen wertlos. Vielleicht würde sie schon gar nicht mehr leben, wenn man ihr anbot, auf der Karriereleiter weiter nach oben zu klettern, oder wenn ein anderer Sender ihr ein unwiderstehliches Angebot machte.

Sie versuchte, die negativen Gedanken zu verdrängen und – was besser funktionierte – ihre Energie in eine produktive

Richtung zu lenken, was ihr besonders in diesem leistungsorientierten Umfeld zugutekam.

Als Erstes rief sie ihren Kontakt bei der Polizei an, um zu erfahren, ob es etwas Neues gab. Nach mehreren Versuchen hatte sie ihn endlich am anderen Ende, und ihre Ausdauer wurde belohnt.

»Snorri hatte seiner Schwester am Tag, als er starb, eine Mail geschickt. Geh dem mal nach«, sagte er, doch weitere Einzelheiten wollte er ihr nicht verraten. Er half zwar gern, neigte aber zu kryptischen Mitteilungen und wollte keinesfalls zu viel sagen. Ísrún glaubte, dass er sich auf diese Weise selbst davon überzeugte, keine Vertraulichkeitsregeln zu brechen. Jedenfalls war es besser als nichts.

An einem Tag wie heute wollte sie Snorris Schwester nicht stören. Aus Taktgefühl sollte sie sich mindestens bis morgen gedulden. Am besten wäre natürlich, erst einmal abzuwarten, was sie dann auch tat. Sie hatte die ganze Woche Dienst und brauchte etwas Substantielles, und da wäre ein Interview genau das Richtige. Das einzige Problem dabei war, dass andere Journalisten ihr zuvorkommen könnten.

Der Job, Passanten wegen der steigenden Benzinpreise zu befragen, war genau so mühsam wie erwartet. Und wurde dadurch noch unerträglicher, dass es Punkt zehn Uhr dreißig, als sie damit begann, anfing zu regnen. Nur wenige Menschen waren auf der Straße, und die meisten, die sie ansprach, waren Touristen, die ihren Besuch hier optimal nutzen wollten und sich vom Wetter nicht abhalten ließen. Aber es machte wenig Sinn, ihre Meinung über die steigenden Benzinpreise in Island zu hören, obwohl sie in dem Land, in dem sie lebten, wahrscheinlich die gleichen Probleme hatten. Die wenigen Einwohner, die Ísrún anhielt, indem sie ihnen praktisch den Weg versperrte, hatten keine Zeit, einem Nachrichtenteam im Regen Fragen zu beantworten. Im Stillen verfluchte sie Ívar, gab schließlich auf und nötigte mehr oder weniger ein paar brave Kunden in einem Buchladen und auf der Post zu einem Kommentar. Der fiel dann bei allen so ziemlich gleich aus: Wer sollte auch schon froh über steigende Benzinpreise sein? Sie gab sich Mühe, mit zusätzlichen Fragen ein paar weitere Informationen zu bekommen – fährst du jetzt weniger als früher? Wie glaubst du, lässt sich am besten mit dem Problem umgehen? –, wusste aber, dass der Beitrag dadurch nicht interessanter wurde.

Als sie Schluss machte, lohnte es sich kaum, zurück in die Redaktion zu fahren, denn die Kabinettssitzung des Premierministers würde jeden Moment beginnen. Also beschlossen Ísrún und ihr Kameramann, vor dem Regierungsgebäude zu warten, wo sie hinter einer Reihe polierter Staatskarossen vor Wind und Regen geschützt in ihrem Auto ausharrten.

Sie nutzte die Gelegenheit, einen Anruf bei einer der Behörden zu machen. Nach kurzem Warten wurde sie zu einem Fachmann für Adoptionsfragen durchgestellt – einem höflichen und, der Stimme nach zu urteilen, jungen Mann.

»Guten Morgen«, sagte sie, ohne sich vorzustellen. »Ich hätte gern Informationen über einen alten Adoptionsfall.«

»Aha, okay«, sagte er. Der Hauch Misstrauen in seiner Stimme war nicht zu überhören. »Ist das ein Fall, in den du persönlich involviert bist?«

»Na ja, eigentlich nicht. Aber die Adoption liegt wirklich schon ewig zurück, so um 1950. Ein Ehepaar, das ich kannte, aber inzwischen verstorben ist, hatte ein Kind zur Adoption freigegeben. Sie haben den Jungen nie wiedergesehen. Ich würde gern herausfinden, was aus ihm geworden ist. Kannst du das für mich tun?«

»Glaubst du das im Ernst?«, fragte der Mann lachend.

Seine saloppe Antwort überraschte Ísrún. Verwirrt stellte sie sich angemessen vor und fügte hinzu, dass sie an einer Geschichte arbeite, die mit der Adoption in Verbindung stand. Doch sofort wurde ihr klar, dass das ihren Auftritt noch peinlicher machte.

Die Antwort des jungen Mannes ging jedoch sowieso unter, weil Rúrik, der Kameramann, sie anstieß und auf eine Gruppe Minister zeigte, die gerade aus dem Regierungsgebäude kamen. Deshalb hörte sie nur halb, wie der junge Mann beleidigt sagte, sie solle einen offiziellen Antrag stellen, und am Ende noch spitz bemerkte, dass so ein Antrag selten positiv beschieden wurde.

Sie beendete schnell das Gespräch und sprang aus dem Wagen. Rúrik folgte ihr auf dem Fuß. Er arbeitete seit Jahren für den Sender, war immer sehr aufmerksam und konnte übermäßig gestresste Reporter nicht leiden, die taten, als wäre jeder Tag ihr letzter. Er und Ísrún arbeiteten gut zusammen. Deshalb wusste sie auch, dass es sinnlos war, ihn zu drängen. Er hatte sein eigenes Tempo, war immer zur rechten Zeit am rechten Ort und produzierte stets allerbestes Filmmaterial. Normalerweise drehte er immer noch ein paar zusätzliche Szenen von der Umgebung – Sachen, auf die Ísrún selbst nie gekommen wäre, die sich aber beim letzten Schnitt immer als nützlich erwiesen, um für zwei Minuten Sendezeit gutes Material zu haben.

Da die Schlagzeilen momentan nicht von politischen Ereignissen dominiert wurden, warteten nur wenige Reporter darauf, dass die Minister aus dem Haus kamen.

Marteinn, der Premierminister, stand auf der Treppe und wurde gerade von der jungen Journalistin einer der Tageszeitungen ausgefragt. Ísrún blieb noch im Hintergrund. Sie wartete auf eine Gelegenheit, mit ihm zu sprechen, ohne dass die anderen Journalisten mithören konnten.

Marteinn strotzte vor Selbstbewusstsein, ohne das man als Politiker allerdings auch keine Chance hatte. Obwohl er gerade erst Anfang vierzig war, wurde sein kurzgeschnittenes Haar bereits grau. Er war ein gutaussehender Mann, der sich offensichtlich fit hielt. Groß war er nicht, was Ísrún bei ihrer ersten persönlichen Begegnung überrascht hatte, obwohl sie natürlich wusste, wie trügerisch Fernsehbilder sein konnten.

Durch und durch Politiker, kam er schließlich nickend und lächelnd auf sie zu.

»Kann ich dich kurz sprechen?«, fragte sie und lächelte ebenfalls.

»Natürlich, Ísrún.«

Ihr war aufgefallen, dass er sie jedes Mal, wenn sie sich trafen, mit dem Namen ansprach. Sie wusste zwar, dass das bloß zu seiner politischen Performance gehörte, es funktionierte aber trotzdem. Seinem Charme konnte man nur schwer widerstehen, und es überraschte sie nicht, dass genau dieser Charme seiner Partei scharenweise Wähler bescherte.

Sie warf Rúrik einen Blick zu, um ihm zu signalisieren, dass er mit dem Filmen beginnen sollte, aber wie immer war das gar nicht nötig gewesen. Sie wandte sich wieder Marteinn zu.

»Ich wüsste gern, was du über Snorri Ellertssons Tod denkst.«

Marteinn starrte sie ungläubig an. Offensichtlich überraschte ihn die Frage. Normalerweise arbeitete sein Verstand schnell, und seine Antworten auf selbst unerwartete Fragen kamen flott und treffsicher. Doch diesmal zögerte er einen Moment. Anscheinend kostete es ihn einige Mühe, vor der laufenden Kamera gelassen zu bleiben.

»Es ist eine schwere Zeit für Snorris Familie«, sagte er schließlich. »Ich habe Ellert und Klara bereits persönlich kondoliert.«

Er schwieg, einen sehr ernsten Ausdruck im Gesicht, und wartete offensichtlich, dass Rúrik die Kamera ausmachte. Aber Ísrún hatte nicht vor, ihm den Gefallen zu tun, sondern stellte ihm noch eine ganz andere Frage.

»Die Polizei hat angedeutet, dass er möglicherweise ermordet wurde. Hat es eine Diskussion über die Verstärkung von Sicherheitsmaßnahmen gegeben, da es ja eine politisch motivierte Tat gewesen sein könnte?«

»Ich bin nicht bereit, das zu kommentieren«, sagte Marteinn, und sofort war Ísrún und ihm klar, dass er das nicht hätte sagen sollen.

»Vielen Dank«, erwiderte sie und drehte sich zu Rúrik um. »Das dürfte genügen«, ließ sie ihn wissen und wandte sich wieder Marteinn zu. »Es war nicht meine Absicht, dich mit der Frage aus dem Hinterhalt zu überfallen«, log sie, liebenswürdig lächelnd.

»Schon gut«, erwiderte er und hatte schon wieder sein Wahlkampflächeln aufgesetzt.

»Seid ihr gute Freunde gewesen?«, fragte sie.

Marteinn war vorsichtig. Die Kamera war zwar ausgeschaltet, aber er hatte immer noch eine Journalistin vor sich.

»Es gab mal eine Zeit, da haben wir uns gut gekannt, aber dann haben sich unsere Wege getrennt. In den letzten Jahren hatte ich kaum noch Kontakt zu ihm, was aber nicht heißt, dass sein Verlust deshalb weniger schmerzt.«

Allerdings hast du nicht lange gebraucht, um dich von deinem früheren guten Freund zu distanzieren, dachte Ísrún im Stillen.

Marteinn blickte auf seine Uhr. »Ich bin schon spät dran. Es war schön, dich zu sehen, Ísrún.«

Er setzte erneut ein Lächeln auf und ging, ohne sich umzudrehen, zu seinem Dienstwagen.

# 17. Kapitel

»Hallo, Ari Þór.«

Er erkannte die Stimme der Frau am anderen Ende sofort.

»Hallo. Gibt es Neuigkeiten vom Vaterschaftstest?«, fragte er, ohne lange herumzureden.

»Nein, noch nicht«, sagte sie.

Das war wenig überraschend. Die DNA-Probe wurde zur Analyse ins Ausland geschickt und verdiente offensichtlich keine bevorzugte Behandlung.

Aber warum rief sie dann überhaupt an? Er wartete schweigend, dass sie etwas sagte.

»Na ja, ich … ich wollte nur fragen, wie es dir geht. Wegen des Virus. Ich wollte sichergehen, dass du dich nicht angesteckt hast. Man hört darüber gar nichts mehr in den Nachrichten.«

»Das stimmt. Sobald es kein Drama mehr ist, verlieren die Medien das Interesse«, sagte er. Wahrscheinlich gab es einen anderen Grund für ihren Anruf, aber Ari Þór hatte keine Lust, seine Vermutung anzusprechen. »Mach dir keine Sorgen, ich passe auf mich auf. Es gibt keine neuen Ansteckungsfälle, und wir gehen davon aus, dass die Quarantäne hier Ende der Woche aufgehoben wird.«

Er bemühte sich, zuversichtlich zu klingen, hatte aber Mühe, seine eigenen Ängste bezüglich der Krankheit zu kontrollieren.

»Ist nicht sogar eine Krankenschwester gestorben?«

»Ja, leider. Aber die Menschen, mit denen sie Kontakt hatte, werden genauestens beobachtet, um weitere Ansteckungen zu verhindern«, sagte er, merkte aber sofort, wie kaltherzig das klang. »Es ist wirklich tragisch, dass die arme Frau ihr Leben verloren hat«, fügte er schnell hinzu.

»Bist du gerade im Dienst?«

»Ja. Abendschicht. Mein Chef und ich teilen die Schichten zwischen uns auf.«

»Wenn das alles vorbei ist, könnten wir uns vielleicht mal treffen«, sagte sie mit dumpfer Stimme. »Es wäre bestimmt lustig für dich, den Jungen kennenzulernen.«

Ari Þór wusste nicht, was er dazu sagen sollte, und schwieg. Seiner Meinung nach hatte er ihr deutlich zu verstehen gegeben, daran kein Interesse zu haben, solange nicht klar war, wer der Vater war.

»Warten wir's ab«, sagte er schließlich so höflich wie möglich.

Auch wenn ihn ihre Anrufe nervten, wollte er sie nicht so abrupt abweisen. Immerhin könnte sie die Mutter seines Kindes sein. Er spürte, wie ihm der Angstschweiß auf die Stirn trat, und kämpfte gegen die Vorstellung an, ein Kind zu haben, das er noch nie gesehen hatte.

»Es ist nicht leicht«, sagte sie leise. »Es ist nicht leicht, allein zu sein.«

»Ich habe eine feste Freundin«, entgegnete Ari Þór. »Wenn der Junge von mir ist, helfe ich beim Aufziehen. Aber du musst verstehen …« Er gab sich Mühe, vernünftig zu klingen. »Du musst verstehen, dass es das Beste ist, erst einmal das Laborergebnis abzuwarten. Dann sehen wir weiter. Wir hatten uns bereits darauf geeinigt, dass ich ihn erst kennenlerne, wenn ich definitiv sein Vater bin.«

»Ja, okay, ich verstehe. Natürlich«, sagte sie. In dem Moment fing im Hintergrund ein Kind an zu weinen. Sein Magen verkrampfte sich. Das könnte sein Sohn sein. »Er ist aufgewacht. Ich muss Schluss machen. Tschüss«, sagte sie und legte auf.

Ari Þór saß wie festgenagelt auf seinem Stuhl, den kleinen Jungen vor Augen, den er nie gesehen hatte.

Am Vormittag hatte Ísrún ihn angerufen und kurz von ihrem Besuch bei Nikulás erzählt, dem Bruder des verstorbenen Maríus. Gleich danach hatte sie ihm einen Teil der Aufnahmen des Gesprächs gemailt. Die Nachricht von der Adoption überraschte Ari Þór. Falls der Mann noch lebte, hatte Hédinn also irgendwo einen Cousin, von dem er nichts wusste. Von dieser neuen Entwicklung musste er Hédinn so bald wie möglich berichten. Er hatte Ísrún gefragt, ob er vielleicht der Junge auf dem Foto war, doch schon beim Fragen war ihm klargeworden, dass das nicht sein konnte.

»Das war auch mein erster Gedanke«, hatte Ísrún gesagt. »Aber der Junge auf dem Foto ist zu alt dafür.« Dann hatte sie ihm eine interessante Theorie unterbreitet. »Das Baby auf dem Foto … kann es sein, dass das gar nicht Hédinn ist?«

»Wie meinst du das?«, fragte Ari Þór.

»Wir sind immer davon ausgegangen, dass *er* das Baby auf dem Foto ist, weil das ja naheliegt. Aber es könnte ein anderes Kind sein, und die Aufnahme könnte vor Hédinns Geburt gemacht worden sein.«

»Das Foto wurde definitiv in Héðinsfjörður gemacht«, sagte Ari Þór zweifelnd.

»Aber vielleicht vor ihrem Umzug dorthin. Vielleicht sogar einige Jahre früher.«

»Du willst damit also sagen –«

»Ja«, unterbrach sie ihn. »Das Baby könnte Maríus' und Jórunns Sohn sein, der dann zur Adoption freigegeben wurde. Er ist um 1950 geboren. Es gibt keinen definitiven Hinweis darauf, dass das Foto nicht damals schon gemacht wurde. Das Haus an Héðinsfjörður hat es da doch schon gegeben, oder?«

»Ja, das Haus gab's schon länger«, erwiderte Ari Þór. »Aber es ist doch eher unwahrscheinlich, dass sie mit einem so kleinen Baby einen Ausflug von Siglufjörður nach Héðinsfjörður gemacht haben, oder?«, sagte er und fügte hinzu: »Das würde allerdings erklären, warum der Junge nicht bei ihnen gewohnt hat, als Jórunn gestorben ist. Vielleicht hat er ja nie bei ihnen in Héðinsfjörður gelebt und kannte Hédinn überhaupt nicht.« Er hatte zwar immer noch seine Zweifel, war aber dankbar für jeden Denkanstoß, der neue Möglichkeiten eröffnete.

Dann hatte Ísrún das Thema gewechselt und erzählt, dass sie gerade an einer anderen Geschichte arbeitete – einem Mordfall, der bis hoch in die Regierungsspitze Kreise zog.

»Doch das musst du für dich behalten. Es ist absolut vertraulich, aber du solltest auf keinen Fall die Abendnachrichten verpassen«, sagte sie verschwörerisch und fügte hinzu, dass das auch der Grund wäre, warum sie das Interview noch einmal verschieben mussten.

Ari Þór hatte das Gespräch mit der rothaarigen Frau aus Blönduós, die vielleicht die Mutter seines Kindes war, noch immer nicht ganz verdaut, als ihm jetzt wieder Ísrúns Hinweis einfiel, unbedingt die Abendnachrichten anzusehen. Er stellte den alten klappprigen Fernseher in der Wache gerade noch rechtzeitig an, um zu sehen, wie sie den Premierminister mit ihrer Frage überrumpelte. Ari Þór interessierte sich kaum für Politik, hatte aber Marteinn Helgason schon oft im Fernsehen gesehen – ein charmanter, vertrauenerweckender Mann mit einer einnehmenden Ausstrahlung, der nie um eine Antwort verlegen war: der geborene Politiker. Aber jetzt schien ihm wenig daran zu liegen, über den Tod von Snorri Ellertsson zu sprechen, obwohl ihre Freundschaft kein Geheimnis war.

Nach den Nachrichten rief Ari Þór Reverend Eggert, den Pfarrer von Siglufjörður, an. Sie hatten schon öfter miteinander geredet – für den Polizisten und den Pfarrer einer kleinen Stadt gab es immer etwas zu besprechen. Bei ihrem ersten Zusammentreffen wusste Eggert bereits von seinem abgebrochenen Theologie-Studium. Er kannte auch seinen Spitznamen – »Pfarrer Ari« – und war davon ausgegangen, dass er ein religiöser Mann war mit Interesse an kirchlichen Angelegenheiten. Damit lag er total daneben. Ari Þór war kein treuer Anhänger eines Glaubens, sondern hegte im Gegenteil eine bittere Wut auf alle höheren Mächte – so es sie denn gab –, seit er in seiner Jugend seine Eltern verloren hatte.

Er hatte sich allerdings nie bemüht, den Irrtum des Pfarrers zu korrigieren, so dass der Pfarrer oft deutlich seine Überraschung äußerte, dass er Ari Þór nie in der Kirche sah. Tatsächlich war Ari Þór nur ein einziges Mal im Inneren von Siglufjörðurs Kirche gewesen, und zwar bei der Beerdigung des berühmtesten Mannes der Stadt, Hrólfur Kristjánsson. Hrólfur war kurz nach Ari Þórs Umzug nach Siglufjörður auf der Bühne des hiesigen Theaters gestorben. Ari Þór hatte sich damals geweigert, an einen Unfall zu glauben, und damit gleich seinen ersten großen Fall gehabt.

Reverend Eggert schien sich über Ari Þórs Anruf zu freuen und zeigte sofort Interesse an seinen Fragen. Er sei immer bereit, über Héðinsfjörður zu sprechen, sagte er.

»Du kannst gern herkommen«, ergänzte er.

Ari Þór dachte kurz nach. »Okay. Dann geht es dir also gut?«

Der Pfarrer lachte. »Mir geht's wunderbar. Glaubst du wirklich, irgendein Virus wird einen Mann Gottes wie mich angreifen? Mir ging es nie besser.«

Ari Þór beschloss, die Einladung anzunehmen, ließ den Polizeiwagen vor der Tür stehen und machte sich zu Fuß auf zum Pfarrhaus. Der Abend war perfekt für einen kleinen Marsch, die Luft zwar kühl, aber der Himmel ungewöhnlich klar. Um diese Jahreszeit war das Wetter bekanntermaßen unberechenbar; manchmal schien die Sonne, dann wieder regnete es und schneite, und das alles an einem Tag.

Siglufjörður war zwar immer ein ruhiger Ort gewesen, aber jetzt war er definitiv zu ruhig. Ari Þór hatte das Gefühl, durch eine Geisterstadt zu gehen. Keine Menschenseele war auf der Straße, niemand wagte es, aus dem Haus zu gehen, ein öffentliches Leben gab es nicht mehr. Die allumfassende Stille hatte etwas Beunruhigendes. Er nahm die Straße am Meer entlang – sein Lieblingsweg, von dem aus man eine wunderbare Aussicht auf den Fjord hatte, der ruhig und majestätisch dalag. Er kam an farbenfrohen Häusern vorbei, einige schon recht alt, mit verblassten Farben, andere frisch gestrichen. Er war froh zu sehen, dass die Stadt gerade so etwas wie eine Verjüngungskur machte.

Das Pfarrhaus lag auf einem Hügel, nicht weit vom Krankenhaus und nur einen kurzen Fußweg von der Polizeiwache entfernt. Es war umgeben von jetzt kahlen Bäumen, zwischen denen Ari Þór beim Näherkommen Licht in einem der Fenster brennen sah. Der Pfarrer hatte nie geheiratet und in den ganzen fünfunddreißig Jahren, in denen er der Gemeindepfarrer von Siglufjörður war, immer allein gelebt. Er war hier geboren und aufgewachsen und inzwischen in seinen Sechzigern.

Ari Þór klopfte, und während er wartete, dass der Pfarrer ihm öffnete, ließ er den Blick über den Fjord schweifen, über die kleine Stadt und die eindrucksvolle Kirche, die sich in der dunklen Umgebung abzeichnete. Plötzlich wurde die Stille von einer Vogelschar durchbrochen – wahrscheinlich Schneeammern –, die wie aus dem Nichts in Ari Þórs Blickfeld flog, um dann genauso schnell wieder in der Dunkelheit zu verschwinden.

Die Tür ging auf, und der Pfarrer erschien.

»Komm rein, junger Mann.«

Reverend Eggert alterte gut – hochgewachsen und schlank, hatte er ein markantes Gesicht und dichtes graues Haar. Er trug Flanellhosen und ein kariertes Hemd, den obersten Knopf geöffnet; um den Hals hing eine Brille an einer Kordel.

Er führte Ari Þór in sein Büro, setzte sich hinter den Schreibtisch und gab seinem Gast mit einer Handbewegung zu verstehen, auf dem alten Stuhl Platz zu nehmen.

»Viel zu tun im Moment?«, fragte er aufgeräumt.

»Kann man so sagen«, erwiderte Ari Þór und setzte sich.

»Es scheint fast vorbei zu sein, wie ich erfreut feststelle«, sagte der Pfarrer. »Aber das mit der armen Rosa ist wirklich schlimm. Hast du sie gekannt?«

»Nicht persönlich. Aber sie hat wohl seit langem als Krankenschwester hier gearbeitet.«

»Richtig«, sagte Eggert. »Aber Sandra kennst du doch, oder?«

Ari Þór nickte, und wieder einmal wurde ihm bewusst, dass in so einer kleinen Stadt jede Nachricht sofort die Runde machte. »Ich besuche sie manchmal.«

»Ich war heute bei ihr. Sie hat eine gewöhnliche Grippe, aber ernst muss man das doch nehmen.«

Ari Þór war froh, bestätigt zu bekommen, dass sich Sandra wenigstens nicht den tödlichen Virus eingefangen hatte.

»Ich habe gehört, es gibt nur wenige Menschen hier, die so viel über den Héðinsfjörður wissen wie du«, wechselte Ari Þór das Thema.

»Stimmt«, sagte Eggert. »Was willst du denn wissen?«

»Ich sehe mir gerade einen alten Fall an – neben den anderen Aufgaben, die sonst noch zu erledigen sind«, erwiderte er zögernd.

»Einen Todesfall?«, fragte der Pfarrer. »Jórunn?«, fuhr er fort, noch bevor Ari Þór nicken konnte.

»Richtig«, bestätigte Ari Þór. Es war nicht nötig, Reverend Eggert zum Erzählen aufzufordern.

»Ich weiß natürlich davon. Gudmundur und Gudfinna waren die letzten Bewohner am Héðinsfjörður. Sie hatten zuerst in Siglufjörður gewohnt und sind nach dem furchtbaren Vorfall dort wieder hierher zurückgezogen. Die beiden anderen, die dort mit ihnen gewohnt hatten, waren Jórunn und …«, er hielt inne und dachte nach. »Jórunn und Maríus, wenn ich mich recht erinnere.«

»Sie waren Schwestern, Jórunn und Gudfinna«, warf Ari Þór schnell ein.

»Daran musst du mich nicht erinnern«, sagte Eggert ungewöhnlich scharf, lächelte aber gleich wieder. »Wenn man sich für einen Ort wie Héðinsfjörður interessiert, an dem nur wenige Menschen gelebt haben, kennt man seine Geschichte und die der Menschen dort ziemlich genau.«

»Hast du jemals selbst dort gelebt?«

»Um Himmels willen, nein. Héðinsfjörður ist viel zu abgeschieden. In Siglufjörður ist es mir einsam genug«, sagte er lachend. »Am Héðinsfjörður wäre ich vor lauter Kummer und Einsamkeit gestorben, genau wie die arme Jórunn.«

Ari Þór wollte den Pfarrer fragen, ob er sicher wäre, was Jórunns Tod betraf, verkniff es sich aber und ließ ihn weitererzählen.

»Vor dem Tunnelbau war ich ein paarmal am Héðinsfjörður, meist zu Fuß. Es ist ein wunderbarer Ausflug. Einmal bin ich mit dem Schiff hingefahren, das ist schon viele Jahre her. Da hatte man beschlossen, dort einen Gottesdienst abzuhalten, und als Gemeindepfarrer von Siglufjörður habe ich das übernommen. Es war ein ungewöhnlicher Gottesdienst, weil ja niemand mehr am Fjord wohnte. Aber wir fanden es eine gute Idee, sich all jener zu erinnern, die jemals dort gelebt hatten, und auch der Pfarrer, die vor Jahrhunderten dort gepredigt hatten. Die Einwohner von Siglufjörður kamen in Scharen mit dem Boot, um der Feier beizuwohnen.« Er verfiel in Schweigen, brauchte eine Verschnaufpause.

Die Deckenlampe war aus, aber das Licht der Schreibtischlampe leuchtete hell und warm und verlieh dem Raum eine Gemütlichkeit, in der Ari Þór gern verweilte, besonders als er durchs Fenster hinaus in die Dunkelheit sah. Auf dem Schreibtisch lagen stapelweise Bücher, und während der Pfarrer redete, blickte er auf die Titel: Neben einigen theologischen Werken ging es in der Mehrzahl um andere Themen. Auch die Regale waren mit Büchern gefüllt, meistens gebundene Ausgaben.

Einen Moment lang fragte er sich, was wohl mit den Büchern geschah, wenn der Pfarrer vor seinen Schöpfer trat. Der nicht mehr ganz junge Mann war kinderloser Junggeselle, vielleicht weil er sich selbst dafür entschieden hatte. Ari Þórs Gedanken wanderten zu dem kleinen Jungen in Blönduós, der vielleicht in Siglufjörður einen Vater hatte – oder auch nicht –, und sein Herz blieb kurz stehen.

Reverend Eggert erhob sich abrupt. Obwohl er gesund und körperlich fit zu sein schien, zeigte der Ausdruck in seinem Gesicht, dass ihm die schnelle Bewegung nicht leichtgefallen war. Ari Þór überraschte das.

»Junger Mann«, sagte er grinsend. »Wir können hier nicht in der Wärme und im Licht sitzen und über den Héðinsfjörður reden. Du musst den Ort spüren«, sagte er mit seiner Predigerstimme, als hätte er eine vollbesetzte Kirche vor sich.

Eggert nahm seinen Mantel vom Haken an der Hintertür, öffnete sie und ließ die Dunkelheit herein.

»Komm, wir nehmen den Jeep«, sagte er. Dann hielt er inne, musterte Ari Þór von oben bis unten. »Du bist warm genug angezogen. Heute Abend ist es nicht so kalt.«

Der Jeep sah ziemlich neu aus und leuchtete knallrot selbst in dem schwachen Lichtschein vom Haus. Das Thermometer am Armaturenbrett zeigte etwas über null Grad, aber es fühlte sich kälter an. Ari Þór wünschte, er wäre im Bett, unter seiner warmen Daunendecke; sich das vorzustellen war das Einzige, was er tun konnte, um nicht zu zittern. Vielleicht gehörte er zu den südländischen Naturen, die die Kälte spürten, und hatte sich einfach noch nicht an das nördliche Klima gewöhnt.

Die Nacht war sternenklar, doch die Lichter der Stadt legten einen dünnen Schleier über den Himmel. Ari Þór blickte aus dem Autofenster zu den Bergen; die Hänge waren in der Dunkelheit verschwunden. Sie hatten die halbe Strecke zum Héðinsfjörður-Tunnel bereits hinter sich, als ihm siedend heiß einfiel, dass sie zurückmussten. »Wir können nicht nach Héðinsfjörður. Wir dürfen die Stadt nicht verlassen.«

Reverend Eggert bekam einen Lachanfall. »Hier sitzen ein Vertreter Gottes und ein Vertreter von Recht und Ordnung. Wer um Himmels willen soll uns da aufhalten?«

Ari Þór fiel kein Argument ein, mit dem er die Logik des Pfarrers hätte widerlegen können. Und als wolle er seinen Worten Nachdruck verleihen, trat Eggert aufs Gaspedal und beschleunigte bis weit über die zugelassene Höchstgeschwindigkeit. Ari Þór gab es auf, die Sache zu diskutieren, zumal Reverend Eggert vermutlich recht hatte.

Lange Zeit fuhren sie, ohne zu reden. Erst als sie im Tunnel waren, sagte Ari Þór: »Es ist doch bestimmt stockfinster dort, oder? Hast du eine Taschenlampe dabei?«

Der Pfarrer sah ihn spöttisch an. »Die Autolichter werden reichen. Mach dir mal keine Sorgen.«

Ari Þór hatte recht. Die beiden Tunneleingänge – ein Tunnel führte nach Siglufjörður, der andere nach Ólafsfjörður – sollten das einzige Licht in Héðinsfjörður sein. Kurz nachdem sie aus dem Siglufjörður-Tunnel herausgefahren waren, lenkte Eggert den Wagen auf den Seitenstreifen und hielt an. Der größte Teil des Weges, der hinunter zur Lagune führte, war eine Privatstraße und jetzt geschlossen. Eggert stieg aus dem Auto, ließ die Scheinwerfer aber an.

Ari Þór kletterte aus dem Jeep.

»Komm. Wir nehmen den Weg hier«, sagte Reverend Eggert, der im Gegensatz zu seinem Beifahrer keine Probleme mit einem Wagen mit hohem Einstieg hatte. Er zeigte auf ein paar Holzstufen, die zuerst nach oben und dann über den Zaun führten, und war kurz darauf auf der anderen Seite. Ari Þór folgte ihm.

Die Scheinwerfer des Jeeps erhellten einen Teil des Pfads, reichten aber nicht bis ganz hinunter an die Lagune. Und nicht einmal annähernd bis zu dem kleinen Stück Land am westlichen Ufer, wo die Überreste des Bauernhauses standen. Ari Þór war noch nie bis dorthin gelaufen, hatte es aber bei der Fahrt entlang des Héðinsfjörðurs schon oft gesehen. Beide Tunnel waren erst kürzlich eröffnet worden. Der eine Tunnel führte die Straße von Siglufjörður weiter zum unbewohnten Héðinsfjörður, und der andere führte von dort nach einem kurzen Stück entlang des Héðinsfjörðurs weiter nach Ólafsfjörður, einem Ort mit etwa achthundert Einwohnern. Die neuen Tunnel erleichterten es den Leuten in Siglufjörður, nach Akureyri zu gelangen, der größten Stadt im Norden Islands. Was natürlich auch bedeutete, dass Siglufjörður neuerdings zum Ziel von erheblich mehr Touristen wurde.

Im Licht der Scheinwerfer gingen sie nebeneinanderher, ihre Schatten immer groß und bedrohlich vor ihnen. Ari Þór lauschte den Worten des Pfarrers.

»Kannst du es dir vorstellen?«, fragte er leise. »Du musst nicht einmal die Augen schließen, man sieht sowieso kaum etwas. Wir haben jetzt die Tunnel, aber die armen Menschen damals – Jórunn und Maríus, Gudfinna und Gudmundur – mussten zu Fuß die Berge überqueren.« Er hob den Arm und zeigte auf die Reihe Berggipfel an der Westseite des Fjords. »Dahinten ist der Hestsskard-Pass. Das ist der beste Weg raus, aber selbst an einem milden Winterabend wie heute würde jeder vernünftige Mensch es sich zweimal überlegen, ob er das auf sich nehmen will.«

Ari Þórs Blick folgte der Richtung, in die der Pfarrer zeigte. Anfangs erkannte er lediglich ein paar vage Umrisse, die aber nicht Berghängen ähnelten, sondern schemenhaften Kreaturen. Bei dem Anblick konnte er gut verstehen, warum sich jahrhundertealte Volkssagen so beharrlich in den Köpfen der Isländer hielten. Hier stand er in Begleitung eines Pfarrers, mit dem hellen Licht von Autoscheinwerfern im Rücken und sich bewusst, dass es einen leichten Weg von hier nach Siglufjörður oder nach Ólafsfjörður gab – und doch erfasste ihn eine bedrückende Unruhe. Die kalte Hand der Einsamkeit lastete auf seiner Schulter, die Düsternis ließ ihn frösteln, und die Dunkelheit weckte in ihm den Wunsch, die Augen zu schließen, anstatt den Blick schweifen zu lassen. Die vertraute Schwärze hinter den Augenlidern war angenehmer als alles, was sich dort draußen in der unbekannten Nacht tummelte.

Der Pfarrer blieb am Rand des hellen Bogens, den das Autolicht vor ihre Füße zeichnete, stehen. Ab hier lag der Weg im Dunkeln, denn er führte nach wenigen Metern um eine Kurve und verschwand aus dem Blickfeld. Doch Ari Þór wusste, dass er nur weitergehen musste, um zur Lagune mit dem offenen Meer dahinter zu gelangen.

Reverend Eggert sprach weiter.

»Sie haben Landwirtschaft betrieben, die zwei armen Ehepaare. In Siglufjörður glaubte niemand, dass ihnen das gelingen würde. Manche Menschen sind geborene Bauern, andere nicht. In der Lagune gab es Fische, die Fangrechte gingen automatisch mit dem Land einher, weil es an die Lagune grenzt. Heutzutage ist Angeln natürlich ein Sport. Ich weiß, dass sie ein kleines

Boot besaßen, womit sie nötigenfalls nach Siglufjörður schippern konnten, wenn das Wetter es zuließ.«

»Strom hatten sie keinen?«, fragte Ari Þór, um etwas zu der Unterhaltung beizutragen, obwohl er die Antwort natürlich kannte.

»Großer Gott«, entgegnete der Pfarrer. »Hier gab es noch nie Strom oder Telefon. So wie ich das verstanden habe, hatten sie CB-Funk im Haus, ein primitives Gerät, dabei ist es so lange auch wieder nicht her. Die ganze Sache basierte auf reiner Abenteuerlust. Um nichts anderes ging es, so, wie ich das sehe. Gudmundur konnte es sich leisten. Er war für seine Zeit ein wohlhabender Mann.«

Ari Þórs Augen gewöhnten sich allmählich an die Dunkelheit. Er erkannte die schneebedeckten Berghänge, und über ihm war der Himmel voller Sterne. Sogar die funkelnde Milchstraße konnte er sehen, ein ungewöhnlicher Anblick für jemanden wie ihn, der nur selten aus der Stadt herausgekommen war.

Er stellte sich vor, dass das Sternenlicht unvorstellbare Entfernungen gereist war, um hier, in einem verlassenen Fjord an der nördlichsten Küste Islands, für ihn zu erscheinen.

»Du hast vorhin gesagt, Jórunn wäre vor Einsamkeit und der Angst vor der Dunkelheit gestorben«, sagte er und wandte sich dem Pfarrer zu. »Wie kommst du darauf?«

»Die meisten haben geglaubt, dass sie Selbstmord begangen hat«, sagte Eggert leise. Er stand reglos ein Stück außerhalb des Scheinwerferlichts, sein Schatten von der Finsternis verschluckt.

Ari Þórs Gedanken wanderten zu dem Polizeibericht. Darin stand, dass Jórunns Tod ein Unfall war – eine bequeme Erklärung. Die örtlichen Klatschmäuler waren zu einem anderen

Ergebnis gekommen, nämlich dass sie selbst Hand an sich gelegt hatte. Diese Variante war zwar wesentlich unbequemer, aber einleuchtender, dachte er. Die dritte Möglichkeit – dass sie ermordet wurde – war beunruhigend, aber man konnte es nicht völlig ausschließen. Zumal Ari Þór noch Hédinns Worte im Ohr hatte: Es gab keine stichhaltigen Beweise für einen Selbstmord, aber auch keine, die die Mordtheorie widerlegten.

»Herr im Himmel, hilf mir«, fuhr der Pfarrer fort. »Selbstmord kann ich einfach nicht akzeptieren. Das Leben ist heilig, auch unter den widrigsten Umständen. Aber vielleicht kann ich sagen …« Er zögerte kurz, dann fuhr er stockend fort. »Ich kann sagen, dass ich vielleicht verstehe, wie sie sich gefühlt hat. Deshalb wollte ich auch, dass du mit hierherkommst, damit du dich in ihre Situation versetzen kannst. Du bist ein Stadtkind, genau wie sie es war. Fühlst du dich nicht unwohl hier?«

Ari Þór antwortete nicht. Wohl fühlte er sich ganz bestimmt nicht, wollte es aber nicht zugeben. Ihn fröstelte, und die alles verschluckende Dunkelheit machte die Nachtluft noch kälter; sie schien auf seine Brust zu drücken, drohte ihn zu ersticken.

Doch selbst an einem abgelegenen Ort wie Héðinsfjörður herrschte keine Stille. In der Ferne war das gedämpfte Tosen der Brandung zu hören, und es schien Ari Þór, als riefen die brechenden Wellen ihn allein. Er wollte weiterlaufen, in die Dunkelheit eintauchen, um zu sehen, wie weit er kam.

Und bevor er sichs versah, ging er los. Der Pfarrer eilte ihm hinterher.

»Wir müssen vorsichtig sein. Du willst doch in dieser Finsternis nicht hinfallen und dich verletzen«, sagte Eggert wieder so leise, dass seine Worte im Rauschen der Brandung fast untergingen.

»Was würdest du sagen, wenn ich dir erzähle, dass sie nicht allein hier waren?«, fragte Ari Þór.

»Wie meinst du das?«, fragte der Pfarrer mit bebender Stimme. »Natürlich hatte Gudfinna einen Sohn, das ist klar«, fügte er hinzu.

»Ich spreche nicht von Hédinn«, sagte Ari Þór.

»Und wovon in Gottes Namen sprichst du dann? Das ist wohl kaum der Ort und die Zeit für Gespenstergeschichten.«

»Es ist keine Gespenstergeschichte«, sagte Ari Þór finster. »Auch wenn es weit hergeholt klingt. Aber sind Gespenster auf einem Foto zu sehen?«

Sie waren nahe am Ufer der Lagune, das Licht der Autoscheinwerfer weit hinter ihnen. Da sie so gut wie nichts sahen, setzte Ari Þór vorsichtig einen Fuß vor den anderen, denn sie gingen auf einem Pfad, der auf beiden Seiten steil abfallen konnte.

»Mach dich nicht lächerlich«, entgegnete der Pfarrer harsch.

Ari Þór beschloss, mit Fakten zu kontern.

»Ein Foto ist aufgetaucht, auf dem die beiden Paare zu sehen sind, und ein Teenager, mit Hédinn auf dem Arm.«

»Vielleicht nur jemand auf der Durchreise«, sagte Reverend Eggert.

»Ich kann mir kaum vorstellen, dass viele Leute hier durchgekommen sind«, erwiderte Ari Þór kühl. »Und nicht jedem würde man erlauben, sein Baby zu –«

Doch er konnte den Satz nicht beenden, weil der Pfarrer ihn unterbrach. »Okay, du hast recht, es kamen nur wenige Menschen hier vorbei. Aber ich erinnere mich, dass Délia etwa zu der Zeit hier war.«

Sie blieben stehen. Inzwischen spürte Ari Þór die Kälte bis in die Knochen. Am liebsten wäre er schnurstracks zurück zum Jeep gelaufen. Doch er wartete, um den Pfarrer zu Ende erzählen zu lassen.

»Wer ist Délia?«, fragte er, weil der Pfarrer das vermutlich erwartete.

»Sie ist ein paar Jahre älter als ich. Ihr Vater war Fotograf und hat auch mit einer Schmalfilmkamera gefilmt. Nach der Schule wollte sie nicht studieren, sondern hat immer nur mit der Kamera gearbeitet und viele Fotos und Filmaufnahmen gemacht. Sie ist in Siglufjörður geblieben und hat den Fotoladen ihres Vaters übernommen. Aber die Geschäfte gingen stark zurück, weil mehr und mehr Leute von hier wegzogen. Sie ist dann selbst auch in den Süden gezogen, aber zurückgekommen, als sie in Rente ging.«

»Und sie war öfter am Héðinsfjörður?«

»Ich erinnere mich, dass sie mir einmal erzählte, sie sei hergekommen, um die unberührte Winterlandschaft hier zu fotografieren. Ja, richtig – jetzt fällt es mir wieder ein. Sie hat Jórunn getroffen. Wer weiß, vielleicht hat sie noch immer ein paar Fotos. Du kannst sie ja morgen mal besuchen. Aber jetzt sollten wir uns auf den Rückweg machen, meinst du nicht?«

Ari Þór nickte, doch dann wurde ihm klar, dass der Pfarrer ihn wahrscheinlich gar nicht sehen konnte. »Gehen wir«, murmelte er.

Eggert ging mit schnellen Schritten zum Jeep.

Ari Þór brach hinter ihm auf, blieb dann aber kurz stehen und drehte sich um. Er ließ den Blick über den Fjord und den Sternenhimmel schweifen, saugte die himmlische Schönheit ein. Vor ein paar Monaten, mitten im Winter, war Ari Þór tatsächlich zum Héðinsfjörður gefahren, um sich von dort aus die

Nordlichter anzusehen. Er hatte das große Glück gehabt, dieses seltene Ereignis tatsächlich zu erleben, und reglos am Straßenrand gestanden, um ein paar Minuten lang ehrfürchtig das atemberaubende Naturphänomen zu bestaunen. Jetzt konnte er es sich fast wieder vorstellen.

Als er sich umdrehte, war der Pfarrer nirgends mehr zu sehen.

Ari Þór wusste, dass Eggert nicht weit sein konnte, und trotzdem überkam ihn Angst. Er konnte dem Pfarrer unmöglich zurufen, er solle stehen bleiben. Als Polizist durfte er auf keinen Fall zugeben, dass er Angst vor der Dunkelheit hatte.

Langsam setzte er seinen Weg fort. Er zog das Handy aus der Tasche, um damit zu leuchten, doch der grelle Strahl ließ die Finsternis um ihn herum nur noch schwärzer erscheinen.

Das Schlimmste waren die Scheinwerferlichter des Jeeps. Vorhin im Rücken waren sie äußerst hilfreich gewesen, doch jetzt blendeten sie ihn und verhinderten, dass er die Biegungen des Pfads erkannte.

So merkte er nicht, dass er vom Weg abkam, verlor den Halt unter den Füßen, rutschte ein ganzes Stück den Hang hinunter und landete auf der kalten Erde. Instinktiv hatte er beim Fallen die Augen geschlossen, und als er sie jetzt wieder aufmachte, starrte er in die Öffnung eines Abflusskanals, der unter dem Weg verlegt war. Er dankte seinem Schutzengel, dass er nicht mit dem Kopf dagegengeknallt war, und rappelte sich mühsam auf die Füße. Abgesehen davon, dass das Knie ziemlich schmerzte, hatte er sich garantiert ein paar Prellungen und Schürfwunden zugezogen. Er kletterte hinauf zum Pfad und stolperte zurück zum Wagen, in dem der Pfarrer bereits auf ihn wartete.

»Ich hab mich schon gefragt, wo du bleibst«, sagte er. Dann fiel sein Blick auf Ari Þórs Hand. »Was in aller Welt ist denn mit dir passiert?«

Jetzt sah auch Ari Þór seine blutige rechte Hand. Er hatte sich beim Sturz damit abgebremst und sie an den Steinen aufgeritzt.

»Ich bin gestürzt«, sagte er knapp.

Der Pfarrer nickte, als hätte er nichts anderes erwartet. Die Fahrt zurück nach Siglufjörður verlief schweigend.

# 18. Kapitel

Der Anruf kam von Sunnas Schwester.

Heida war zehn Jahre älter als Sunna, single und kinderlos. Beide Schwestern waren in Reykjavík aufgewachsen. Sunna sprach selten von ihr, aber Róbert vermutete, dass Heida ihren Platz im Leben nie gefunden hatte. Nach diversen Versuchen in unterschiedlichen Berufen war sie jetzt arbeitslos und lebte seit einiger Zeit in Dänemark.

Róbert hatte sie zweimal getroffen und es jedes Mal schwierig gefunden, irgendeine Beziehung zu ihr aufzubauen, zumal er sicher war, dass sie ihn nicht mochte. Seiner Meinung nach glaubte Heida, dass Sunna einen besseren Mann verdient hatte.

Derzeit war Heida für zwei Wochen in Island. Sie hatte bestimmt kaum Geld und lag ihren Eltern auf der Tasche, die allerdings gerade Urlaub im Ausland machten. Bis jetzt hatte sie noch keine Zeit gehabt, Sunna, Róbert und den Kleinen zu Hause zu besuchen, aber die Schwestern hatten sich für heute Morgen in der Innenstadt in einem Café verabredet. Sunna wollte Kjartan mitnehmen, und danach sollte er bei Róbert zu Hause bleiben, während sie Theaterprobe hatte.

Bislang hatten sie sich noch nicht bemüht, jemanden zu finden, der sich tagsüber um den Kleinen kümmerte, dachten aber inzwischen darüber nach. Noch war es ja nicht so dringend. Sunnas Arbeitszeiten waren flexibel und Róberts Zeiten an der Uni ebenfalls. Außerdem machte er sich nicht verrückt, wenn er hier und da eine Vorlesung versäumte. Der Junge verbrachte auch Zeit mit Breki, so dass es alles in allem ganz gut funktionierte.

Róbert lag im Bett. Seine Erkältung war schlimmer geworden, deshalb hatte er sich gar nicht erst aufgemacht, um sein Seminar zu besuchen. Zumal sein Bauchgefühl ihm sagte, dass ihr Zuhause von einem Unbekannten bedroht wurde und beschützt werden musste.

Doch jetzt, nach Heidas Anruf, wurde ihm schlagartig klar, dass das ein großer Fehler war.

Er hatte sich getäuscht.

Er hätte seine Familie beschützen sollen, nicht ihre Wohnung.

»Was zum Teufel meinst du damit?«, hatte er Heida, eine Frau, die er kaum kannte, angeschrien, als sie ihm die schockierende Nachricht mitteilte.

»Kjartan ist verschwunden«, sagte sie mit tonloser Stimme. »Jemand hat ihn aus dem Kinderwagen genommen.«

»Verschwunden? Wo ist Sunna?«

Inzwischen war er aus dem Bett gesprungen, zog Jeans und Hemd über, das Telefon weiter am Ohr.

»Sie ist hier und weint und schreit und wartet auf die Polizei. Sie ist nicht in der Verfassung zu telefonieren.«

# 19. Kapitel

Ísrún fühlte, wie ihre Energie jeden Tag weniger wurde. Sie sehnte sich nach einer Pause zwischen ihren Schichten. Der Druck in der Nachrichtenredaktion, die langen Schichten und die permanente Betriebsamkeit von morgens bis abends waren selbst für gesunde Menschen mit robuster Konstitution eine Herausforderung.

Doch sie beschloss, noch einen Tag durchzuhalten, und widerstand der Versuchung, sich krankzumelden, obwohl sie wirklich krank war. Sie zwang sich aus dem Bett. Die Snorri-Ellertsson-Story konnte sie unmöglich einem anderen überlassen. Das gestrige Interview mit dem Premierminister hatte große Aufmerksamkeit erregt. Als dann Blogger und soziale Medien so richtig in Fahrt kamen, hatte die persönliche Assistentin des Premierministers, eine junge, ambitionierte Frau, versucht, Ísrún anzurufen. Und da Ísrún wusste, wer die Anruferin war, hatte sie das Telefon einfach klingeln lassen. Die junge Frau konnte ruhig ein bisschen ins Schwitzen kommen.

Doch wie an den meisten Tagen forderte die Krankheit auch heute ihren Tribut. Hin und wieder, wenn sie in Arbeit ertrank, konnte sie dieses verdammte Leiden – oder Syndrom, wie ihr Arzt es nannte – vorübergehend vergessen. Es war extrem selten, hatte er gesagt, als wäre das ein Trost. Und wie sich herausstellte, hatte ihre Großmutter ja unter der gleichen seltenen Krankheit gelitten. Damals hieß es, die alte Dame hätte vom Rauchen Krebs bekommen und wäre daran gestorben. Aber Ísrúns Arzt hatte ihre Krankenakte noch einmal genau studiert und war zu dem Ergebnis gekommen, dass die Todesursache das gleiche Syndrom war, unter dem Ísrún nun litt. Weitere Untersuchungen hatten ebenfalls darauf hingewiesen, dass es sich um eine genetische Erkrankung handelte, woraufhin man Ísrún riet, sich psychologische Unterstützung zu suchen. In den Therapiesitzungen hatte sie dann erfahren, dass sie die Krankheit unter Umständen an ihre Kinder weitervererben könnte.

Der Tumor, der bei Ísrún gefunden wurde, war gutartig gewesen und operativ entfernt worden. Irgendwie hatte sie es geschafft, ihren Zustand vor ihrer Familie und den Kollegen zu verbergen. Aber den weiteren Krankheitsverlauf konnte niemand vorhersagen: Ob sich noch mehr Tumore bilden würden – oder auch nicht – und was für Auswirkungen das hatte; zudem konnte die Krankheit auch noch andere Folgen haben.

An manchen Tagen war ihr einfach alles zu viel.

Ísrún hatte sich frühzeitig zur allmorgendlichen Konferenz eingefunden, folgte der Diskussion aber mit wenig Interesse. Ihre Gedanken kreisten um ihre eigenen Projekte. Es tat gut, unter Marías Schutz zu stehen, bei der Aufgabenverteilung ein Mitspracherecht zu haben und nicht mehr Ívars Launen ausgesetzt zu sein.

Nach dem Meeting beschloss sie, als Erstes einen Termin mit Snorris Schwester, Nanna, auszumachen. Sie wollte dem Hinweis ihres Kontaktmanns bei der Polizei nachgehen und versuchen herauszufinden, worum es in der E-Mail ging, die Snorri ihr am Tag seines Todes geschickt hatte. Aber Nannas Telefon war abgestellt, und da sie keine Festnetznummer von ihr hatte, blieb Ísrún nichts anderes übrig, als zu ihr hinzufahren. Vielleicht ging sie damit zu weit, aber sie hatte schon Schlimmeres getan.

Sie beauftragte Rúrik, sie mit der Kamera zu begleiten, ließ ihn dann aber im Wagen warten, weil sie erst einmal ohne ihn vor Nannas Tür in dem Block mit den niedrigen Reihenhäusern auftauchen wollte.

Beim Klingeln wandte sie das Gesicht ab, um sich vor der Kamera in der Gegensprechanlage zu verbergen. Weil sich niemand meldete, klingelte sie wenig später ein zweites Mal, doch wieder ohne Erfolg.

»Kannst du noch ein bisschen bleiben?«, fragte sie Rúrik, als sie wieder im Wagen war.

»Ich hab eigentlich keine Zeit«, erwiderte er. »Du bist nicht die Einzige, die für die Abendnachrichten eine Reportage macht.«

Sie beschlossen, dass er ein Taxi zurück nahm, während Ísrún weiter im Wagen des Senders Wache hielt. Da draußen eisige Temperaturen herrschten, ließ sie den Motor laufen und drehte die Heizung im Auto hoch, doch selbst das reichte nicht gegen die Kälte. An manchen Tagen wirkte die kalte Luft erfrischend, aber heute konnten auch positive Gedanken nichts gegen ihr Frösteln ausrichten.

Ísrún nutzte die Gelegenheit, das Auto, auf dem groß das Logo des Senders prangte, ein Stück weiter weg vom Häuserblock zu fahren.

Sie hatte im Internet ein paar Fotos von Nanna gefunden und wollte unbedingt versuchen, mit ihr zu reden. Doch es verging fast eine ganze Stunde, bis sich tatsächlich etwas tat. In der Zwischenzeit hatte Ívar mehrmals versucht, sie anzurufen, doch sie hatte Besseres zu tun, als mit ihm zu sprechen.

Endlich hielt ein alter schwarzer Mercedes vor der Wohnanlage. Ísrún setzte sich auf, hatte den Mann hinterm Lenkrad sofort erkannt – und hoffte, dass der Wagen des Senders weder von ihm noch von seinem Mitfahrer entdeckt worden war.

Als Ellert aus dem Auto stieg, konnte Ísrún ihn deutlich sehen. Ihr schien, als sei er deutlich gealtert: Der angesehene Staatsmann sah aus wie ein vom Kummer gebeugter alter Mann. Die Frau, die mit geschwollenen Augen hinter ihm herging, war seine Tochter Nanna. Auf dem Weg zur Tür legte er den Arm um sie. Ellerts Frau, Klara, die gelegentlich für Schlagzeilen gesorgt hatte, als ihr Mann noch aktiver Politiker war, stieg als Letzte aus, das Gesicht wie versteinert, und beeilte sich, sie einzuholen.

Ísrún beschloss, das Eisen zu schmieden, solange es heiß war, sprang aus dem Wagen und betrat die Eingangshalle, gerade als Nanna die Tür zum Treppenhaus aufschließen wollte.

Die Familie warf sich fragende Blicke zu. Klara erkannte als Erste, dass Ísrún Journalistin war.

Sie bedachte sie mit einem finsteren Blick. »Wir sprechen nicht mit den Medien«, sagte sie barsch.

»Ich hatte auch nicht gehofft, mit dir sprechen zu können«, erwiderte Ísrún, »sondern mit Nanna.«

Nanna starrte sie sprachlos an.

»Ich bin allein, kein Kameramann«, sagte sie, ohne jedoch zu erwähnen, dass ihr Aufnahmegerät in der Tasche eingeschaltet war.

»Wir wären dankbar für ein wenig Rücksichtnahme«, sagte Ellert in einem freundlichen, fast väterlichen Ton. »Ich hoffe, du verstehst das.«

Er hatte leise gesprochen, doch seine Stimme füllte die Eingangshalle, und einen Moment herrschte Schweigen. Es gab gute Gründe, dass dieser Mann sein Leben der Politik gewidmet hatte. Wenn er das Wort erhob, hörte jeder zu.

Doch so schnell gab Ísrún nicht auf.

»Ich hatte gehofft, vielleicht behilflich sein zu können. Jemand hat deinen Sohn überfahren«, sagte sie. Dann sah sie Nanna an. »Deinen Bruder. Solche Fälle werden im Allgemeinen schneller aufgeklärt, wenn außer der Polizei auch die Medien involviert sind. Dein Bruder hat dir kurz vor seinem Tod eine E-Mail geschrieben. Ich nehme an, die Polizei verfolgt diese Spur.«

Nanna nickte gedankenverloren. »Er wollte nach Kópavogur fahren«, sagte sie. »Irgendetwas mit einem Studio. Er war sicher, einen Plattenvertrag angeboten zu bekommen.«

»Das geht diese Frau verdammt nochmal nichts an«, kanzelte Klara ihre Tochter ab.

Aber Nanna sprach weiter, als hätte sie den Einwand ihrer Mutter nicht gehört. »Die Polizei hat in der Straße, in der er aus dem Taxi gestiegen ist, weit und breit kein Musikstudio gefunden. Jemand hatte ihn dort hingelockt, um ihn umzubringen.«

Jetzt reichte es Klara wirklich. »Snorri ist immer nur Opfer. Niemand hat ihn getötet. Er hat sich selbst umgebracht. Und zwar an dem Tag, als er entschied, dass ihm Drogen wichtiger sind als die Familie.«

Als Ísrún anschließend aus dem Haus in den schneidenden Wind trat, konnte sie sich ein Lächeln nicht verkneifen. Die Topstory für die Abendnachrichten war im Kasten.

## 20. Kapitel

Róbert hatte das Gefühl, als würde ihm der Boden unter den Füßen weggezogen.

Kaum dass Heida ihm das Café genannt hatte, wo sie und Sunna waren, legte er den Hörer auf und rannte ohne Jacke, nur im weißen T-Shirt aus dem Haus. Der schneidende Wind traktierte seine nackten Arme, doch er war viel zu betäubt, um den Schmerz zu spüren. Als ihm bewusst wurde, dass er die Autoschlüssel vergessen hatte, ging er nicht zurück, um sie zu holen, sondern rannte zu Fuß zu dem Café in der Laugavegur, wo ein Unbekannter Kjartan gekidnappt hatte …

Er war praktisch Kjartans Vater geworden, und jetzt wurde ihm schlecht bei der Vorstellung, dass jemand ein unschuldiges Kind aus dem Kinderwagen gerissen und an sich genommen hatte.

Am alten Friedhof rannte er den Abhang hinunter und auf die Sudurgata, den Wind im Gesicht.

Breki.

Das war alles, was er denken konnte. Es musste Breki gewesen sein. Dieser Dreckskerl!

Plötzlich fröstelte ihn. Er rannte am Rathaus vorbei und wäre auf der Vonarstræti fast von einem Bus angefahren worden, als ihm wieder einfiel, dass er ja gerade gegen eine Erkältung ankämpfte. Bei dem Wetter halbnackt draußen rumzulaufen war sicher wenig hilfreich. Doch er hatte andere Sorgen. Er musste, so schnell es ging, zu Sunna; er musste Kjartan finden.

Vielleicht wäre es sogar gut, wenn Breki den Jungen entführt hatte. Er würde ihm wenigstens nichts antun.

Róbert hätte nie gedacht, dass der Sorgerechtsstreit so weit gehen würde. Breki und Sunna hatten sich zwar bitter bekämpft, aber er hatte nie eine Absprache gebrochen. Außerdem akzeptierten beide, dass das Gericht das letzte Wort haben würde. Aber wenn Breki plötzlich das Schlimmste befürchtete – dass der Richter ein Urteil gegen ihn fällen könnte? Vielleicht war die nagende Ungewissheit einfach zu viel für ihn gewesen.

Doch dann begann Róbert, klarer zu denken. Das Adrenalin, die Kälte und der Schock führten ihm noch eine andere Möglichkeit vor Augen – und die war unendlich viel schlimmer.

## 21. Kapitel

Ísrún brauchte nicht lange, um ein Konzept für den Beitrag über Snorri auszuarbeiten. Ihr Aufhänger war, dass er zum Ort des Verbrechens gelockt worden war. Das würde für eine Sensation sorgen. Problematisch war nur, dass es keinerlei Filmmaterial und auch kein Interview gab und sie die Bilder vom Vortag wiederverwenden musste. Aber die Story war gut, auch wenn sie sich besser für die Titelseite einer Zeitung als für die Meldung einer Nachrichtensendung eignen würde.

Sie beschloss, die Story vorsichtshalber von ihrem Kontaktmann bei der Polizei bestätigen zu lassen. Wahrscheinlich würde er sich nicht dazu äußern, konnte sie aber vielleicht warnen, falls sie auf dem Holzweg war.

Er nahm nach dem zweiten Klingeln ab.

»Ich habe mit Snorris Schwester gesprochen.« Ohne ihren Namen zu nennen, kam sie sofort zur Sache und erzählte ihm von dem Gespräch mit Nanna. »Das wird unser Aufmacher heute Abend«, fügte sie stolz hinzu.

»Das glaube ich nicht«, sagte er kurz angebunden.

Sie war wie vor den Kopf geschlagen. Hatte Nanna sie angelogen, fragte sie sich stirnrunzelnd. *O verflucht.* Nur gut, dass sie Ívar noch nichts davon erzählt hatte.

»Habe ich etwas falsch verstanden?«, fragte sie.

»Keineswegs«, erwiderte er. »Was du über Snorri sagen willst, macht mir keine Sorgen.«

Ísrún atmete erleichtert auf. Sie kannte ihren Kontaktmann gut genug, um zu wissen, dass das eine indirekte Bestätigung der richtigen Spur war.

»Heute Morgen wurde ein kleines Kind in der Laugavegur entführt«, fuhr der Polizist fort. »Die genauen Umstände sind noch unklar, aber ich gehe davon aus, dass Snorri Ellertssons Tod mit der Geschichte nicht mithalten kann.«

»Ein Kind?«, fragte Ísrún erstaunt. »Willst du damit sagen, ein kleines Kind ist verschwunden?«

»Richtig.«

»O Gott, das ist ja unglaublich! In Island entführt doch niemand ein Kind ... Das ist wirklich schockierend. Weißt du Einzelheiten?«

»Nein, mehr weiß ich nicht. Ich bin an den Ermittlungen nicht beteiligt, aber später gibt es eine Presseerklärung.«

»Darauf bin ich wirklich gespannt. Ich hoffe, die Sache geht gut aus. Die armen Eltern ...« Dann fügte sie hinzu: »Irgendwelche neuen Erkenntnisse in Bezug auf Snorri?«

»Nichts, leider. Der Taxifahrer erinnert sich nicht, dort jemanden bemerkt zu haben. Wir sehen uns die Aufnahmen der Videoüberwachung von der Gegend an, aber bis jetzt ohne Erfolg.«

Nachdem sie aufgelegt hatte, ging Ísrún zu Ívar und berichtete ihm von der Kindesentführung und von der neuesten Entwicklung im Fall Snorri Ellertsson.

Er hatte nur vage etwas von einer Kindesentführung gehört, so dass sie ihm sofort erklärte, bereits an beiden Themen zu arbeiten – und ihm erst gar nicht die Gelegenheit gab, diese aufregende Story einem anderen Reporter zu übertragen. Sie hatte jetzt mehr als genug zu tun und kaum noch Zeit, das Interview mit Ari Þór zu führen. Seufzend reservierte sie für den Abend ein Aufnahmestudio.

Außerdem musste sie endlich die Mails von ihrer Mutter und ihrem Vater beantworten, was schon lange überfällig war. Beide versuchten, Ísrún als Vermittlerin zu benutzen, um ihre Ehe wieder in Gang zu bringen. Sie half zwar gern dabei, hatte aber nur wenig Geduld dafür. Sie überlegte, die Mails an den jeweils anderen weiterzuleiten, damit sie sich untereinander damit auseinandersetzen konnten.

Zu allem Überfluss hatte Ísrún heute noch einen Arzttermin, an den sie lieber nicht dachte. Ihre vage Hoffnung, ihn vielleicht sogar zu vergessen, erfüllte sich allerdings nicht.

Sie nutzte die Zeit vor dem Termin, um mehr über das vermisste Kind herauszubekommen, aber mit wenig Erfolg.

* * *

»Nimm Platz, Ísrún«, sagte der Arzt, als sie missmutig sein Sprechzimmer betrat. Sie hatte mehr als eine Viertelstunde im Wartezimmer gesessen und gewartet, und sie brannte darauf, so schnell wie möglich wieder zu verschwinden. Heute sogar noch mehr als je zuvor.

»Wie geht es dir?«

»Nicht schlecht«, sagte sie wie immer.

In der Praxis war es viel zu kalt, und sie fragte sich, ob sie bei einem Arzt, der nicht einmal richtig heizen konnte, wirklich gut aufgehoben war. Vielleicht war es aber auch nur das frostige Ambiente: die Plastikfolie an den Fenstern, um hier im Erdgeschoss die Privatsphäre der Patienten zu gewährleisten, der silbergraue Schreibtisch, die ordentlichen Bücherregale, der kühle Stuhl aus Aluminium und die schäbige weiße Untersuchungsliege.

Der Arzt hatte ein MRT angeordnet, um herauszufinden, ob sich eventuell neue Tumore gebildet hatten, und sie erwartete nervös das Ergebnis. Hatte sich ihr Zustand verbessert oder verschlechtert?

Aber das Untersuchungsergebnis lag noch nicht vor, und seine Fragen waren immer die gleichen: ob sie irgendwelche der Symptome bemerkt habe, auf die sie achten sollte. Sie saß teilnahmslos da, beantwortete alle Fragen.

»Hast du inzwischen mit deinen Eltern darüber gesprochen?«, fragte er schließlich, auch das wie immer. Sie wusste genau, was als Nächstes kam.

»Nein. Ich warte noch auf den richtigen Zeitpunkt.«

»Ich möchte, dass dein Vater sich auch untersuchen lässt, das habe ich dir schon wiederholt gesagt. Wir müssen wissen, ob er die gleiche Krankheit hat.«

Sie murmelte etwas Unverständliches.

Der Arzt wartete auf eine richtige Antwort, aber Ísrún hatte gelernt, sich Zeit zu lassen.

»Okay, ich denk dran«, sagte sie schließlich. »Aber er wird alt, und ich möchte nicht, dass er sich meinetwegen Sorgen macht. Und falls er diese … Krankheit … auch geerbt hat, dann offensichtlich bis jetzt ohne negative Auswirkungen.«

Der Arzt nickte, stand auf und legte väterlich seine Hand auf Ísrúns Schulter. »Denk bitte darüber nach«, sagte er. »Und lass dir am Empfang einen neuen Termin geben. Wir sehen uns dann in einem Monat. Aber ich rufe dich an, sobald ich das

Untersuchungsergebnis habe«, sagte er, und sie stand auf. »Ich bin wirklich optimistisch«, fügte er hinzu.

Das sagte er immer, wenn sie seine Praxis verließ, und sie würde nie erfahren, ob er alle seine Patienten mit diesen Worten verabschiedete.

Dass sie es langsamer angehen lassen sollte, sagte er ebenfalls immer, aber auch diesen Rat ignorierte sie, eilte zum Auto und saß kurze Zeit später in der Nachrichtenredaktion.

* * *

Die Entführung des Kindes war inzwischen in aller Munde. Eine Pressekonferenz hatte die Polizei zwar noch nicht abgehalten, dafür aber ein Statement herausgegeben: Eine junge Frau hatte mit ihrer Schwester in einem Café in der Laugavegur gesessen und dabei ihr schlafendes, achtzehn Monate altes Kind draußen vor der Tür im Kinderwagen gelassen, wo es jemand zwischen zehn und Viertel nach zehn herausgenommen hatte. Zeugen wurden gebeten, sich zu melden, und laut Polizei gab es bereits Ermittlungserfolge aufgrund der Videoüberwachung in dieser Gegend. Aber das Kind war noch nicht wiedergefunden worden.

Ísrún fröstelte es beim Schreiben der Reportage. War Island wirklich nicht mehr die freundliche, friedvolle Gesellschaft wie früher? War diese isländische Eigenheit, Kinder in ihrem Kinderwagen im Freien schlafen zu lassen, damit zu Ende?

Selbst hartgesottene Kollegen aus der Nachrichtenredaktion schienen von der Geschichte erschüttert.

Sie versuchte mehrmals, ihren Kontakt bei der Polizei zu erreichen, doch ohne Erfolg.

Als es dann schon auf neunzehn Uhr zuging, rief er sie schließlich zurück. »Du musst mal eine Zeitlang aufhören, mich anzurufen«, sagte er. »Ich hab viel zu tun und kann nichts weiter sagen.«

»Habt ihr den Jungen gefunden?«

»Nein.«

»Wer sind die Eltern? Gibt es einen Verdächtigen?«

»Sorry, ich kann wirklich nichts sagen. Die Angelegenheit ist extrem heikel, Ísrún. Wir können kein Risiko eingehen und dürfen nichts durchsickern lassen. Wir müssen den Jungen finden. Das hat oberste Priorität.«

Damit beendete er das Gespräch. Dass er einfach auflegte, kam wirklich selten vor. Zweifellos waren alle auf dem Polizeirevier aufs Äußerste angespannt.

Die Geschichte musste also so gesendet werden, wie sie war, als aufpolierte Version der Pressemitteilung der Polizei. Obwohl Ísrún so etwas grundsätzlich ablehnte, stimmte sie mit ihrem Kontaktmann bei der Polizei diesmal überein. Die Sicherheit des kleinen Jungen war wichtiger als jeder Nachrichtenknüller.

## 22. Kapitel

Tómas hatte die Nachtschicht gehabt, so dass Ari Þór endlich einmal richtig schlafen konnte und am Morgen ausgeruht seine Schicht antrat. Inzwischen sah man überall in der Stadt schon wieder Leute auf der Straße. Die Mutigsten, oder auch Törichtesten, ignorierten sogar das Risiko einer Infektion und gingen in der kalten, frischen Winterluft spazieren. Aber niemand blieb auf der Straße stehen, um sich zu unterhalten, und auch die Läden waren weiterhin geschlossen.

Ari Þór und Kristín hatten heute Morgen miteinander telefoniert.

»Du schlägst dich wacker, Ari Þór, oder?«, fragte sie, offensichtlich besorgt.

»Natürlich, und du? Halten sie dich auf Trab?«

»Die Arbeitsbelastung ist enorm. Und da wir uns nicht sehen können, übernehme ich so viele Schichten wie möglich. Ich fühle mich ziemlich einsam, wenn ich nur rumsitze und darauf warte, dass die Quarantäne in Siglufjörður endlich aufgehoben wird.«

»Das dauert nicht mehr lange, da bin ich mir sicher«, sagte Ari Þór. »Heute sind schon mehr Menschen auf der Straße als gestern. Alles normalisiert sich langsam.«

»Sei vorsichtig, okay?«

»Natürlich.«

»Und spiel ja nicht den Helden, hörst du?«

»Versprochen.«

Die Chance, sein Versprechen zu brechen, war sehr gering. Sein Selbsterhaltungstrieb funktionierte hervorragend, und er war fest entschlossen, jegliche Aktivitäten auf ein Minimum zu reduzieren. Am wohlsten fühlte er sich zu Hause, und wenn er Dienst hatte, vertiefte er sich so oft wie möglich in die Héðinsfjörður-Akte, um seine anderen Sorgen zu vergessen. Doch seine Ermittlungen zu Jórunns Tod waren zum Stillstand gekommen.

Inzwischen hatte er sämtliche ihm bekannten Fakten aufgeschrieben: Ein gutsituiertes Ehepaar aus Siglufjörður, Gudfinna und Gudmundur, hatte 1955 einen leerstehenden Hof am Héðinsfjörður gepachtet, um sich am damals verlassenen Fjord niederzulassen. Jórunn und Maríus, die ein Jahr lang in Siglufjörður gewohnt hatten und denen es finanziell nicht gutging, zogen mit ihnen in das Haus am Héðinsfjörður. Ende 1956 oder Anfang 1957 hatte Maríus ein Gruppenfoto von ihnen allen gemacht, auf dem ein nicht identifizierter Junge den kleinen Hédinn auf dem Arm hielt – wenn das Baby denn tatsächlich Hédinn war. Der Zeitrahmen des Fotos ließ darauf schließen, dass es sich um Hédinn handelte. Im Frühjahr 1957 verließen die Bewohner den Fjord wieder, der seitdem unbewohnt blieb.

Zudem wusste Ari Þór, dass Jórunn und Maríus vor ihrem Umzug nach Nordisland einen Sohn hatten, der um 1950 geboren war. Da sie keine Familie ernähren konnten, gaben sie das Kind zur Adoption frei. Ari Þór schloss daraus, dass Gudfinna und Gudmundur sie offensichtlich nicht finanziell unterstützt hatten, obwohl sie ziemlich wohlhabend waren.

Es gab keinerlei Informationen darüber, wohin das Kind nach seiner Adoption vermittelt worden war. Da es aber etwa fünf Jahre alt war, als das Foto aufgenommen wurde, konnte es nicht der Teenager auf dem Foto sein.

Jórunn war in Reykjavík aufgewachsen und das raue Klima im Norden nicht gewöhnt, und laut Polizeibericht fiel es ihr schwer, mit dem Schnee und der Einsamkeit klarzukommen.

An einem Abend im März 1957, während eines schweren Schneesturms, trank sie Gift und starb in der Folge. Laut Aussagen der anderen Bewohner hatte sie selbst gesagt, das Gift aus Versehen in ihren Kaffee getan zu haben. Diese Version der Ereignisse galt allgemein als unwahrscheinlich, wohingegen man der Selbstmordtheorie weithin Glauben schenkte.

Der Fall würde wahrscheinlich niemals aufgeklärt werden. Es war sogar möglich, dass die damaligen Ermittlungen zum richtigen Ergebnis geführt hatten: nämlich dass Jórunn das Gift versehentlich nahm, auch wenn das sehr unwahrscheinlich klang.

Ari Þór hielt den Vorschlag des Pfarrers, Délia, die Fotografin, zu besuchen, für eine gute Idee. Wenn sie wirklich nach Héðinsfjörður gefahren war, um die unberührte Winterlandschaft dort zu fotografieren, und Jórunn dabei kennengelernt hatte, verfügte sie vielleicht über ein paar nützliche Informationen.

Nach dem nächtlichen Ausflug an den Fjord hatte der Pfarrer beim Abschied seinen Vorschlag noch einmal bekräftigt. Doch Ari Þór bezweifelte, dass ein Besuch ratsam war, solange die Stadt noch unter Quarantäne stand.

»Mach dir darüber keine Sorgen«, hatte Pfarrer Eggert ihn vergnügt beschwichtigt. »Délia hat eine Heidenangst und seit

Tagen das Haus nicht mehr verlassen. Sie lebt allein, es ist absolut ausgeschlossen, dass man sich von ihr etwas einfängt.«

Der Pfarrer hatte Ari Þór ihre Adresse gegeben, und als er an diesem Morgen routinemäßig Streife fuhr, was zurzeit wirklich unnötig war, beschloss er, sie zu besuchen.

Er brauchte nicht lange, um das Haus zu finden. Es stand klein, unscheinbar und mit Wellblech verkleidet zwischen größeren, eindrucksvolleren Gebäuden, wie eine zarte Blume, umgeben von Gebüsch.

Ari Þór parkte den Polizeijeep direkt davor. Alle Gardinen waren zugezogen, und es wirkte verlassen. Er ließ den Blick in die Umgebung schweifen und sah, dass das auf die ganze Gegend zutraf. Hier herrschte kaum noch Leben. Nur eine Gestalt in einem der größeren Häuser spähte aus dem Fenster, verschwand aber sofort wieder in der Dunkelheit des Raums, sobald Ari Þór sie erblickt hatte. Nichts bot den Klatschmäulern mehr Munition als der Besuch der Polizei – natürlich abgesehen vom Auftauchen eines Notarztwagens.

Er klingelte an der Haustür und wartete. Als sich nichts rührte, klopfte er mit der Faust an die Tür. Das Haus war so klein, dass man die Klingel wohl kaum überhören konnte. Er wartete noch einen Moment und wollte schon aufgeben, als sich hinter der Tür etwas regte.

»Hallo?«, ertönte eine Frauenstimme hell und klar. Délia sprach offensichtlich durch den Briefschlitz. »Wer ist da? Ich will keinen Besuch«, fuhr die Stimme fort.

»Hier ist Ari Þór«, sagte er. »Von der Polizei.«

»Geh weg, junger Mann«, erwiderte sie. »Ich will nicht angesteckt werden.«

Der Briefkastenschlitz fiel zu.

Nicht gewillt, so schnell aufzugeben, klopfte Ari Þór noch einmal, aber sanfter als zuvor.

Der Briefkastenschlitz ging wieder auf. »Was willst du?«, fragte Délia, diesmal weniger feindselig.

»Pfarrer Eggert hat gemeint, ich sollte dich einmal besuchen«, erwiderte Ari Þór laut und deutlich, denn er verspürte keine Lust, sich zu bücken und durch den Schlitz zu sprechen. Er ging davon aus, dass sein Besuch sowieso schon sämtliche Nachbarn aufmerksam gemacht hatte.

»Eggert?« Ihr Interesse schien geweckt.

»Richtig. Er hat erzählt, du bist einmal am Héðinsfjörður gewesen, als er noch bewohnt war – um dort zu fotografieren.«

»Eggert redet zu viel«, sagte sie nach einer Pause.

»Findest du?«

»Durchaus, junger Mann. Dann willst du also die Fotos sehen?«

»Ja, sehr gern.«

Erneute Pause.

»Hat das nicht Zeit? Ich will nicht angesteckt werden.«

»Ich bin vollkommen gesund und war nie auch nur in der Nähe der Menschen, die gestorben sind«, sagte Ari Þór. »Wenn überhaupt jemand noch vorsichtiger ist als du, dann bin ich das. Außer Tómas habe ich in den letzten Tagen keinen Menschen getroffen, und uns beiden geht's gut.«

»Und was ist mit Eggert? Hast du nicht gesagt, er hat dich zu mir geschickt? Dann hast du ihn doch auch getroffen, oder etwa nicht?«, fragte sie argwöhnisch.

Ari Þór verlor allmählich die Geduld. Er hatte nicht vor, ewig hier draußen zu stehen, zumal ihm langsam kalt wurde.

»Ja, natürlich. Ich hab ihn gestern gesehen und vergessen, es zu erwähnen. Aber er hat sich über meinen Besuch gefreut, und das sagt eigentlich alles.«

Délia schnaubte. »Eggert ist stark wie ein Ochse, als ob eine höhere Macht über ihn wacht, und das ist ihm zu Kopf gestiegen. Es ist kaum mit anzusehen, wie nachlässig er mit seiner Gesundheit umgeht. Er besucht immer alle Kranken und kriegt nicht mal eine Erkältung«, sagte sie und gab ihm damit deutlich zu verstehen, dass sie sich anders verhalten würde. »Aber da du nicht mit vielen Leuten zu tun hattest, will ich dir mal glauben. Rück mir aber um Himmels willen nicht zu nah auf die Pelle.«

Der Briefkastenschlitz fiel zu, und die Tür ging auf.

Vor Ari Þór stand eine kleine, ältere Frau mit lockigem grauem Haar. Sie war ausgesprochen gut gekleidet, als hätte sie sich zum Ausgehen fertig gemacht, und sah keineswegs so aus, als wäre sie in den letzten Tagen eine Gefangene in ihrem eigenen Haus gewesen.

»Ich heiße Délia«, sagte sie und bedeutete Ari Þór, ins Wohnzimmer zu gehen, das dem Haus entsprechend klein war.

Er hatte das Gefühl, einen Antiquitätenladen zu betreten. Der Raum war zwar klein und das Mobiliar alt, aber von hoher Qualität. Die Tapete hatte ein Blümchenmuster, die Regale waren voller Bücher und Fotoalben. An sämtlichen Wänden hingen Fotos – alles Schwarzweißaufnahmen aus einer vergangenen Zeit, vermutlich von Délia oder ihrem Vater.

»Ist das Haus schon lange in Familienbesitz?«, fragte Ari Þór und nahm Platz.

»Setz dich bitte ein Stück weiter weg«, sagte Délia. »Vielleicht da drüben hin?« Sie zeigte auf einen Stuhl in der Ecke. »Wenn so eine schreckliche Krankheit umgeht, kann man nicht vorsichtig genug sein.«

Ari Þór machte sich nicht die Mühe, sie daran zu erinnern, dass die ansteckende Krankheit keinesfalls »umging«, und wiederholte seine Frage.

»Das Haus? Ja, seit sehr langer Zeit«, antwortete sie.

Eggert hatte gesagt, Délia sei ein paar Jahre älter als er selbst. Ari Þór schätzte sie auf Mitte siebzig, sie schien für ihr Alter aber fit und gesund.

»Du bist doch der, den sie Pfarrer nennen«, sagte Délia, nachdem er sich von ihr weg in die Ecke gesetzt hatte.

Er holte tief Luft und nickte. Würde er diesen Spitznamen jemals wieder loswerden? Aber er brauchte Délias Hilfe und gab sich Mühe, seinen Verdruss nicht zu zeigen.

»Du hast einen Abschluss in Theologie?«, fragte sie.

»Nein«, sagte er und zwang sich zu lächeln. »Aber vielleicht gehe ich ja eines Tages zurück an die Uni und mache ihn noch.«

»Ich kann dir nichts anbieten. Ich hatte keine Möglichkeit einzukaufen«, sagte sie in einem Ton, der nicht entschuldigend klang. Es war schlicht eine Feststellung, nach der sie gleich zur Sache kam. »Du willst dir also das alte Zeug vom Héðinsfjörður angucken?«

Ari Þór nickte wieder.

»Darf ich fragen, warum? Ich kann mir kaum vorstellen, dass es dort etwas gegeben hat, was die Polizei interessiert.«

»Es gibt da einen alten Fall, der mich interessiert. Zum Teil ist es auch Beschäftigungstherapie, solange wir hier unter Quarantäne stehen.«

»Ein alter Fall am Héðinsfjörður?«, fragte Délia überrascht. »Ich kann mich an kein Verbrechen dort erinnern.«

»Du erinnerst dich doch sicher an Jórunn, die dort gelebt hat, als du am Héðinsfjörður fotografiert hast.«

»Ja, sie hat sich umgebracht. Aber daran ist doch nichts Verdächtiges.«

»Bist du sicher, dass es Selbstmord war?«, fragte Ari Þór. »Im Polizeibericht steht etwas anderes.«

»Natürlich hat sie sich umgebracht, alle haben das gesagt. Ich weiß nicht mehr, welcher Grund in der Zeitung genannt wurde, dafür ist es zu lange her. Ich war damals erst um die zwanzig, praktisch noch ein Kind«, sagte sie und lächelte bei der Erinnerung.

»Hast du vielleicht noch ...«, begann Ari Þór, doch Délia fuhr fort, als hätte sie ihn nicht gehört.

»Weißt du was, junger Mann?«, sagte sie mit gesenkter Stimme. »Ich habe nie an Gespenster geglaubt, aber ich war immer sicher, dass die arme Frau schlicht vor Angst gestorben ist.« Sie beugte sich vor, um ihren Worten Nachdruck zu verleihen. Dann schwieg sie einen Moment, und Ari Þór hörte nur noch das Ticken der Standuhr im Wohnzimmer und den Wind, der ums Haus pfiff. »Ich meine, nicht direkt«, fügte Délia hinzu. »Aber sie hat schlicht aufgegeben und Gift getrunken, um nicht weiter mit den Geistern leben zu müssen.«

Ari Þór lief ein Schauder über den Rücken. »Warum glaubst du, dass es dort unheimlich gewesen ist?«

»Na ja, das hat er mir mehr oder weniger selber erzählt, als ich dort war.«

»Er? Wer denn? Gudmundur oder Maríus?«

»Nein, der Junge. Der Teenager.«

# 23. Kapitel

»Der Junge?«, stammelte Ari Þór verwirrt. Sein Puls fing an zu rasen. Denn diese Information kam für ihn vollkommen überraschend.

»Richtig, der Junge auf dem Bauernhof«, bestätigte Délia gelassen, war sich der Wirkung ihrer Worte auf Ari Þór offenbar nicht bewusst.

»Wie hieß er denn?«

»Das weiß ich nicht mehr, junger Mann. Ich habe nicht viel mit ihm geredet. Um ehrlich zu sein, ich wurde dort nicht gerade herzlich empfangen.«

»Wieso denn nicht?«

»Ich hatte mich nicht angekündigt, weil ich davon ausgegangen war, sie würden sich über Besuch freuen. Mein Vater hatte Gudmundur gut gekannt – er und Gudfinna hatten in Siglufjörður gewohnt, bevor sie beschlossen, ihr Glück am Héðinsfjörður zu versuchen.«

Ari Þór nickte, und Délia fuhr fort.

»Die Bedingungen waren gut, es herrschte wunderbares, ruhiges Winterwetter. Deshalb hatte ich es auch gewagt, die Passstraße über den Hestsskard zu nehmen. Mein Vater war von der Idee zwar nicht begeistert, aber er konnte mich nicht davon abbringen. Als ich den Berg hinunterging, habe ich das Haus schon gesehen, und ganz in der Nähe stand eine junge Frau. Ich bin zu ihr hingegangen, um mit ihr zu sprechen; es war Jórunn. Sie war sehr freundlich und wollte mich ins Haus einladen, aber dann tauchte Gudmundur auf, mit wütendem Gesicht. Er war offensichtlich überrascht, eine Fremde zu sehen. Vermutlich waren sie Besucher nicht gewöhnt, schon gar nicht im Winter.«

Sie verfiel in Schweigen.

»Hast du auch die anderen Bewohner getroffen?«, fragte Ari Þór, er wollte unbedingt mehr über den Jungen erfahren. Er hatte das Foto vor Augen und bekam es nicht mehr aus dem Sinn. Der junge Bursche war für ihn trotz seines unschuldigen Blicks ein einziges Rätsel.

»Nein, sie haben mich dann nicht einmal ins Haus gebeten, und ich wollte mich nicht aufdrängen. Damals hatten sie ein kleines Kind. War Hédinn nicht zu der Zeit geboren?«

»Erinnerst du dich noch, wann genau das war?«

»Kurz vor Weihnachten …« Délia schloss die Augen und dachte nach. »1957 … nein, 1956. Ja, das stimmt. 1956.«

»Im Frühjahr 56 ist Hédinn geboren.«

»Kennst du ihn? Bist du nicht neu hier?«

»Inzwischen sind es drei Jahre …«

»Also ja«, sagte sie. »Ein Neuling.«

»Genau genommen war es Hédinn, der mich gebeten hat, der Sache noch einmal nachzugehen. Im Nachlass von Jórunns Ehemann wurde ein altes Foto von damals gefunden. Darauf steht in der Mitte ein Junge mit ihm als Baby auf dem Arm. Aber Hédinn hat nichts von einem weiteren Mitbewohner gewusst, er wusste nur von den beiden Ehepaaren – seinen eigenen Eltern und Maríus und Jórunn.«

»Darüber habe ich nie nachgedacht. Aber ich war damals auch jung und unerfahren und hab mich nicht einmal gewundert, dass der Junge da war. Ich bin einfach davon ausgegangen, dass er zur Familie gehörte. Und als Jórunn dann gestorben ist, haben alle nur von einem tragischen Selbstmord gesprochen. Dann war der Junge also nicht dort, als es passiert ist?«, fragte sie stirnrunzelnd.

»Richtig. Ich habe alle Berichte genau gelesen, aber er wird nirgends erwähnt.«

»Das ist wirklich seltsam.«

Ari Þór atmete tief durch und stellte die Frage, an deren Antwort alles hängen könnte.

»Du hast offensichtlich angenommen, dass er zur Familie gehört. In welcher verwandtschaftlichen Beziehung denn?«, fragte er hoffnungsvoll.

»Tut mir leid«, sagte sie und schien ehrlich zu bedauern, ihm nicht helfen zu können. »Ich hab nicht gefragt. Er war aus dem Haus gekommen und wollte wissen, was für eine Kamera ich benutze, und wir haben kurz geplaudert. Dann wurde er gerufen – ich glaube, von Gudmundur – und ist weggegangen.«

»Worüber habt ihr denn gesprochen?«

»Tja, mit der Frage triffst du den Nagel auf den Kopf«, sagte sie nachdenklich. »Das ist nämlich der Grund, warum ich so ein ungutes Gefühl dort hatte. Seitdem bin ich sicher, dass auf dem Bauernhof etwas nicht stimmte.«

Normalerweise hatte Ari Þór keine Lust, sich irgendwelche Geistergeschichten anzuhören, aber jetzt war er neugierig geworden.

»Ich erinnere mich noch genau«, fuhr Délia fort, den Blick in die Ferne gerichtet. »Manche Ereignisse oder Gespräche bleiben einem für immer im Gedächtnis. Ich habe ihn gefragt, wie es ist, an so einem Ort zu leben. Weil ich mir nicht vorstellen könnte, dass es dort besonders viel zu erleben gab. Auf die Frage war er wohl nicht gefasst gewesen, denn er murmelte, es wäre nicht so schlimm. Das war alles. Wir haben noch über ein paar andere Dinge gesprochen, an die ich mich aber kaum mehr erinnere. Aber dann hat er plötzlich zugegeben, dass es kein angenehmer Ort zum Leben war.«

Ari Þór schreckte beim Schlag der Standuhr hoch.

Délia ignorierte es und sprach weiter. »Er sagte, er hätte etwas Abnormales dort gesehen; das war das Wort, das er benutzt hat – abnormal. Ich war überrascht.«

»Was hat er damit gemeint?«, fragte Ari Þór leise, als säße der Junge bei ihnen in dem tapezierten Wohnzimmer und sollte es nicht hören.

»Das wollte er nicht sagen. Dann ist er schnell weg. Vermutlich hatte er schon mehr gesagt, als er wollte«, sagte sie gedankenverloren. »Aber eins weiß ich noch genau, nämlich dass ich mich auf dem Rückweg nach Siglufjörður nicht mehr so wohl gefühlt habe wie auf dem Hinweg. Ich bin auch nie wieder hingegangen – erst als der Tunnel eröffnet wurde.«

»Hast du die Aufnahmen noch?«

»Natürlich. Ich werfe nie etwas weg.«

»Sind sie da drin?«, fragte Ari Þór und deutete auf die Fotoalben.

»Nein, auf dem Dachboden. Aber ich komme leicht dran, wenn du sie sehen willst.«

»Sind sie beschädigt?«, fragte Ari Þór. Hoffentlich nicht, denn er war sehr gespannt auf die alten Aufnahmen, die vielleicht sogar den Teenager zeigten.

»Nein, überhaupt nicht, aber ich muss den Projektor aufstellen.«

»Projektor?«

»Ja«, erwiderte sie, schien seine Verwirrung zu verstehen. »Du hast gedacht, ich spreche von Fotos«, sagte sie lächelnd.

»Willst du damit sagen, du hast damals in Héðinsfjörður gefilmt?«, fragte Ari Þór überrascht. »Mit dem Jungen drauf, und mit Jórunn?«

»Vielleicht«, sagte sie. »So genau erinnere mich nicht mehr. Es ist schon Jahre her, dass ich sie mir das letzte Mal angesehen habe. Mein Besuch dort war nicht besonders erfolgreich. Ich hätte die Leute gern bei der Arbeit oder so gefilmt, natürlich immer mit der phantastischen Landschaft im Hintergrund. Aber das wollten sie nicht. Ich war damals besessen vom Filmen. Mein Vater hatte eine gebrauchte Super-8-Kamera und einen Projektor gekauft, aber dann doch lieber Standfotos gemacht. Er hatte schnell das Interesse an der Kamera verloren, aber ich habe es geliebt, das Leben in der Stadt zu filmen. Die Rechnungen, die meine Eltern für die Entwicklung bezahlen mussten, waren horrend«, meinte sie lachend.

Ari Þór hörte einfach nur zu. Er wollte sie nicht unterbrechen, obwohl er es kaum abwarten konnte, den Film zu sehen.

»Ich habe alle möglichen Filme aus der Zeit des Heringbooms. Einige hat das Hering-Museum, der Rest ist hier«, sagte sie, und nach kurzem Zögern: »Es ist nur alles total durcheinander. Ich hab immer gern gefilmt, aber die Sachen ordentlich zu sortieren war nie meine Sache. Aber hier sind sie bestimmt.«

»Auf dem Dachboden?«, fragte Ari Þór höflich lächelnd.

»Ich fürchte, ja. Es ist alles oben in Kisten. Ich gehe nur noch selten da hoch. Wenn man erst mal siebzig ist, lässt der Drang nach, Leitern hochzusteigen. Und von den Spinnen da oben halte ich mich auch lieber fern«, sagte Délia grinsend. Ari Þór wusste sofort, worauf sie hinauswollte.

»Ich hole die Sachen von oben, wenn dir das recht ist«, schlug er vor. Bei dem Gedanken an die Spinnen gruselte es ihn zwar, aber die waren immer noch verlockender als eine Rückkehr in die wirkliche Welt da draußen.

»Tu dir keinen Zwang an«, erwiderte Délia. »Der Projektor ist im anderen Zimmer.«

Bewaffnet mit der Information, wo genau die richtigen Kisten standen, und mit einer alten, aber bemerkenswert starken Taschenlampe in der Hand, kletterte Ari Þór im Flur die Leiter hinauf auf den Dachboden. Das Haus war klein, und in dem überfüllten Raum unter dem Dach konnte man sich kaum mehr bewegen. Er fand schnell, wonach er suchte, kletterte die Leiter hinunter und stellte die Kiste mit den staubigen Filmdosen auf dem Wohnzimmertisch ab.

»Also dann …«, murmelte Délia und sah die Filmdosen durch. »Das ist er«, rief sie kurz darauf triumphierend und hielt eine Filmdose hoch. »Hoffentlich ist der Film noch okay«, fügte sie hinzu.

Ari Þór holte den Projektor aus dem Besenschrank in der Küche.

»Wir müssen ihn auf dem Küchentisch aufstellen«, wies Délia ihn an. »Und richte ihn auf die Wand dort. Das ist die einzige weiße Fläche im ganzen Haus. Die benutzen wir als Leinwand.«

Mit geschickten Fingern legte sie den Film in den Projektor ein.

»Manchmal sehe ich mir noch Filme an, das Gerät ist in

Ordnung«, sagte sie, machte die Lichter aus und zog die Vorhänge zu.

Der Projektor begann zu rattern. Ari Þór kam sich vor, als wäre er zum allerersten Mal im Kino. Vor seinen Augen erschien der prachtvolle Héðinsfjörður von vor sechzig Jahren, wurde die Vergangenheit glanzvoll zum Leben erweckt. Das helle Licht des Projektors illuminierte jeden Riss und jede Unebenheit in der Küchenwand, aber das tat der faszinierenden Show keinen Abbruch.

Das rhythmische Rattern des Projektors erfüllte den Raum. Délia kicherte. »Es gibt keine Tonspur. Manchmal habe ich den Ton auf Kassette aufgenommen, aber nur, wenn es etwas Besonderes gab, ein Konzert oder so. Bei der Filmvorführung hab ich dann gleichzeitig das Tonband abgespielt. Aber im Héðinsfjörður hab ich keine Tonaufnahme gemacht.«

Ari Þór nickte, war aber etwas enttäuscht.

Die Landschaft des abgelegenen Fjords war atemberaubend schön, mit hohem, glitzernd weißem Schnee, so weit das Auge reichte. Die Bilder hatten fast etwas Surreales, wie aus einer anderen Welt – friedvoll und wie gemalt. Der erste Teil des Filmes zeigte die Passstraße über den Hestsskard. Es gab keinen Tunnel und keinen Autoverkehr, nur die weißleuchtende Weite und schneebedeckte Berghänge. Dann kamen das Haus ins Bild und eine Frau, die auf den Fjord hinausblickte.

»Ist das Jórunn?«, fragte Ari Þór.

»Ja, das ist sie. Wie friedlich sie aussieht, steht einfach nur still da, in Gedanken versunken. Die Kamera lief schon eine Weile, bevor sie mich dann bemerkte.«

Ari Þór hätte die Frage in seinem Kopf am liebsten hinausgeschrien: »Woran denkst du, Jórunn?«

Dann drehte sie sich um und blickte geradewegs in die Kamera, als hätte sie seine Gedanken gehört. Aus dem Jenseits und über Jahre und Jahrzehnte hinweg sah sie Ari Þór direkt in die Augen.

Sie war die Frau auf dem Foto, er erkannte sie sofort wieder – die kurzen, dunklen Haare, auch die Kleidung war so ziemlich die gleiche: ein Mantel über einem dicken Wollpullover. Der einzige Unterschied war, dass sie hier lächelte, während sie auf dem Foto verstört wirkte.

Sie lächelt mich an, dachte Ari Þór. Und schien ihm auf unmerkliche Weise eine Nachricht zukommen zu lassen – oder einen Auftrag zu erteilen: ihren rätselhaften Tod von vor so langer Zeit endlich aufzuklären.

»Ein eindrucksvolles Haus für die Zeit«, sagte Ari Þór, um seine Gedanken in eine andere Richtung zu lenken. Es war anscheinend aus solidem Backstein, nicht allzu groß, und ähnelte anderen Bauernhäusern in ganz Island. Ari Þór vermutete – oder hoffte –, dass es rot war, obwohl der Schwarzweißfilm keine Rückschlüsse darauf zuließ.

»Es wurde vor vielen Jahren von einer Lawine überrollt«, sagte Délia. »Lange nachdem niemand mehr am Fjord wohnte. Man hätte dort nie ein Haus hinstellen dürfen, es ist viel zu nah an den Bergen. Heute würde keiner mehr auf die Idee kommen, an so einer gefährlichen Stelle zu bauen.«

Jetzt waren auf den Bildern, die über die Küchenwand flimmerten, die herrliche Lagune und das Meer zu sehen. Das Wasser, das Meer und der Horizont verschmolzen auf der weißen Wand ineinander. Dieser wundervolle Moment vor fünfundfünfzig Jahren war für Sekunden ein Teil der Gegenwart geworden, bevor er dann wieder in der Vergangenheit verschwand, als die junge Frau mit der Kamera die Linse auf andere Dinge richtete.

Vor einem halben Jahrhundert schwenkte die Délia, die jetzt hier mit ihm in dieser Küche saß, die Kamera langsam im Kreis, filmte zuerst die Berge im Osten und kam wieder zurück zu dem schneebedeckten Tal und den majestätischen Bergen, die es beschützten. Dann verharrte sie abrupt auf einer Gestalt, die plötzlich vor ihrer Linse aufgetaucht war.

Ari Þór war wie elektrisiert.

Das war der Junge.

Die mysteriöse Gestalt erschien lebensgroß auf der Küchenwand eines alten Hauses in Siglufjörður.

Ari Þór lief ein Schauder über den Rücken, und plötzlich fröstelte ihn. Der Junge trug eine Mütze, einen Schal und eine Art Mantel, aber Ari Þór erkannte sein Gesicht sofort, seinen unschuldigen Blick.

Es war nur ein kurzer Moment, denn der Junge verschwand beinahe sofort aus dem Bild, in dem jetzt wieder das Haus von Hédinns Familie erschien. Es stand westlich der Lagune, nahe der Stelle, wo Délia die vorhergehenden Szenen gefilmt hatte.

Die Kamera verharrte auf dem Haus, und dann erschien ein Mann in der Tür. Er winkte mit der Hand und schien dem Jungen und Délia etwas zuzurufen. Dann schwenkte die Kamera wieder über die Lagune.

»Das war Gudmundur«, sagte Délia, als der Film weiter über die Wand flimmerte.

Ari Þór schüttelte sich und war – nach der mentalen Reise zu dem kalten, entlegenen Fjord – wieder zurück in der warmen Küche.

»Da hat er den Jungen zurück ins Haus gerufen. Ich habe weitergefilmt, wie du siehst, aber nicht mehr lange. In dem hohen Schnee dort war Gehen mühsam, ich hatte Schneeschuhe an, um mich leichter fortzubewegen«, sagte sie. Und nach einer kurzen Pause: »Er war ein schwieriger Mensch.«

»Wer? Gudmundur?«

»Ja. Ich erinnere mich gut an ihn, als er noch hier in Siglufjörður wohnte – ein unangenehmer, arroganter Mann, der es gewohnt war, seinen Willen durchzusetzen.«

»Ein gefährlicher Mann?«, fragte Ari Þór zögerlich.

»Gefährlich?« Délia dachte einen Moment nach. »So weit würde ich nicht gehen, ihn als gefährlich zu bezeichnen. Soviel ich weiß, hat er nie jemandem etwas zuleide getan; jedenfalls war er nicht gewalttätig. Aber er war sicher kein Mann, mit dem ich mich gern angelegt hätte.«

* * *

Ari Þór lenkte den Polizeijeep über die Stadtgrenze hinaus in Richtung Héðinsfjörður-Tunnel. Er hatte sich die Philosophie des Pfarrers zu eigen gemacht und beschlossen, dass es in Ordnung war, die Stadt zu verlassen, solange die Fahrt nur bis zu dem unbewohnten Fjord ging.

Er sah zum Gipfel des Hólshyrnan, der hoch über der Stadt aufragte. Wie so oft, war er vom Anblick der Berge, die Siglufjörður umgaben, überwältigt. Es gab sicher höhere Gipfel, aber in Relation zu den kleinen Häusern auf der Landzunge schienen diese hier manchmal atemberaubend groß. Die Kirche am Fuße der Berge war sicher das markanteste Bauwerk in dieser Landschaft, aber die Häuser mit ihren farbenfrohen

Dächern bildeten den wesentlichen Teil dieses prächtigen Gemäldes.

Héðinsfjörður begrüßte ihn mit prallem Sonnenschein, so dass der Besuch vorige Nacht sofort zu einer fernen Erinnerung wurde. Aber Délias Geistergeschichte verfolgte ihn noch immer. Was hatte der Junge gesehen, das so »abnormal« war?

Ari Þór parkte den Jeep am Straßenrand und spazierte in Richtung Lagune. Wie anders war sein jetziger Ausflug im Gegensatz zu dem nächtlichen mit dem Pfarrer. Als der Weg am Ufer endete, blieb er stehen und atmete die kalte, frische Meeresluft ein, die ihn hier oben im Norden tagtäglich aufs Neue beglückte.

Die Überreste des Hauses befanden sich auf einer Landzunge, die links von ihm ins Wasser ragte. Ari Þór stand ungefähr an der gleichen Stelle, wo Délia vor vielen Jahrzehnten mit ihrer Kamera gestanden haben musste. Da hatte Jórunn das ganze Leben noch vor sich gehabt, und die beiden Familien hatten noch harmonisch unter einem Dach gewohnt. Oder hatte es auch da schon unter der Oberfläche gebrodelt? Hatten schon länger anhaltende Probleme und Streitigkeiten schließlich zu Jórunns rätselhaftem Tod an diesem ganz normalen Tag im März 1957 geführt?

Er beschloss, sich die Überreste des Hauses aus der Nähe anzusehen, ging vorsichtig um Strauchwerk und Löcher herum, weil es keinen richtigen Weg gab, und erreichte sein Ziel nur mit Mühe.

Es gab nicht viel zu sehen. Der Zahn der Zeit und die Naturgewalten hatten dem Ort schlimm zugesetzt. Das entfernte sanfte Rauschen der Brandung vermischte sich mit dem Plätschern der Bäche, die von den Berghängen herunterkamen. Er blickte hinaus übers Wasser, das im Moment vollkommen still dalag, und es fiel ihm schwer, sich vorzustellen, dass dieser abgelegene Ort jemals etwas anderes gewesen sein könnte als ein wunderschönes Fleckchen Erde. Hässliche Unmenschlichkeit war ganz weit weg. Oder doch nicht?

Seine Gedanken wanderten wieder zu Jórunn, und er fragte sich, ob sie wirklich so unglücklich gewesen war, dass sie sich das Leben nehmen wollte. Er schloss die Augen und glaubte, ihre Gegenwart zu spüren. Doch er schüttelte das Gefühl schnell wieder ab, wollte seine Phantasie nicht zu weit schweifen lassen.

Beinahe unmerklich, wie eine Geistererscheinung am helllichten Tag, meldete sich ein Gedanke zurück, der, wie ihm jetzt klar wurde, schon die ganze Zeit in seinem Hinterkopf umherspukte. War Jórunn wirklich die Einzige, die an diesem einsamen Fjord gestorben war? Oder hatte den namenlosen, unbekannten Teenager das gleiche Schicksal ereilt?

Er starrte hinaus aufs Wasser.

## 24. Kapitel

Ari Þór lauschte seit einer Minute dem Zweiten Klavierkonzert von Rachmaninow, als das Telefon klingelte. Er lag auf dem Sofa in seinem Apartment in der Eyrargata und wollte sich ein wenig ausruhen, um dann zu entscheiden, was es heute zum Abendessen gab. Was allerdings nicht hieß, dass er einen vollen Kühlschrank hatte. Am liebsten hätte er eine Pizza bestellt, aber das ging nicht. Die Infektionskrankheit hing wie ein Fluch über der Stadt.

Siglufjörður stand noch immer unter Quarantäne. Allerdings fanden die meisten Einwohner, dass es inzwischen ungefährlich war, sie aufzuheben, denn in den letzten Tagen hatte es keinen neuen Fall gegeben. Und alle, die Kontakt mit den Opfern hatten, standen unter genauer Beobachtung. Trotzdem wurde beschlossen, noch ein paar Tage zu warten. Tómas hatte Ari Þór erklärt, dass er die Entscheidung richtig fand.

»Es wäre unverzeihlich, wenn weitere Menschen erkrankten, nur weil wir die Quarantäne zu früh aufgehoben haben«, sagte er und machte damit klar, dass es kein großes Opfer war, eine kleine Stadt noch ein paar Tage länger von der Welt abzuschneiden.

Beim Läuten des Telefons setzte sich Ari Þór ruckartig auf dem Sofa auf. Er hasste es, während eines guten Klavierkonzerts gestört zu werden, sei es in einem Konzertsaal oder beim Hören einer CD zu Hause. Dieses Stück hatte er noch nie live gehört, obwohl er zu Lebzeiten seiner Mutter regelmäßig in die Konzerte des Symphonieorchesters gegangen war, in dem sie gespielt hatte. Heutzutage war der Besuch eines Livekonzerts begleitet vom bitteren Beigeschmack des Verlusts und von zu vielen alten Erinnerungen.

Er warf einen Blick auf das Display des Telefons und stellte die Musik leiser, als er sah, dass es die Journalistin war. Er musste den Anruf entgegennehmen, immerhin hatte sie ihm ja geholfen. Allerdings hatte er nicht mehr daran geglaubt, dass das Interview jemals stattfinden würde.

»Hallo«, sagte sie gut gelaunt. »Ich hab gehört, ihr habt es bald überstanden.«

»Jedenfalls ist momentan niemand mehr ernsthaft erkrankt«, erwiderte Ari Þór. Doch sofort fiel ihm Sandra ein, aber den Gedanken verdrängte er gleich wieder.

»Das freut mich zu hören«, sagte sie, was jedoch ein bisschen floskelhaft klang. »Bist du bereit?«

»Wofür?«

»Das Interview«, sagte sie ungeduldig. »Es wird morgen in den Abendnachrichten gesendet. Sie geben mir mehrere Minuten für den Beitrag – es soll etwas Berührendes sein, im Sinne von ›Geschichten, die das Leben schreibt‹.«

»Du meinst, etwas Seichtes?«, erwiderte Ari Þór schroff.

»Richtig.«

»Vergiss nicht, dass zwei Menschen gestorben sind.«

»Es sterben ständig Menschen«, sagte sie mit ausdrucksloser Stimme, was bei Ari Þór den Verdacht weckte, dass etwas sehr Ernstes hinter ihren Worten steckte, das sie nicht aussprach.

»Also gut. Fangen wir an«, sagte er.

»Hast du noch ein anderes Telefon? Vielleicht mit Festnetz?«

»Nein, nur das Handy.«

»Dann muss das genügen«, sagte Ísrún nach einer Pause. »Ich verstehe dich gut, und lange wird es nicht dauern. Bei uns hier geht es drunter und drüber, deshalb hab ich erst jetzt Zeit für das Interview. Ein Kind ist heute verschwunden.«

»Ich hab davon gehört. Wirklich schlimm«, erwiderte Ari Þór. »Gibt's noch nichts Neues?«

»Deine Kollegen von der Polizei hüllen sich in Schweigen. Es herrscht eine seltsame Atmosphäre hier – als warteten alle auf die erlösende Nachricht. Aber solche Sachen gehen normalerweise gut aus, nicht wahr? Es gibt sicher ein Happy End.«

Ari Þór schwieg. Darauf wusste er keine Antwort.

»Wie läuft die Suche nach dem Jungen auf dem Foto?«, fragte Ísrún nach einer kurzen, unbehaglichen Pause. »Hast du ihn schon gefunden?«

Ari Þór zögerte. »Nein«, sagte er dann. »Aber ich habe ihn heute gesehen.«

»Gesehen?«, fragte Ísrún erstaunt.

»In einem alten Film«, sagte Ari Þór, erzählte von seinen Besuchen in Héðinsfjörður und seinen Gesprächen mit Reverend Eggert und Délia.

»Maríus' Bruder kannte den Jungen auf dem Foto nicht«, sagte Ísrún eher zu sich selbst als zu Ari Þór. »Deshalb kann er wohl kaum zur Familie gehört haben.«

»Oder er ist lediglich nicht mit Maríus und Nikulás verwandt«, erwidert Ari Þór, als im Hintergrund das Klavierkonzert zu einem Crescendo anschwoll. Er stellte die Musik ganz aus, konnte sie nicht genießen und gleichzeitig telefonieren.

Wenn er das nächste Mal ein Konzert hören wollte, würde er das Telefon abstellen.

Ísrún schwieg einen Moment. »Vielleicht kann ich dir helfen«, sagte sie schließlich.

»Wirklich? Wie denn?«

»Ich könnte die Geschichte mit dem Beitrag über die Infektionskrankheit verknüpfen. Da die unmittelbare Gefahr anscheinend gebannt ist, kann ich etwas über den Alltag eines Polizisten unter diesen außergewöhnlichen Umständen bringen. Ich kann sagen, dass das Leben im Prinzip wie gewohnt weitergeht, soweit das eben möglich ist, und die Polizei sich weiterhin um die kleinen und großen Fälle kümmern muss, wozu eben auch gehört, den Verbleib eines Teenagers herauszufinden, der auf einem alten Foto abgebildet ist.«

Am liebsten hätte Ari Þór Ísrún unterbrochen, denn ihre Darstellung hatte mit der Realität wenig zu tun. Das tägliche Leben in Siglufjörður war während der Quarantäne praktisch zum Erliegen gekommen, und ganz bestimmt gehörte es nicht zu den Aufgaben der Polizei, den Verbleib von Menschen auf alten Fotos herauszufinden. Er würde in dem Interview lieber hervorheben, dass der Job eines Polizisten auch in einer Kleinstadt anstrengend ist. Aber er beschloss, sie ausreden zu lassen.

»Wir können das als ein Beispiel deiner Aufgaben nehmen. Und wenn du das Foto mit dem Teenager scannst und mir schickst, zeigen wir es im Fernsehen«, schlug sie vor und klang dabei sehr selbstzufrieden. »Ich sorge dafür, dass die anderen nicht zu erkennen sind, nur der Junge und Hédinn, wobei der ja ein Baby war und sowieso nicht wiederzuerkennen ist. Dann warten wir ab, was passiert. Die Sendung hat hohe Einschaltquoten«, fügte sie hinzu.

Ari Þór überlegte schnell. Es gab eigentlich nichts zu verlieren.

»Klingt gut«, sagte er. »Aber der Film, den ich gesehen habe, widerlegt deine Theorie«, wandte er ein.

»Welche Theorie?«

»Dass das Kind auf dem Foto möglicherweise nicht Hédinn ist, sondern der Junge gewesen sein könnte, der um 1950 geboren ist – Maríus' und Jórunns Sohn. In dem Film hatte er das gleiche Alter wie auf dem Foto, und der Film wurde 1956 gedreht. Délia hat keinen Grund zu lügen. Das Foto muss also um die gleiche Zeit entstanden sein. Man könnte sogar sagen, dass wir nach zwei Jungen suchen: dem Teenager auf dem Foto und dem kleinen Jungen, der adoptiert wurde – Maríus' und Jórunns Sohn.«

Ísrún schwieg einen Moment.

»Drei Jungen«, sagte sie schließlich leise. »Da ist auch noch das Kind, das heute Morgen entführt wurde. Ich hoffe wirklich, dass es gefunden wird, bevor wir herausbekommen, wer die beiden anderen sind.«

## 25. Kapitel

Sunna weigerte sich zu akzeptieren, dass Kjartan verschwunden war. Als Róbert keuchend im Café ankam, schrie sie aus vollem Hals.

»Das kann nicht sein«, fuhr sie ihn an. »Ich hab ihn heute Morgen nicht mitgenommen. Er war doch bei dir, stimmt's?«

Róbert versuchte, sie davon zu überzeugen, dass sie wohl kaum einen leeren Kinderwagen in die Stadt geschoben hatte.

»Lüg mich nicht an! Sag, dass er bei dir war! Bitte!«, flehte sie mit wildem, leerem Blick in den Augen.

Sie lief los in Richtung ihres Hauses, doch er holte sie ein und hielt sie fest, überredete sie schließlich, sich mit ihm ins Polizeiauto zu setzen.

Erst da fing sie an, sich etwas zu beruhigen. Er hielt liebevoll ihre Hand und tat sein Bestes, ihr Mut zu machen. Aber der distanzierte und gleichzeitig verzweifelte Blick in ihren Augen war wie ein Messer, das sich in sein Herz bohrte. Er schaffte es kaum, sie anzusehen. Als sie dann schließlich akzeptierte, dass wirklich jemand ihren Jungen mitgenommen hatte, brauchte sie seine volle Unterstützung. Denn sofort fing sie an, sich selbst die Schuld zu geben.

»Wie konnte ich ihn nur da draußen stehen lassen?«

Die Frage war zwar nicht an ihn gerichtet, trotzdem erklärte er ihr, dass so etwas in Reykjavík noch nie passiert war. Damit hätte sie nicht rechnen können.

»Warum hab ich den Kinderwagen nicht im Auge behalten? Warum?«

Heida, ihre Schwester, hatte sich verabschiedet, sobald Róbert gekommen war.

»Ich gehe jetzt«, hatte sie verkündet, und weg war sie.

Das ist wieder mal typisch, dachte er. Die Frau, die noch nie Verantwortung für ihr eigenes Leben übernommen und es sich zur Gewohnheit gemacht hatte, auf Kosten anderer zu leben, schaffte es nicht einmal in so einem Moment, ihrer eigenen Schwester zur Seite zu stehen.

Als Róbert und Sunna schließlich das Polizeirevier erreichten, hatte sie aufgehört, sich selbst die Schuld zu geben, und schimpfte stattdessen über den Vater des Kindes.

»Bestimmt hat Breki ihn genommen. Verdammter Mistkerl! Wie kann er mir so etwas antun?« Mit der Wut stieg auch ihre Lautstärke. Sie versuchte nicht, ihre Gefühle im Zaum zu halten, schien in ihrer eigenen Welt zu sein.

»Wie konnte er so was machen?«, schrie sie. »Konnte er den Streit nicht einfach vor Gericht mit mir austragen?«

Róbert hielt sie fest in den Armen. »Wenn Breki ihn genommen hat, passiert dem Jungen nichts«, sagte er spontan, bereute es aber sofort.

Denn augenblicklich wurde Sunna bewusst, dass Breki vielleicht doch nichts damit zu tun haben könnte und Kjartan jetzt in der Hand eines Fremden war. Das war zu viel für sie. Sunna verstummte, verkrampfte sich und brach im Polizeirevier auf dem kalten Linoleumboden zusammen, bevor Róbert sie hatte auffangen können.

»Bestimmt ist er bei Breki«, flüsterte er.

Sie waren im Verhörraum mit einem Kriminalkommissar, der sie informierte, dass er die Ermittlungen in dem Fall leitete. Er versuchte, sie zu überzeugen, dass dieser Fall absolute Priorität hatte und sie den Jungen sicher bald finden würden. Aber Róbert hörte den leisen Zweifel in seiner Stimme und hoffte, dass Sunna ihn nicht auch bemerkte.

Sie zeigte keine Reaktion. »Er ist bestimmt bei Breki«, flüsterte er ihr erneut zu, woraufhin Sunna vor Wut explodierte, als hätte sie in der Zwischenzeit frische Energie getankt.

»Hast du seinen Vater gefunden? Und? Du musst ihn finden«, schrie sie den Kriminalkommissar an.

»Hast du denn Grund zu der Annahme, dass er das Kind an sich genommen hat?«, fragte der Kommissar mit langsamer, bedächtiger Stimme, als bestünde keine Dringlichkeit.

Sunna versuchte umständlich, den Sorgerechtsstreit mit Breki zu erklären, wobei Róbert Informationen wie Brekis Telefonnummer, Adresse und Arbeitsstelle beisteuerte. Einigermaßen verblüfft stellten beide fest, dass ihnen sonst niemand einfiel, der einen Groll gegen sie hegte.

»Normalerweise lasse ich ihn nicht aus den Augen«, sagte Sunna schluchzend. »Aber er hat geschlafen, und mir ist nichts Außergewöhnliches aufgefallen. Da ist niemand rumgeschlichen.«

Der Kriminalkommissar ließ sich Heidas Telefonnummer geben und schickte einen Polizeibeamten zu ihr hin, um herauszufinden, ob sie etwas bemerkt hatte.

»Und du bist sicher, dass in letzter Zeit nichts Ungewöhnliches passiert ist?«, fragte der Kommissar schließlich.

Sunna schüttelte den Kopf und sah Róbert an.

Er schwieg. Sollte er die fehlenden Schlüssel erwähnen, den Eindringling in ihrer Wohnung und die Gestalt in ihrem Garten? Bald nachdem er von Kjartans Verschwinden gehört hatte, eigentlich schon auf dem Weg zum Café, hatte ihn ein ungutes Gefühl beschlichen. Er hatte sogar einen Verdacht, womit das alles in Zusammenhang stehen könnte, wollte es aber nicht wahrhaben. Denn schon beim Gedanken an diese Möglichkeit wurde ihm schlecht vor Angst. Er riss sich zusammen, überlegte, ob er seinen Verdacht erwähnen sollte, wägte die Vorteile gegen die Nachteile ab und kam zu dem Schluss, dass das Risiko, Sunna zu verlieren, es nicht wert war.

»Nichts Ungewöhnliches«, sagte er schließlich und lächelte sie an.

»Moment, ich habe meinen Schlüssel verloren«, fiel ihr plötzlich ein.

»Aha.« Der Gesichtsausdruck des Kommissars verriet, dass er Blut roch. »Wurden sie gestohlen? Ein Einbruch?«

Sunna schien nicht zu wissen, was sie antworten sollte. »Nein, ich glaube nicht«, sagte sie schließlich, als würde das beide Fragen beantworten. »Aber Róbert hat die Schlösser auswechseln lassen, nur um auf Nummer sicher zu gehen.«

»Aha«, sagte der Kommissar wieder, als wäre es das einzige Wort, das ihm einfiel, um seine Überraschung auszudrücken. »Gab es einen besonderen Grund dafür?«

Róbert spürte den durchdringenden Blick des Mannes auf sich. Jetzt musste er sich entscheiden. Schweigen oder alles sagen? Bei einer Lüge wollte er bestimmt nicht ertappt werden. Er dachte nach – lange genug, um zu wissen, dass er sich verdächtig machte. Auch seine Erkältung setzte ihm wieder zu, raubte ihm Energie.

»Ich war nachts aufgestanden und hatte gesehen, dass die Hintertür nur angelehnt war«, gab er zu. »An demselben Tag, als Sunna ihren Schlüssel verloren hatte. Wahrscheinlich hatte ich sie nur nicht richtig zugemacht, manchmal hakt das Schloss. Es ist ein altes Haus. Aber es hat mich gestört, deshalb hab ich die Schlösser auswechseln lassen.«

»Warum hast du mir das nicht gesagt?«, wollte Sunna wissen.

»Ich wollte dich nicht beunruhigen, Schatz. Wahrscheinlich war es nichts.«

»Interessant« war alles, was der Kommissar dann sagte, als er den Raum verließ.

Kurz darauf kehrte er zurück. Er informierte sie, dass Heida befragt worden war, aber keine neuen Informationen für sie hatte. Außerdem waren sie bereits dabei, Videoaufnahmen von Überwachungskameras von dem Bereich auszuwerten.

»Aber den Vater des Jungen haben wir noch nicht erreicht«, sagte er.

Wieder ließ er sie allein im Verhörraum zurück. Sunna hatte sich etwas beruhigt und starrte schweigend ins Leere. Robert schwieg ebenfalls, klammerte sich immer mehr an die Überzeugung, dass Breki den Jungen mitgenommen hatte. Er fand es unverzeihlich, ihn einfach so zu entführen, ganz egal, wie schlecht seine Aussichten im Sorgerechtsstreit waren. Róbert befürchtete, dass Breki das Land mit Kjartan verlassen wollte. Wahrscheinlich hatte er alles sorgfältig geplant, dachte er. Bestimmt hatte er den Jungen nicht einfach aus dem Wagen genommen und war mit ihm nach Hause gegangen.

Róbert zwang sich, an etwas anderes zu denken. Er schloss die Augen und stellte sich das Meer vor – wie er allein in dem kleinen Boot saß, weit weg in den Westfjorden, und die Ruhe und das spiegelglatte Wasser genoss. Es war so real, er konnte es beinahe riechen. Doch auch Sunnas gelegentliche Schluchzer drangen zu ihm durch. Er öffnete die Augen, vermied es aber, sie direkt anzusehen. Sie war weit weg in ihrer eigenen Welt, saß auf dem Stuhl und weinte.

Der Kommissar wirkte so ernst, als er zurückkam, dass Róbert erschrak. Er wischte sich den Schweiß von der Stirn und wartete angespannt, dass er etwas sagte.

»Wir haben Breki gefunden, er ist oben im Norden. Die Polizei in Akureyri redet gerade mit ihm«, sagte er. »Er ist heute früh hingeflogen, um sich dort einen Zeitarbeitsjob zu suchen, wenn ich das richtig verstanden habe. Die Airline bestätigt, dass er eingecheckt hat. Er war also gar nicht in der Stadt, als der Junge verschwand. Wir gehen jetzt anderen Möglichkeiten nach.« Die nächsten Worte richtete er an Sunna. »Wir haben einen Psychologen hier, er wartet draußen und wird mit dir sprechen. Es ist wichtig, dass wir uns in der Wartezeit um dich kümmern. Wir finden deinen Jungen, da bin ich mir sicher.«

Sunna nickte und verließ mit dem Kommissar wortlos den Raum.

Kurz darauf kam er allein wieder. Er sah Róbert direkt in die Augen. »Nun, ich glaube, wir beide müssen uns unterhalten«, sagte er und schloss die Tür hinter sich.

Róbert merkte an seinem Ton, dass es kein freundliches Gespräch werden würde, und spürte, wie ihm der Schweiß ausbrach. War er so schwach geworden, dass er schon Angst vor der Polizei hatte? Das konnte nicht sein. Oder war es die Erkältung, die ihn so dünnhäutig machte?

»Wir glauben, wir sind auf der richtigen Spur«, sagte er und setzte sich. »Kennst du einen Emil Teitsson?«

Das war eine einfache Frage, und Róbert hoffte, sein ersticktes »Nein« klang überzeugend.

Denn es stimmte. Persönlich kannte er den Mann nicht. Aber er wusste *genau*, wer er war. Er erinnerte sich deutlich an das Interview, das er gelesen hatte. Und das Foto des jungen Mannes war unauslöschlich in sein Gedächtnis gebrannt. Zum ersten Mal hatte Róbert richtig Angst.

»Nun, ich habe eine Theorie, die ich gern mit dir teilen möchte«, sagte der Kriminalkommissar.

* * *

Hinterher saß Róbert draußen im Flur und wartete auf Sunna.

Das Gespräch mit dem Kommissar hatte ihm schwer zugesetzt. Er hatte fast vergessene Erinnerungen in ihm geweckt, und die wirren Albträume der Vergangenheit verfolgten ihn wieder.

Schließlich erschien Sunna, den Psychologen an ihrer Seite.

»Sollen wir nach Hause gehen, Schatz?«, fragte er.

»Bitte«, erwiderte sie, anscheinend ruhiger als zuvor. Aber ihr Gesichtsausdruck und die Körpersprache – alles an ihr – machten deutlich, dass sie vor Angst fast umkam.

* * *

Es war schon recht spät am Abend und dunkel. Sunna saß schweigend neben Róbert auf dem Sofa. Róbert hatte die Arme um sie geschlungen und lauschte dem Regen. Ihr kleines Apartment kam ihm kalt und fremd vor.

Er vermied es, auf die Uhr zu sehen, wollte gar nicht wissen, wie lange der Kleine schon verschwunden war. Nur eines war sicher: viel zu lang.

Róbert hatte den ganzen Tag keine Ruhe gefunden, nicht zuletzt wegen der Unterhaltung mit dem Kommissar. Gegessen hatte er auch kaum etwas. Und Sunna auch nicht, soviel er wusste. Jetzt wäre Zeit dazu, doch er hatte keinen Appetit, und ihr ging es sicher nicht anders.

Seine Welt schien vor seinen Augen zu zerfallen. Er hatte ein neues Leben begonnen, eine wunderbare Frau gefunden, ein Zuhause mit ihr geschaffen und war der Stiefvater ihres kleinen Sohns geworden.

Wieder versuchte er, an das Boot in den Westfjorden zu denken. Doch diesmal fiel es ihm viel schwerer – er konnte das Meer sehen, aber es war nicht ruhig. Als er die Augen schloss, tobte ein heftiger Sturm um ihn herum, und das kleine Boot sank tiefer und tiefer.

## 26. Kapitel

Der schlimmste Moment war, als auch der letzte Funke Hoffnung erlosch und Emil klar wurde, dass er sie nie wieder im Arm halten würde. Dass alle Träume von einer gemeinsamen Zukunft gestorben waren und sich sein Leben unwiderruflich verändert hatte – zum Schlechten.

Was er und nur wenige andere Menschen wussten, verdrängte er so gut es ging – dass sie damals nämlich schwanger gewesen war. Obwohl er sich verbot, daran zu denken, tobte in seinem Inneren eine kaum kontrollierbare Wut, das Verlangen nach Rache.

Emil hatte alles getan, um nach dem Überfall die Hoffnung nicht zu verlieren. Er hatte den Ärzten misstraut, die versuchten, seinen Optimismus zu dämpfen, und meinten, er habe keine andere Wahl, als das Geschehene zu akzeptieren.

Das würde er niemals tun. Er würde niemals aufgeben. Anfangs hatte er Tag und Nacht bei Bylgja gesessen und ihre Hand gehalten, von Hoffnung und Wut getrieben. Platz für Kummer war da nicht gewesen.

Sein Bedauern, in jener Nacht Überstunden gemacht zu haben, war unermesslich. Alle Fragen, die er sich stellte, begannen mit den drei Worten: Was wäre, wenn …?

Natürlich wusste er nicht, ob es ihm gelungen wäre, sie zu retten. Vielleicht hätten sie beide am Ende bewusstlos im Krankenhaus gelegen, wären Seite an Seite gestorben. Das wäre vielleicht das Beste gewesen. Ein Leben ohne sie war für ihn schlicht undenkbar. Er stellte sich vor – manchmal sogar in seinen Träumen –, wie seine Gegenwart alles geändert und er den Angriff sogar verhindert hätte. Er war zwar kein Muskelpaket, bei dem man sich zweimal überlegte, sich mit ihm anzulegen, aber wenn es drauf ankam, war er ein ernstzunehmender Gegner. Auf jeden Fall wäre es schwieriger gewesen, sie beide anzugreifen, als nur sie allein.

Konnte man nicht mehr davon ausgehen, in den eigenen vier Wänden sicher zu sein? Keiner von ihnen beiden hatte jemals einem anderen Menschen Leid zugefügt. Und trotzdem war es passiert, an einem kalten Winterabend. Sie hatten sich gegen sechs Uhr an den Tisch gesetzt und Spaghetti gegessen, über das Kind gesprochen, das unterwegs war, und was sie dann alles verändern müssten. Bylgja hatte nicht vor, in den nächsten Monaten weniger zu arbeiten, und war immer noch fest entschlossen gewesen, im Herbst ihr Studium fortzusetzen.

»Es geht mir wirklich gut«, hatte sie gesagt. »Wenn mir morgens mal übel ist, nehme ich einfach einen Tag frei.«

Dann war er aufgestanden und hatte gesagt, er müsse noch mal ins Büro, um eine dringende Sache zu erledigen. Er hatte sie gefragt, ob sie mitkommen wolle. Hatte er das wirklich? Vielleicht nicht. Hatte er ihr gesagt, dass sie es sich zu Hause gemütlich machen sollte? Seine Erinnerungen an den Abend waren erschreckend bruchstückhaft, aber immerhin wusste er, dass sie zu Hause bleiben und lernen wollte. Er war gegangen, aber wie genau er sich verabschiedet hatte, wusste er nicht mehr. Nur dass es das letzte Mal gewesen war, dass sie miteinander gesprochen hatten.

Als er dann nach Hause kam, hatte er als Erstes das Blut im Flur gesehen. Bylgja musste er auch sofort gesehen haben, aber die Zeit war stehengeblieben, während er versuchte, das, was er sah, zu begreifen. Sie lag auf dem Rücken, hatte den Pyjama an, den sie immer trug, wenn sie sich in ihre Bücher vertiefte. Sie bewegte sich nicht. Die Blutlache um ihren Kopf erfüllte ihn mit solchem Grauen, dass er einfach nur dastand. Wie lange, wusste er nicht mehr, aber irgendwann zog er das Telefon aus seiner Tasche und rief die Polizei an.

Sie war nicht tot gewesen. Das war die gute Nachricht – die einzig gute.

Natürlich hatte sie das Baby verloren. Und sie war in ein künstliches Koma versetzt worden. Aber sie näherte sich dem Tod, wie auch Emils Wunsch zu leben immer mehr dahinschwand, wie im Gleichschritt mit ihrem schwachen Herzschlag. Er hatte sich wirklich Mühe gegeben, stark zu sein – selbst in Interviews mit Zeitungsreportern und Fernsehjournalisten, in denen er dazu aufrief, dass sich bitte jeder melden sollte, der Informationen hatte.

Der Fall blieb unaufgeklärt, und obwohl es deutliche Hinweise darauf gab, wer der Täter gewesen war, hatten die Indizien nicht gereicht, um Anklage zu erheben. Emil konnte nichts weiter tun, als mit anzusehen, wie Bylgja vor seinen Augen dahinschwand, ohne jemandem die Schuld dafür geben zu können.

Als sie zwei Jahre nach dem Angriff schließlich starb und ihren wohlverdienten Frieden fand, hielt ihn nur noch die Wut am Leben. Sein Zorn war unermesslich, ließ keinen Raum mehr für Liebe und Mitleid. Tief im Inneren wusste er, dass Wut ein gefährlicher Gefährte für unverarbeitetes Leid war, doch das war ihm an dem Punkt schon egal.

Es wurde nie ein überzeugender Grund für den Überfall gefunden, obwohl die Polizei einen Verdacht hatte, der auf Informationen einer Kontaktperson aus dem Gangstermilieu basierte. Es war jedoch unmöglich, diesen Mann festzunageln. Am Ende begnügte man sich mit der Theorie, dass der Überfall auf Bylgja ein Irrtum gewesen war.

*Ein Irrtum.*

Das war das Wort, das der Polizist benutzt hatte. Emil hatte den Menschen, den er am meisten liebte – und sein ungeborenes Kind –, wegen eines Irrtums verloren. Das Schicksal hatte sein Leben gnadenlos zerstört.

Ein paar Häuser weiter in ihrer Straße hatte ein Kleinkrimineller gewohnt, und laut Polizei war der Mann wegen seines Drogenkonsums hoch verschuldet. Daraus entwickelten sie die Theorie, dass die Gangster, die das Geld von ihm eintreiben wollten, einfach nur an der falschen Tür geklingelt hatten. Zwanghaft stellte sich Emil die Szene immer wieder vor: Wie Bylgja alles versuchte, sie davon zu überzeugen, an der falschen Adresse gelandet zu sein. Sie gehörte nicht zu den Frauen, die sich alles gefallen ließen, und war zweifellos wütend geworden. Sie hatten ihr einen einzigen Schlag versetzt, das hatte gereicht. Vermutlich mit einem Baseballschläger.

Er wollte Rache, das war ihm erst nach Bylgjas Tod so richtig klargeworden. Dann hatte ein unverhoffter Anruf ihn auf die richtige Spur gebracht. Dass er zu der Zeit schon nicht mehr logisch denken konnte, war ihm bewusst.

Seine Eltern machten sich große Sorgen um ihn. Sie versuchten ständig, ihm zu helfen, aber er war ein erwachsener Mann und musste sich um sich selbst kümmern. Er hatte sich sogar ein Versteck eingerichtet, in einem verlassenen Haus unweit der Stadtmitte, wo er in Ruhe schlafen konnte, unbehelligt von dem maßlosen Mitleid und Kummer im Haus seiner Eltern. Das Apartment, in dem er mit Bylgja gelebt hatte, stand leer, doch er konnte sich nicht vorstellen, es jemals wieder zu betreten. Wenn er an die Wohnung dachte, hatte er nur Blut vor Augen.

Bis jetzt hatte sein Plan funktioniert. Er trank weniger und hatte sich ziemlich unter Kontrolle. Mindestens das war er Bylgja schuldig. Er wusste nicht, was als Nächstes mit ihm passieren würde. Vielleicht würde er sich einfach stellen. Oder ins Wasser gehen. Es war egal.

Róberts Wohnung beobachtete er schon eine ganze Weile und war auch heimlich seiner Frau und seinem Kind gefolgt. Auge um Auge, Zahn um Zahn, hieß es nicht so? Denn irgendwann war ihm der Gedanke gekommen, dass die größte Strafe für Róbert war, ihm den gleichen Verlust zuzufügen, den er erlitten hatte – den Verlust von Frau und Kind.

Aber jetzt hatte er das plärrende Kind am Hals, einen Jungen, der sich die Seele aus dem Leib schrie und einfach nicht schlafen wollte. Perfekt war die Situation nicht. Er hatte den Kleinen in sein Versteck gebracht, ein schäbiges altes Haus, in dem früher vielleicht einmal Frohsinn geherrscht hatte, das jetzt aber nur noch eine traurige Hülle war – genau wie Emil selbst. Doch was er als Nächstes tun sollte, wusste er nicht.

Es hatte ihm Spaß gemacht, Róberts Freundin zu folgen und ihr den Schlüssel zu stehlen, um nachts in die Wohnung einzudringen. Zuerst hatte er bei ihnen ins Fenster gespäht und gesehen, dass beide beschäftigt waren; dann hatte er sich hineingeschlichen und ins Schlafzimmer gesehen, wo sie gerade miteinander schliefen. Sie hatten ihn nicht bemerkt, weshalb er die Tür offen ließ, damit sie von seinem Besuch erfuhren.

Danach war er weiter in der Straße herumgeschlichen, hatte hin und wieder durch ihr Fenster geblickt und sie ansonsten nicht aus den Augen gelassen. Er war fest entschlossen, Róbert erst einmal zu Tode zu erschrecken, bevor er dann einen Schritt weiterging.

Heute Morgen war er der Frau gefolgt, die mit dem Baby im Kinderwagen das Haus verließ. Als sie den schlafenden Jungen vor dem Café in der Laugavegur im Wagen liegen ließ, konnte er die gute Gelegenheit nicht ungenutzt verstreichen lassen.

Und so saß er jetzt mitten in der Nacht im Dunkeln und hörte dem endlos weinenden Kind zu, das nach seiner Mutter schrie. Er hatte zwar keine Ahnung, wie es weitergehen sollte, aber zu wissen, dass Róbert in diesem Moment in Panik war, gab ihm ein gutes Gefühl.

## 27. Kapitel

Als Ísrún am nächsten Morgen zur Arbeit kam, wurde sie schon von einem Besucher erwartet, mit dem sie nicht gerechnet hatte.

Es war ihr fünfter Arbeitstag hintereinander, vier davon Tagesschichten. Man hatte ihr auch angeboten, mit einem Kollegen, der zu Hause Kindergeburtstag feiern und freihaben wollte, die Samstagsschicht zu tauschen, aber das musste sie sich erst noch überlegen. Im Moment arbeitete sie an zwei Storys, die absolute Priorität hatten: dem Mord an Snorri Ellertsson und dem entführten Kind.

Die junge Frau in der Eingangshalle erhob sich in dem Moment, als Ísrún eintrat.

»Hallo, ich habe gestern versucht, dich zu erreichen.«

Sie hatte rotes Haar, das über ihre Schultern fiel, und einen Pony, der knapp über den Augen endete. Ihre Wangen waren gerötet, und beim Sprechen hatte sie die Eigenart, die Person vor sich nicht anzusehen, sondern nach oben zu blicken, als überlegte sie sich jedes Wort genau. Ísrún hatte schon oft mit ihr geredet und kannte diese Angewohnheit.

»Hallo, Lára«, erwiderte Ísrún.

Seit Marteinns Wahl zum Premierminister war sie seine persönliche Assistentin. Davor hatte sie sich aktiv in der Parteijugend engagiert. Es hieß, dass sie schon vor seinem Amtsantritt und auch jetzt noch etwas miteinander hatten. Obwohl das Gerücht nie bestätigt wurde, kochte die Gerüchteküche fast über, als Marteinn und seine Frau sich trennten. Zu der Zeit war er seit sechs Monaten Premierminister, und die offizielle Version lautete, dass der Druck seines Amtes schuld an der Trennung war.

Doch Lára stand im Zentrum des Geredes, und die meisten Leute sahen in der attraktiven rothaarigen Frau den Grund, dass Marteinn sich von seiner Frau, mit der er zwei Kinder hatte, scheiden ließ.

»Tut mir leid, ich hab total vergessen zurückzurufen«, fügte Ísrún hinzu. »Es ist gerade sehr hektisch, und ich muss auch gleich in ein Meeting, aber ein paar Minuten habe ich Zeit. Setzen wir uns.«

Lára nahm wieder auf dem Sofa Platz, und Ísrún setzte sich in einen Sessel ihr gegenüber. Sie konnte sich schon denken, warum die persönliche Assistentin des Premierministers gekommen war, wollte es aber von ihr selbst hören.

»Das hier ist nur ein informelles Treffen«, sagte Lára. »Marteinn hat mich gebeten, mit dir zu sprechen.«

Ísrún nickte, hatte verstanden.

»Dein Interview mit ihm war unter der Gürtellinie«, fuhr Lára fort. »Der Ärmste hatte nicht mit einer Frage zu Snorri gerechnet. Sie waren vor vielen Jahren Freunde gewesen, mehr ist da nicht. Als Snorri dann mit all dem Unsinn anfing, hat Marteinn den Kontakt abgebrochen. Sie haben sich jahrelang nicht gesehen. Dann wird er von einem Auto überfahren, und der Premierminister soll plötzlich etwas dazu sagen.« Lára hielt inne, um ihre Worte wirken zu lassen. »Ich nehme es dir persönlich nicht übel, du bist Journalistin und hast nur deine Arbeit gemacht, aber es war ein ziemlich übler Coup.«

Ísrún wartete darauf, dass Lára sagte, genug sei genug, doch sie wusste auch, dass man das nicht laut aussprechen musste. Sie selbst hatte bis jetzt geschwiegen und gedacht, dass die jungen Politiker die Kunst, das letzte Wort zu haben, genauso gut beherrschten wie die alten.

»Ich musste aber wegen etwas ganz anderem an dich denken«, sagte Lára jetzt. »Marteinn hat ein paar neue Ideen – eine mögliche Zusammenlegung mehrerer Ministerien. Das liegt ihm sehr am Herzen. Ich hatte vorgeschlagen, dich zu fragen, einen Beitrag darüber zu bringen, vielleicht im Nachrichtenmagazin. Ich kann dir ein Interview mit Marteinn organisieren, um darüber zu sprechen.«

Ísrún warf einen Blick auf die Uhr.

»Das klingt wirklich interessant, Lára«, sagte sie, überrascht, dass man sie einfach so kaufen wollte. »Ich denke darüber nach, okay?«

»Natürlich. Aber warte nicht zu lange, Marteinn will schon bald damit an die Öffentlichkeit«, erwiderte Lára. Ihr war offensichtlich nicht bewusst, dass das ein Widerspruch zu ihrer Aussage war, dass Marteinn nichts von diesem Besuch hier wusste. »Du hast meine Handynummer, ja? Die neue?« Ísrún nickte wieder.

»Wunderbar. Ruf mich an, sobald es dir passt.« Lára stand auf. »Es ist immer schön, dich zu sehen«, sagte sie und legte eine Hand auf Ísrúns Schulter.

»Danke, gleichfalls.«

Jetzt war Ísrún erst recht überzeugt, dass Marteinn mehr über den Mord an Snorri wusste, als er zugeben wollte. Das könnte ja eine richtig große Story werden.

## 28. Kapitel

Sie waren schließlich auf dem Sofa eingeschlafen, erschöpft vor Sorge.

Der schrille Ton der Türklingel weckte Róbert. Sein Kopf schmerzte, und seine Erkältung war über Nacht schlimmer geworden. Er hatte wider Erwarten erstaunlich tief geschlafen – wenn auch zu kurz –, als hätte er sich unbewusst ins Land der Träume geflüchtet, um sich vor dem Trauma der realen Welt zu schützen.

Heida hatte ihn geweckt. Es war kurz nach acht Uhr.

»Schlaft ihr noch?«, fragte sie verlegen, schloss die Tür hinter sich und ging ins Wohnzimmer, wo Sunna sich gerade regte.

»Mum und Dad sind auf dem Weg zurück aus Spanien«, fuhr Heida fort. »Sie nehmen heute einen Flug über London, glaube ich.«

Sunna blickte verwirrt um sich, als fielen ihr die gestrigen Ereignisse plötzlich wieder ein. Sie starrte ihre Schwester an, von Sorge gepeinigt.

»Wo ist Kjartan? Haben sie ihn gefunden?«

»Ich glaube nicht«, erwiderte Heida gewohnt unsensibel und rücksichtslos.

Róbert blickte auf sein Handy. Keine Anrufe. Kjartan war also in der Nacht nicht gefunden worden. Er sah Sunna an und schüttelte den Kopf. Sie beugte sich vornüber, das Gesicht in den Händen vergraben.

Er wählte die Nummer des Kriminalkommissars, der die Ermittlungen leitete, bekam aber keine Antwort.

»Sie finden ihn bestimmt«, sagte Heida und setzte sich aufs Sofa. »Hat Breki ihn mitgenommen? Bei Männern hast du schon immer einen miserablen Geschmack gehabt.«

Róbert tat, als hätte er das nicht gehört, ging in die Küche und machte Tee. Morgens brauchte er etwas Heißes, um sich dem Tag zu stellen.

Die Schwestern redeten noch immer – oder, besser gesagt, Heida redete noch immer –, als er mit zwei Tassen Tee zurückkam, eine für sich und eine für Sunna.

»Róbert«, sagte Heida, an ihn gewandt. »Vielleicht war das einer deiner alten Kumpel von damals, als du noch Drogen genommen hast.«

»Hör auf damit«, fuhr er sie an.

»Jedenfalls solltest du besser auf deine Familie aufpassen, damit so etwas nicht passiert«, sagte sie.

Das saß. Er knallte seine Tasse auf den Tisch und wollte sie gerade auffordern, die Wohnung zu verlassen, als sein Handy klingelte.

Augenblicklich verstummten alle. Robert nahm ab.

»Guten Morgen, Róbert. Ich hab gesehen, dass du versucht hast, mich zu erreichen«, sagte der Kriminalkommissar am anderen Ende, gefolgt von einem kurzen Schweigen. »Wir haben den Jungen noch nicht gefunden, aber ein paar vielversprechende Spuren. Könnt ihr, du und Sunna, jetzt gleich aufs Revier kommen? Alles Weitere bespreche ich lieber persönlich mit euch.«

Róberts Puls fing an zu rasen. Jetzt war es mit seiner inneren Ruhe endgültig vorbei.

»Wir machen uns gleich auf den Weg«, sagte er.

Róbert verbot Heida rundheraus, mitzukommen. Er und Sunna fuhren sofort los, während Heida zurück in der Wohnung blieb.

Sie wurden in denselben Verhörraum gebracht wie am Vortag. Auf dem Tisch standen ein Wasserkrug und ein paar Gläser, die genauso wie die Polsterstühle und der Holztisch bessere Tage gesehen hatten.

Róbert blickte Sunna an und zeigte dabei auf den Krug, doch sie schüttelte den Kopf. Er schenkte sich selbst ein Glas Wasser ein.

»Sie haben ihn bestimmt gefunden«, sagte Sunna lächelnd. »Ich bin mir ganz sicher. Ich freue mich so sehr, ihn wiederzusehen.«

»Vergiss nicht, was er am Telefon gesagt hat, Schatz. Da hatten sie Kjartan noch nicht gefunden. Es ist besser, sich keine vorschnellen Hoffnungen zu machen. Solche Dinge brauchen Zeit.«

»Was zum Teufel weißt du denn darüber?«, wollte sie wissen. Ihre plötzliche Wut traf ihn völlig unvorbereitet.

Dann wandte sie den Blick ab, als wäre sie fest entschlossen, nichts weiter zu sagen.

Nach einer Weile betrat der Kommissar den Raum. Er sah müde aus, war unrasiert und hatte dunkle Schatten unter den Augen. Ein Mann, der wenig Schlaf bekommen hatte.

Róbert schämte sich plötzlich, geschlafen zu haben und nicht die ganze Nacht hindurch auf gewesen zu sein, um den Jungen zu finden. Er hatte im Gangstermilieu jede Menge Freunde, die er hätte anrufen können. Diese Leute waren oft sehr einfallsreich. Gleichzeitig wusste er aber, dass es sehr gefährlich war, sie um Hilfe zu bitten. Diesen Teil seines Lebens hatte er hinter sich gelassen und auch nicht den Wunsch, das jemals wieder zu ändern. Nicht einmal, wenn etwas so wichtig war wie jetzt.

»Wir machen gute Fortschritte«, sagte der Kommissar, wobei er vergeblich versuchte zu lächeln.

»Wo ist er?«, wollte Sunna wissen.

»Wir haben ihn noch nicht gefunden«, erwiderte er. »Wir haben –«

»Wo ist Kjartan?«, schrie Sunna, sprang plötzlich auf und fegte mit einer einzigen Bewegung den Wasserkrug vom Tisch, der krachend zu Boden fiel.

Der Kommissar schien nicht überrascht. »Lass uns versuchen, ruhig zu bleiben, ja?«, sagte er in einem Ton, der verriet, dass er solche Gefühlsausbrüche schon öfter erlebt hatte.

Sunna sank zurück auf ihren Stuhl. Sie zitterte am ganzen Leib.

»Wir haben einen sehr konkreten Verdacht, wer das getan haben könnte«, sagte er ruhig. »Emil Teitsson, siebenundzwanzig Jahre alt, hat Wirtschaftswissenschaft studiert und arbeitet – oder arbeitete – bei einer Bank.«

»Was? Wer soll das sein?«, fragte Sunna.

Róbert sagte nichts. Wegen seiner Erkältung fiel es ihm schwer, durch die Nase zu atmen, und er hatte das Gefühl, in der schlechten Luft des Verhörraums, auf dem unbequemen gelben Stuhl, zu ersticken.

»Er ist vor zwei Jahren ziemlich durchgedreht, als seine Freundin Opfer eines Überfalls wurde. Danach lag sie im Koma, ist aber vor kurzem gestorben.«

»Und warum soll er Kjartan entführt haben?«, wollte Sunna wissen.

»Wir haben natürlich mehrere Verdächtige unter die Lupe genommen«, sagte der Kommissar, Sunnas Frage ausweichend. »Zunächst den Vater des Jungen, der aber nichts damit zu tun hat. Und jetzt diesen Emil. Wir haben uns die Aufnahmen der Überwachungskameras in der Laugavegur angesehen. Leider waren zwei der drei Kameras kaputt, was inzwischen oft vorkommt, weil sie schon so alt sind. Jedenfalls ist auf einer ein Mann zu sehen, der Emil sein *könnte*. Danach konnten wir uns Aufzeichnungen von mehreren Geschäften in der Straße besorgen, die eigene Kameras installiert haben. Auf denen konnte Emil eindeutig identifiziert werden, und er hatte einen kleinen Jungen auf dem Arm, der zu der Beschreibung von Kjartan passt.«

Er machte eine Pause, damit sie diese neuen Informationen verdauen konnten.

»Wo ist dieser Scheißkerl?«, fragte Róbert.

»Er wohnt bei seinen Eltern. Sie haben ihn gestern Morgen das letzte Mal gesehen. Manchmal verschwindet er einfach, sagen sie, kommt aber immer wieder zurück. Sie sind natürlich völlig fertig. Emils Eltern haben erzählt, dass seine Freundin schwanger war und das Kind bei dem Überfall verloren hat. Und jetzt ist sie auch gestorben.«

Niemand sagte etwas. Sunna starrte auf ihre Hände.

»Er hat wohl viel Zeit bei ihr im Krankenhaus verbracht, und es war ein großer Schock für ihn, als sie schließlich starb«, fuhr der Kommissar fort. »Er war lange Zeit in Therapie, ist aber schon eine ganze Weile nicht mehr zu den Sitzungen erschienen. Wir tun alles, um ihn zu finden. Seine Eltern sind fassungslos, dass er ein Kind entführt haben könnte. Sie sagen, er sei verbittert und wütend gewesen, aber sie können sich nicht vorstellen, dass er so weit gegangen sein soll, ein unschuldiges Kind zu kidnappen. Und sie kennen ihn natürlich besser als sonst jemand. Es ist jetzt also nur noch eine Frage der Zeit, bis wir ihn und Kjartan finden.«

»Ist die Öffentlichkeit schon informiert?«, fragte Róbert.

»Das wird bald geschehen.«

»Warum?«, fragte Sunna, Verzweiflung in der Stimme. »Warum Kjartan?«

»Wir haben gewisse Theorien«, sagte der Kommissar langsam. »Aber ich kann noch nicht darüber sprechen, und das hat momentan auch keine Priorität. Dein Kind zu finden ist das Wichtigste.«

»Warum ausgerechnet Kjartan?«, wiederholte Sunna.

Róbert rückte mit dem Stuhl näher zu ihr hin. »Das ist im Moment nicht so wichtig, Schatz.«

Der Kriminalkommissar stand auf. »Einer von euch beiden muss sich die Videoaufzeichnungen ansehen, um zu bestätigen, dass das Kind wirklich Kjartan ist. Kannst du das machen, Sunna?«

Róbert sah den Ausdruck in ihrem Gesicht – oder, besser gesagt, den wirren Blick – und wusste, dass sie überfordert war. Sie saß reglos da, sagte kein Wort.

»Ich mache das«, sagte er.

»Gut. Ich hole jemanden, der in der Zwischenzeit bei Sunna bleibt.«

* * *

Als sie mit der formellen Identifikation fertig waren, ging der Kommissar mit Róbert nicht zurück zu Sunna, sondern führte ihn in einen anderen Verhörraum, der noch kleiner und schäbiger war und geradezu zwangsläufig Platzangst verursachte.

Róbert hatte keine Zweifel, dass der Mann in dem Video Kjartan auf dem Arm hatte, und hoffte, dass Sunna diese Bilder nie zu sehen bekam. Auf den ersten Blick wirkten sie zwar harmlos, aber angesichts all dessen, was Róbert wusste, hatten sie etwas geradezu Unheimliches.

»Ich vermute mal, dass Sunna nicht viel von deiner Vergangenheit weiß«, sagte der Kommissar und setzte sich. »Sie hat keine Ahnung, stimmt's?«

»Richtig«, sagte Robert, schloss die Augen und hoffte, dass die Kopfschmerzen nicht noch schlimmer würden. Die brauchte er nun wirklich nicht.

»Du verstehst aber schon, dass wir ihr erklären müssen, was für eine Verbindung es zwischen dir und Emil gibt, oder?«

»Es gibt keine Verbindung zu diesem verfluchten Mann«, zischte Róbert.

»Dann eben eine vermutliche Verbindung.« Der Kommissar runzelte die Stirn. »Wir gehen erst einmal davon aus, dass du unschuldig bist, obwohl ich da so meine Zweifel habe – ernsthafte Zweifel. Nur weil es keine Hinweise gibt, heißt das nicht, dass du blitzsauber bist. Und eins ist sicher, nämlich dass Emil das auch nicht glaubt; und jetzt ist ein kleiner Junge verschwunden.« Er hielt inne, die Stirn in noch tiefere Falten gezogen. »Wenn ich sicher wäre, dass es zur Lösung des Falls beitragen würde, deiner Freundin die ganze Geschichte zu erzählen, hätte ich das schon längst getan. Aber aus Rücksicht auf sie – auf *sie*, verstehst du, nicht auf dich – gebe ich dir die Chance, es ihr selbst zu sagen. Ich werde später mit euch beiden noch einmal die Situation besprechen. Bis dahin musst du mit ihr geredet haben, oder ich erzähle ihr mit meinen eigenen Worten, warum ihr Sohn von einem Fremden entführt wurde.«

Róbert stürmte wortlos aus dem Raum. Die leeren, kalten Wände des Korridors schienen sich um ihn zusammenzuziehen.

Er dachte an Sunna – diese wundervolle Frau, der er sein neues Leben verdankte, wegen der er neue Hoffnung hatte; Hoffnung auf ein besseres Leben, eine bessere Zukunft.

Jetzt befürchtete er nicht nur, sondern er war fast sicher, dass seine Träume sich in Albträume verwandeln würden.

# 29. Kapitel

»Das Interview wird heute Abend im Fernsehen gesendet«, sagte Ari Þór.

Er und Tómas saßen in der Kaffeestube der Wache. Tómas hatte die letzte Nachtschicht gearbeitet und Ari Þór gebeten, am Morgen zu kommen, um ihre nächsten Schritte und den Dienstplan zu besprechen. Sie gingen davon aus, dass die Quarantäne am Abend aufgehoben würde, was sich – wie üblich in einer Kleinstadt – schon allgemein herumgesprochen hatte. Langsam kehrte Normalität in den Alltag zurück, einige Leute gingen schon wieder zur Arbeit, doch die meisten Firmen und Geschäfte blieben noch geschlossen. Aber dass der Bäcker heute Morgen wieder gebacken hatte und es frisches Brot gab, obwohl der Laden offiziell noch nicht wieder geöffnet hatte, war schon in aller Munde. Dennoch lag weiter ein Schatten über der Stadt, deren Einwohner noch durch den Tod der Krankenschwester, einer allseits beliebten Frau und langjährigen Mitbürgerin Siglufjörðurs, geschockt waren.

»Interview?«, fragte Tómas erstaunt. »Ach ja, stimmt, natürlich. Die Journalistin. Ísrún, richtig?«

»Ja, richtig.«

»Schön, mein Junge«, sagte Tómas, mit den Gedanken woanders. Er fuhr sich mit der Hand durchs schüttere Haar.

Irgendetwas beschäftigte ihn.

»Machst du dir Sorgen wegen der Infektionsgefahr?«, fragte Ari Þór. »Hast du Angst, die Quarantäne wird zu früh aufgehoben?«

»Was? Sorgen? Überhaupt nicht. Aber das erinnert mich … Ich habe gestern Abend mit dem Krankenhaus telefoniert, um die Situation dort zu checken. Mit der alten Sandra geht's bergab. Du hast sie doch in den letzten Monaten öfter besucht, nicht wahr?«

Ari Þór nickte. Und bekam Bauchkneifen.

»Ja …«, stammelte er.

»Besuch sie doch mal. Wenn es ihr nicht bald besser geht, ist es vielleicht die letzte Gelegenheit, sie zu sehen. Sie hat eine schwere Grippe, aber Ansteckungsgefahr besteht nicht.«

»Natürlich«, sagte Ari Þór, Tómas' Blick meidend.

Eine Weile saßen sie schweigend beisammen.

»Ich hab …«, begann Tómas, sprach aber nicht weiter. Kurz darauf setzte er erneut an. »Nun, mein Junge, ich will das Haus verkaufen.«

»Das Haus? Dein Haus? Du ziehst um?«, fragte Ari Þór erstaunt.

»Richtig, unser Haus. Aber keine Sorge, in nächster Zeit gehe ich nirgendwohin. Ich habe mit meiner Frau gesprochen. Sie will, dass wir versuchen, unsere Ehe zu retten, und ich zu ihr nach Reykjavík ziehe. Deshalb hab ich das Haus in der Zeitung inseriert, mal gucken, was passiert. Aber ich bin nicht sicher, ob es jemand kauft. Die Leute denken immer, hier oben im Norden kriegt man ein Haus für einen Appel und ein Ei. Vielleicht will es ja jemand mieten, wer weiß. Aber ausgeschrieben ist es zum Verkauf. Ich wollte dir das einfach nur sagen, falls du die

Anzeige in der Zeitung oder im Netz siehst. Es ist noch nichts entschieden, mach dir also keine Sorgen«, fügte er hinzu und blickte Ari Þór neugierig an.

Doch jetzt machte Ari Þór sich richtig Sorgen.

Falls Tómas wirklich in den Süden zog, musste er entscheiden, ob er sich hier in Siglufjörður um die Chefstelle bewerben sollte, worüber er momentan lieber nicht nachdenken würde. Er wollte erst mal sein Privatleben in Ordnung bringen. Was auch hieß, dass er herausfinden musste, in welche Richtung sich seine Beziehung mit Kristín entwickelte. Sollte er nach Akureyri ziehen, um mit ihr zusammen zu sein? Oder sogar mit ihr zusammen ins Ausland gehen, was sie ja vorhatte, um dort ihr Studium fortzusetzen?

Er versuchte, seine Bedenken nicht zu zeigen.

»Wir werden sehen«, sagte er lächelnd.

* * *

Tómas war nach Hause gegangen. Ari Þór hatte allein Dienst und ging hinunter zum kleinen Bootshafen. Die Sonne schien hell, und das Wasser im Fjord funkelte. Er traf sogar zwei Spaziergänger und nickte ihnen zu. Sie nickten zurück, machten allerdings einen bedrückten Eindruck.

Vielleicht sollte er Sandra besuchen und ihren Geschichten über die Stadt zuhören, wie sie einmal gewesen war. Sie konnten praktisch über alles reden und waren wirklich gute Freunde geworden. Außerdem sagte sie immer, er müsse gelassener werden und sich nicht von den unwichtigen Dingen im Leben verrückt machen lassen. Und sie ermahnte ihn, um die Beziehung mit Kristín zu kämpfen, obwohl sie sie nie kennengelernt hatte.

Bei dem Gedanken an Sandra fiel ihm wieder ein, dass er unbedingt Hédinn kontaktieren musste, bevor heute Abend das Interview gesendet wurde. Er beschloss, das jetzt gleich zu machen.

Mit dem Telefon am Ohr ging er den hölzernen Kai entlang und wartete, dass Hédinn abnahm. In der Zwischenzeit erfreute er sich am Anblick der bunten Boote, die friedlich im Wasser schaukelten. Es fühlte sich fast so an, als läge ein Hauch Frühling in der Luft, doch Ari Þór wusste, dass diese Windstille trügerisch war und das Wetter auch wieder schlechter werden konnte, bevor der Frühling wirklich in Siglufjörður Einzug hielt.

Endlich wurde am anderen Ende abgenommen. »Hallo«, sagte Hédinn.

»Hallo, Hédinn, hier ist Ari Þór von der Polizei. Störe ich gerade?«

»Überhaupt nicht, ich hänge zu Hause rum. Im Moment ist die Schule ja geschlossen, da gibt es für uns Lehrer wenig zu tun. Hast du schon irgendwas herausgefunden?«

»Ich komme ganz gut voran, aber es gibt ein paar Dinge, über die ich mit dir sprechen muss. Können wir uns am Wochenende treffen?«

»Ja, gern«, sagte Hédinn erwartungsvoll. »Was hast du denn herausgefunden?«

»Es ist noch nicht so ganz klar, aber eins kann ich dir schon sagen, nämlich dass du irgendwo einen Cousin hast, von dem du bisher nichts gewusst hast.«

»Was sagst du da? Einen Cousin?«

»Richtig. Jórunn und Maríus bekamen 1950 einen Sohn, aber ich weiß nicht, was aus ihm geworden ist. Er wurde wohl adoptiert, was für Jórunn anscheinend ziemlich hart gewesen ist.«

»Glaubst du, er könnte noch … leben?«, frage Hédinn und schluckte schwer.

Ari Þór spürte, dass mehr als Neugier hinter der Frage steckte.

»Um ehrlich zu sein, ich habe keine Ahnung. Warum fragst du?«

»Ich muss da an etwas denken, was mein Vater kurz vor seinem Tod gesagt hat«, antwortete Hédinn nach einer Pause. »Da war der alte Mann schon ziemlich in seine eigene Welt abgedriftet, aber hin und wieder hatte er noch klare Momente.«

»Was hat er denn gesagt?«

»Also, damals konnte ich nichts damit anfangen, sonst hätte ich es ja erwähnt. Aber vielleicht hatte es etwas mit Jórunns Sohn zu tun. Vielleicht … es ist nicht schön, das zu sagen … aber vielleicht hat sie ihn doch nicht weggegeben, als es so weit war.«

»Wie meinst du das?«

»Also, mein Vater sagte, wie sehr er sich freue, dass ich im Leben etwas auf die Beine gestellt und nicht die schlechten Gene geerbt hätte, nur die guten. Damals wusste ich nicht, wovon er redet, und dann sagte er noch – und das habe ich nie vergessen: ›Ich hab gerade dran gedacht, dass du eine Tante hattest, die ein Leben beendet hat …‹ Ich habe wirklich versucht, aus ihm herauszukriegen, was er damit meinte, aber es war zwecklos. Vielleicht hatte er schon zu viel gesagt, oder er war einfach nur verwirrt.«

»Glaubst du, er hat Jórunn damit gemeint?«

»Möglich ist das schon. Ich hab nie gehört, dass sie in irgendeinen Mordfall verwickelt war. Vielleicht hat er aber auch gemeint, dass sie *sich selbst* getötet hat. Ich hatte auch zwei Tanten väterlicherseits, habe aber über die beiden nie etwas Schlechtes gehört. Das alles ist mir auch erst jetzt wieder eingefallen, als du das mit dem Kind gesagt hast und dass niemand weiß, was aus ihm geworden ist. Vielleicht hat sie es aus irgendeinem Grund getötet?«

»Das ist ein schlimmer Gedanke …« Ari Þór schauderte es. »Wir sollten morgen ausführlicher darüber reden, wenn wir uns treffen. Ach, übrigens, heute Abend wird im Fernsehen ein Foto von dir gezeigt.«

»Was?«, fragte Hédinn überrascht.

»Keine Sorge«, sagte Ari Þór und merkte, dass er schon fast so klang wie Tómas. »Niemand wird dich erkennen. Es ist das Foto mit dem Teenager, der dich auf dem Arm hält, das in Héðinsfjörður gemacht wurde. Das Interview ist Teil einer abschließenden Reportage über die Infektionskrankheit und was für schlimme Auswirkungen sie auf unser Leben hier hatte. Die Journalistin und ich haben beschlossen, das Foto darin unterzubringen. Mal sehen, vielleicht kann ja jemand den Jungen identifizieren.«

Hédinn schwieg einen Moment. »Na ja«, sagte er schließlich zögernd, »das ist wahrscheinlich okay.«

»Ganz bestimmt«, versicherte ihm Ari Þór. Vermutlich war sein Bedürfnis, das Rätsel zu lösen, inzwischen größer als Hédinns. »Ich habe außerdem jemanden gefunden, der aussagt, dass der Junge auf dem Foto bei deinen Eltern und Jórunn und Maríus auf dem Hof gelebt hat.«

»Wirklich?«, fragte Hédinn interessiert. »Er hat da gelebt? In unserem Haus in Héðinsfjörður?«

»Es sieht jedenfalls so aus. Es gibt einen Film über Héðinsfjörður, in dem er zu sehen ist.«

»Alle Achtung!«, sagte Hédinn. »Wo hast du denn den ausgegraben?«

»Bei Délia. Kennst du sie?«

»Ja, natürlich. Kann ich mir den Film mal ansehen?«

»Warum nicht? Wir könnten uns ja morgen Abend bei Délia im Haus treffen, wenn sie nichts dagegen hat«, schlug Ari Þór vor. Und ohne seine Antwort abzuwarten, fügte er hinzu: »Ich spreche mit ihr und gebe dir dann Bescheid.« Damit beendete er den Anruf.

Einen Moment lang sog er tief die milde Luft ein, spürte aber auch eine kühle Brise. Die kalten Nordwinde des Winters lauerten in Siglufjörður immer um die Ecke, daran hatte Ari Þór sich inzwischen gewöhnt. Auch Schneetage im Mai oder sogar im Juni überraschten ihn längst nicht mehr.

Ari Þór konnte Hédinn zwar einiges berichten, aber eben nichts Konkretes. Was Jórunn, seiner Tante, wirklich passiert war, blieb ein Rätsel, und das würde sich wohl kaum ändern. Diese Geschichte gehörte einer früheren Generation; vielleicht war er nicht der Richtige, um sich einen Reim darauf zu machen.

Was ihn in Gedanken wieder zu Sandra zurückbrachte, die im Krankenhaus auf dem Sterbebett lag. War es nicht endlich an der Zeit, sich mental auf einen Besuch bei ihr vorzubereiten? Er wollte sie sehen, und sie würde sich sehr freuen. Aber in seinem Herzen wusste er, dass ihm die Kraft fehlte, sie sterben zu sehen.

Er nahm wieder sein Handy aus der Tasche und rief zur Ablenkung erst einmal Kristín an.

»Ich bin heute Abend im Fernsehen«, sagte er ziemlich stolz.

»Im Fernsehen, wirklich?«

»Na ja, nur meine Stimme und ein Foto von mir, aber immerhin.«

»Das ist sehr schön, Ari«, sagte Kristín in ihrer nüchternen Art. Sie reagierte immer gelassen, machte sich niemals verrückt wegen irgendetwas, ob es nun gut oder schlecht war.

»Vielleicht können wir es zusammen ansehen …«

»Was? Du meinst …?« Jetzt lag endlich auch ein wenig Begeisterung in ihrer Stimme.

»Ja, die Gefahr ist vorbei, du kannst herkommen, wenn du willst.«

»Natürlich, Ari, gern. Sehr gern.«

# 30. Kapitel

»Ísrún«, rief Ívar, kaum dass sie die Nachrichtenreaktion betreten hatte.

Sie seufzte, setzte ein Lächeln auf und ging zu ihm. Sein blasierter Gesichtsausdruck missfiel ihr, auch wenn er zu seiner Standardausrüstung gehörte.

»Jemand hat eine Nachricht für dich hinterlassen«, sagte er sichtlich genervt. »Mir war gar nicht klar, dass ich befördert wurde und jetzt dein Sekretär bin.«

»Eine Nachricht?«, fragte sie. »Worum ging es?«

»Ein Anruf aus einem Altersheim.« Und dann unnötig laut: »Ich soll dir ausrichten, dass dein Zimmer jetzt frei ist.« Er hatte offensichtlich ein paar Lacher von den Mitarbeitern erhofft, doch keiner fand das witzig.

»Haha. Worum ging es?«

»Eine Frau aus einem Altersheim in Breidholt hat angerufen«, sagte er grinsend. »Ein Nikulás will sich mit dir treffen.«

»Okay, danke«, sagte sie und wollte gehen.

»Halt, nicht so schnell«, sagte er und besaß leider nicht Marteinns angenehme Art, Leute mit dem Namen anzusprechen. »Wer ist der Mann? Verheimlichst du uns da etwas?«

Sie verdrehte die Augen. »Ich arbeite an verschiedenen Themen. Es steht im Zusammenhang mit der Siglufjörður-Story, mit der María mich beauftragt hat. Das soll in einem abschließenden Beitrag gesendet werden«, erwiderte sie, wobei sie den Namen der Nachrichtenchefin besonders betonte. »Ich rufe den alten Herrn am besten sofort an«, fügte sie schnell hinzu, zog das Handy aus der Tasche und ging, bevor Ívar irgendwelche Einwände vorbringen konnte.

* * *

»Das stimmt, Nikulás hatte mich gebeten, dich anzurufen«, sagte die Frau im Altersheim. »Er hat irgendwelches altes Zeug durchgesehen und einen Karton für dich fertig gemacht. Mit ihm zu telefonieren hat keinen Zweck.«

»Kannst du mir den Karton nicht schicken?«, fragte Ísrún. Sie hatte wenig Lust, noch einmal nach Breidholt zu fahren.

»Ich könnte ihn dir mit einem Taxi schicken, wenn du dafür bezahlst. Aber kannst du ihn nicht selbst abholen? Ich glaube, Nikulás würde dich gern wiedersehen. Es muss ja nicht lange dauern. Der alte Mann kriegt nämlich kaum Besuch.«

Ísrún sah auf ihre Uhr. Das Morgenmeeting fing gleich an. Vielleicht konnte sie sofort nach dem Meeting hinfahren, falls es keine neue Entwicklung im Entführungsfall gab.

»Ich versuche es«, sagte sie, beendete den Anruf und scrollte das Telefonverzeichnis in ihrem Handy sofort runter zur Nummer ihres Polizeikontakts. Es klingelte ein paarmal, dann wurde abgehoben und gleich wieder aufgelegt. Das war schon das zweite Mal heute, dass er ihr auf diese Weise zu verstehen gab, nicht mit ihr sprechen zu wollen.

* * *

Sie hatte sich kaum gesetzt, als Ívar die Neuigkeit verkündete.

»Es gibt eine Presseerklärung der Polizei«, sagte er, gefolgt von einer Kunstpause, um die Worte sacken zu lassen. »Mit Einzelheiten über einen Mann, den sie im Zusammenhang mit der Kindesentführung befragen wollen.« Erneute Pause.

Ísrún machte große Augen.

»Wie heißt er?«, fragte sie, da er sie unnötig lange hinhielt.

»Sein Name ist Emil Teitsson«, erwiderte Ívar. »Sie müssen stichhaltige Beweise haben, wenn sie den Namen veröffentlichen. Es gibt sogar ein Foto von ihm.« Er legte die Presseerklärung und den Ausdruck des Fotos auf den Tisch.

»Was sagen denn deine Polizeifreunde dazu?«, fragte er Ísrún herausfordernd lächelnd.

Sie sah sich das Foto eingehend an, erkannte den Mann aber nicht ohne weiteres. Vielleicht hatte sie ihn schon einmal gesehen, doch sicher war sie nicht. In dem gestreiften Hemd, mit ordentlich geschnittenem Haar und einem Lächeln wirkte er wie ein liebenswerter junger Mann.

»Nicht viel«, erwiderte sie. »Heute Abend hab ich mehr.«

Sie nahm die Presseerklärung vom Tisch und überflog sie schnell.

»Ist dieser Mann ein bekannter Verbrecher?«, fragte einer der anderen Journalisten zweifelnd mit Blick auf das Foto, auf dem er definitiv nicht kriminell aussah.

»Im Gegenteil«, sagte Ívar. »Er hat Wirtschaftswissenschaften studiert. Die Polizei hält sich mit Informationen sehr zurück, aber ich habe selbst noch schnell ein paar Nachforschungen angestellt.«

Ísrún lächelte insgeheim, sicher, dass er nichts anderes gemacht hatte, als den Namen in eine Suchmaschine zu tippen.

»Vor ein paar Jahren war er in den Nachrichten, als seine Freundin bei einem Überfall schwer verletzt wurde«, fuhr Ívar fort. »Ihr erinnert euch bestimmt daran. Er wurde mehrere Male interviewt und hat der Polizei dann vorgeworfen, zu langsam zu ermitteln.«

Ísrún fiel der verstörende Fall sofort wieder ein. »Die Frau lag lange im Koma und ist erst vor kurzem gestorben«, sagte sie.

Ívar nickte. »Wurde der Überfall jemals aufgeklärt?«, fragte er Ísrún.

Jetzt war sie auf bekanntem Terrain. »Nein«, antwortete sie. »Er wurde nie abgeschlossen. Es gab wohl einen Hauptverdächtigen, aber an seinen Namen erinnere ich mich nicht. Wahrscheinlich steht er in meinen alten Notizen. Er wurde nie in den Medien erwähnt, und es gab keine stichhaltigen Beweise gegen ihn.«

»Check das bitte mal«, sagte Ívar unerwartet höflich. »Er hieß nicht zufällig Róbert?«, fügte er hinzu.

Ísrún durchforstete ihr Gedächtnis, doch ohne Erfolg.

»Ich erinnere mich nicht«, sagte sie. »Warum fragst du?«

»Ich habe heute Morgen erfahren, wer das entführte Kind ist«, sagte Ívar voller Stolz. »Du doch auch, oder?«

Innerlich fluchend, schüttelte Ísrún den Kopf.

»Die Mutter des Kindes heißt Sunna. Sie ist Tänzerin und wohnt in der Ljósvallagata mit einem Mann namens Róbert zusammen. Wir müssen herausfinden, ob es zwischen ihm und diesem Emil eine Verbindung gibt, und zwar ganz schnell.«

Sobald das Meeting vorbei war, setzte Ísrún sich an ihren Computer, durchsuchte ihre Notizen und fand schon bald den Namen des Mannes. Im Zusammenhang mit dem Überfall damals auf Emils Freundin stand er nicht nur ganz oben auf der Liste der Verdächtigen, er war der einzige Verdächtige überhaupt: ein Drogensüchtiger und ein bekannter Schuldeneintreiber.

Sie schloss die Augen und versuchte, ihre Wut zu kontrollieren.

*Verdammt.*

Der Mann hieß Róbert.

Dann fand sie sogar seinen vollen Namen. Ein Anruf beim zentralen Melderegister ergab, dass er mit seiner Partnerin, Sunna, und einem eineinhalb Jahre alten Jungen namens Kjartan in der Ljósvallagata wohnte.

Der Tag hätte nicht beschissener anfangen können.

# 31. Kapitel

Die Wintersonne kämpfte sich durch die Wolken. Emil kniff die Augen zusammen und sah hinab auf den Gehweg. Vereinzelte Sonnenstrahlen wärmten ihn, ansonsten war ihm kalt. Doch das war seine geringste Sorge. Er war zu Fuß auf dem Weg zum Haus seiner Eltern, allein, ohne das wimmernde Kind.

Das endlose Weinen war zu viel für ihn gewesen. Er hatte den Jungen einfach nicht beruhigen können.

Trotzdem war es kein Fehler gewesen. Róbert hatte ihm sein und Bylgjas ungeborenes Kind genommen, irgendwie war es nur gerecht, was er getan hatte. Einen Moment lang hatte Emil sich sogar vorgestellt, es wäre sein Kind, und daran gedacht, einfach mit dem Kleinen zu verschwinden.

Mit schnellen Schritten marschierte er durch die Straßen der Innenstadt von Reykjavík. Instinktiv hielt er sich von den äußeren Rändern der Bürgersteige fern und ging, wie davon angezogen, dicht an den Bäumen und Sträuchern entlang, die die Vorgärten der Menschen säumten – den Grenzen ihres Heimes, in dem sie sich sicher fühlen sollten. Bylgja war so sicher gewesen, dass ihr in ihren eigenen vier Wänden nichts passieren konnte – sie hatte die Abende im Pyjama verbracht, versunken in ihre Studien.

Andere Leute waren nicht unterwegs, und falls doch, nahm Emil sie nicht wahr. Er hatte genug mit sich selbst zu tun, denn trotz allem war seine Arbeit erst halb getan. Wie lange er noch durchhalten würde, wusste er nicht, doch der Hass gab ihm Kraft. Róbert war für den Tod seiner Freundin verantwortlich, und er würde dafür büßen. Vor den Folgen hatte Emil keine Angst. Er hatte sich kaum Mühe gegeben, seine Spuren zu verwischen, und trat nur deshalb nicht ins Licht, weil er genug Raum brauchte, um sein Werk zu Ende zu führen.

Mit der Hand an der Wange fühlte er die Stoppeln. Vielleicht sollte er zu Hause die Zeit aufbringen und sich rasieren, wenn er die Energie dazu fand. Er lächelte bei der Erinnerung, wie Bylgja sich immer beschwert hatte, wenn er tagelang unrasiert herumlief. Jetzt hatte er keinen Grund mehr, auf sein Äußeres zu achten. Ihm waren nur noch seine Eltern geblieben. Und die würden ihn auch dann noch bedingungslos lieben, wenn er ihnen gestand, was er getan hatte. Sie würden es verstehen. Seine Mutter würde ihn in die Arme nehmen, ihn liebevoll an sich drücken und ihm versichern, dass alles gut werden und niemand ihm Vorwürfe machen würde.

Die Sonne kam jetzt richtig hervor. Er blieb einen Moment stehen, hielt das Gesicht in die warmen Strahlen und schloss die Augen. Vielleicht war er doch zu weit gegangen, einer Mutter ihr kleines Kind wegzunehmen. Dann dachte er an Bylgja, wie an jedem Tag. Nur einen Gedanken vermied er, nämlich dass Rache doch nicht so süß war wie erhofft. Er hatte sein Möglichstes getan, um sie zu rächen, aber er fühlte sich dadurch nicht besser. Doch vielleicht war das auch gar nicht zu erwarten gewesen.

## 32. Kapitel

Heida war noch in der Wohnung in der Ljósvallagata. Sie hatte Kaffee gekocht und den Küchentisch gedeckt, Zimtschnecken aus der Gefriertruhe aufgebacken und auf einem Teller mitten auf die karierte Tischdecke gestellt.

Damit hatte Róbert nicht gerechnet. Vielleicht versuchte sie auf diese Weise, ihr rüdes Verhalten von zuvor wiedergutzumachen. Sie stellte keine Fragen, und sie schwiegen. Ihr Schweigen sagte alles: Der Junge war noch nicht gefunden worden.

Das Apartment strahlte eine ungewohnte Wärme aus. Róbert wurde von dem Gefühl erfüllt, dass alles in Ordnung war, dass Kjartan in seinem Bett schlief und die Ereignisse der letzten Tage schon vergessen waren. Aber er brauchte nicht lange, bis diese Illusion zerbrach.

Inzwischen hatten sämtliche Medien gemeldet, dass die Polizei dringend mit Emil sprechen wollte, und es war nur noch eine Frage der Zeit, bevor auch sein und Sunnas Name genannt wurden. Er hoffte, dass es nicht so weit kommen würde, doch er war realistisch genug, die Hoffnung so gering wie möglich zu halten. Letztlich kam es darauf an, was die Medien alles ausgraben würden. Konnten er und Sunna ein gewisses Maß an Rücksichtnahme erwarten, wenn Fragen über ihre Vergangenheit gestellt wurden – seine Vergangenheit?

Sie saßen zu dritt am Küchentisch.

»Möchtet ihr, dass ich hierbleibe, falls jemand herkommt?«, fragte Heida. Róbert überraschte ihre rücksichtsvolle Höflichkeit, und er zweifelte schon an seinem eigenen Urteilsvermögen. Aber nicht lange. »Ich fliege nächste Woche wieder nach Hause und kann den Flug nicht umbuchen. Wenn Kjartan bis dahin nicht gefunden ist, kann ich euch nicht mehr helfen.«

Sunna brach in Tränen aus und stürzte davon.

Róbert folgte ihr ins Schlafzimmer, ließ Heida am Tisch zurück. Ihre Worte hallten in der Küche nach.

Er schloss die Tür und gab sich Mühe, Sunna zu beruhigen. Doch sie war untröstlich und hörte überhaupt nicht mehr auf zu weinen. Jetzt war nicht der richtige Zeitpunkt, ihr zu sagen, warum Emil den Jungen entführt hatte. Doch wie lange konnte er damit noch warten?

Nach einer Weile fing Sunna sich wieder, und sie gingen zurück in die Küche, wo Heida gerade die letzte Zimtschnecke aufaß.

Vielleicht war es gar nicht so schlecht, dass Heida da war. Es entband ihn von der unmittelbaren Aufgabe, sich mit Sunna hinzusetzen und ihr von seiner Vergangenheit zu erzählen. In gewisser Weise gewährte ihm Heidas Anwesenheit einen Hinrichtungsaufschub.

Genau genommen hoffte er auf ein Wunder. Einerseits, dass der Junge gefunden wurde, und andererseits, dass er seine eigene Haut retten konnte.

Als das Telefon klingelte, war er sich über zwei Dinge vollkommen sicher: dass die Polizei anrief und dass Kjartan gesund wiederaufgefunden worden war.

Der Kriminalkommissar kam sofort zur Sache.

»Wir haben ihn gefunden«, sagte er ernst. »Ich meine, wir haben Emil gefunden«, fügte er verlegen hinzu.

»Was zum Teufel meinst du damit«, fragte Róbert und bedauerte sofort den harschen Ton, der Sunna erneut in Alarmzustand versetzte.

»Er hatte den Jungen nicht bei sich. Wir haben ihn nicht weit vom Haus seiner Eltern aufgegriffen. Er schien keine Ahnung zu haben, dass er gesucht wurde, und leistete keinen Widerstand. Du kannst sicher sein, dass jeder verfügbare Polizist nach Kjartan sucht.«

Seinen Worten folgte ein quälendes Schweigen.

»Hat er was gesagt?«

Wieder langes Schweigen.

»Er hat grinsend gesagt, er hätte den Jungen am Tjörnin-See gelassen.«

»Am See?«, schrie Róbert. Sunna brach wieder in Tränen aus und versuchte, ihm das Telefon zu entreißen. »Glaubst du … er hat …?« Er konnte den Satz nicht zu Ende sprechen.

Heida nahm ihre Schwester in den Arm.

»Ihr müsst uns vertrauen. Wir organisieren eine Suche … in dem Gebiet.« Der Kommissar vermied offensichtlich auszusprechen, wovor alle Angst hatten.

»Kann ich helfen?«, fragte Róbert.

»Nein. Du bleibst bei deiner Freundin. Wir melden uns wieder, sobald wir den Jungen gefunden haben.«

Róbert spürte, wie sein Herz schneller schlug. Die Kopfschmerzen meldeten sich hämmernd zurück, und auch seine Erkältung wollte einfach nicht weggehen. Der stressige gestrige Tag und die Nacht hatten ihm schwer zugesetzt. Er rieb sich die Augen, um die Schmerzen zu lindern.

Im Moment hätte er alles dafür gegeben, mit Emil allein zu sein, Mann gegen Mann. Nur einer würde den Ort lebend verlassen. Aber seine Wut war vermischt mit Angst – Angst um Kjartan.

Um Sunna hatte er ebenso große Angst. Die Zeit, die ihm gewährt wurde, lief ab. Bald würde sie von dem Überfall vor zwei Jahren erfahren. Er könnte niemals überzeugend abstreiten, dass er etwas damit zu tun gehabt hatte. Es sah ganz so aus, als gäbe es nur eine Möglichkeit, wie das alles hier enden würde.

## 33. Kapitel

Ari Þórs Suche nach Jórunns Traueranzeige in den Online-Archiven der Zeitungen vom März 1957 blieb ohne Erfolg. Er fand lediglich eine schlichte Mitteilung über ihren Tod, der nicht einmal ein Foto beigefügt war. Jórunns Leben und Tod hatten sich ausschließlich im Kreis der Familie abgespielt.

Er rief Kristín noch einmal an.

»Wie wär's, wenn du heute Abend etwas Schönes zum Essen mitbringen würdest – ein Curry oder eine Pizza. Das wäre wirklich eine willkommene Abwechslung für mich.«

Sie dachte nach, lange genug, um ihn spüren zu lassen, dass es keine leichte Entscheidung war, und erklärte sich dann einverstanden.

»Okay. Ich besorge was und bin so gegen halb acht da. Wie sieht es mit Wein aus? Die Weinhandlung ist wahrscheinlich noch nicht wieder auf, oder?«

»Siglufjörður war noch nie so trocken wie im Moment.«

»Das ist alles eine große Herausforderung, Ari«, sagte sie mitfühlend.

»Das kann man wohl sagen. Eine echt schwierige Zeit, so viel ist sicher. Ich wünschte, du wärst hier, Kristín.« Und bevor sie antworten konnte, fügte er hinzu: »Erinnerst du dich an Sandra?«

»Ja, natürlich – die Frau, die du immer hinter meinem Rücken besuchst«, erwiderte sie scherzhaft.

»Es geht ihr nicht gut.«

»Oje, das tut mir leid, Ari. Hat sie den Virus?«

»Das wohl nicht. Aber sie ist schon ziemlich alt, und ich mache mir Sorgen. Im Moment ist das alles ein bisschen viel.«

»Sie wird sicher wieder gesund. Ich muss los, wir sehen uns heute Abend«, sagte sie.

»Für heute Abend ist ein Schneesturm angekündigt«, sagte Ari Þór. »Möglicherweise werden wir hier eingeschneit.«

»Ich kann mir Schlimmeres vorstellen«, erwiderte Kristín.

* * *

Mittags war Ari Þór mit Helga verabredet, der Oberärztin des Krankenhauses. Am Morgen hatte sie schon ein Meeting mit Beauftragten der Zivilschutzbehörde gehabt, die nach Siglufjörður gekommen waren. Das Gespräch hatte nicht lange gedauert und mit dem Beschluss geendet, die Quarantäne heute Abend um achtzehn Uhr aufzuheben.

Helga sah aus, als wäre ihr eine schwere Last von den Schultern genommen. Dass sie die letzten Nächte nicht gut geschlafen hatte, war nicht zu übersehen.

Was Ari Þór betraf, so war er dankbar, die Krise unbeschadet überstanden zu haben. Er hatte sich keine ansteckende Krankheit zugezogen, obwohl er zu den wenigen Menschen in der Stadt gehörte, die unterwegs sein mussten und nicht zu Hause bleiben konnten. Aber zwischen den Schichten hatte er sich ziemlich gut erholt und sogar Zeit gefunden, Nachforschungen in einem uralten Fall anzustellen. Und dieser Fall hatte sich als viel interessanter entpuppt als die meisten – genau genommen alle – Fälle, die bei der Polizei in Siglufjörður dieses Jahr auf dem Tisch gelandet waren.

Ari Þór war auf dem Weg aus dem Krankenhaus, als er an einer Tür mit dem Schild »Hebamme« vorbeikam. Er blieb stehen, weil er plötzlich an den Jungen in Blönduós denken musste – den Jungen, dessen Vater vielleicht bei der Polizei in Siglufjörður arbeitete. Konnte es wirklich sein, dass Ari Þór vielleicht bei der Geburt seines eigenen Sohnes nicht dabei gewesen war? Die Vorstellung stimmte ihn irgendwie traurig.

Doch bevor er den Gedanken weiterdenken konnte, kam ihm plötzlich eine andere Idee. Hédinn war in Héðinsfjörður geboren. Die Hebamme von Siglufjörður musste dort gewesen sein, um bei der Geburt zu helfen – sie gehörte zweifellos zu den wenigen Personen, die einen Grund gehabt hatten, die Leute am Héðinsfjörður zu besuchen. Konnte es sein, dass sie noch lebte? Er überflog die Daten in seinem Kopf – ausgeschlossen war es nicht. Wenn sie damals Anfang zwanzig war, würde sie jetzt um die achtzig sein.

Er klopfte an die Tür der Hebamme, und eine Frau mittleren Alters öffnete.

»Nun«, sagte sie. »Besuch von der Polizei?«

»Kann ich kurz reinkommen?«, fragte Ari Þór lächelnd.

»Bitte schön«, erwiderte sie und setzte sich hinter den Schreibtisch, auf dem sich die Akten stapelten. »Normalerweise müsstest du einen Termin vereinbaren, aber im Moment ist es ruhig hier. Wann ist es so weit?«, fragte sie, ohne eine Miene zu verziehen.

Der Scherz überraschte Ari Þór so sehr, dass er noch förmlicher als sonst reagierte.

»Ich würde gern die Namen der Hebammen wissen, die in den fünfziger Jahren des letzten Jahrhunderts hier in der Stadt gearbeitet haben.«

»So alt bin ich nun auch wieder nicht, auch wenn ich bald in Rente gehe«, sagte sie freundlich lächelnd.

»Kann man irgendwie den Namen der Hebamme von damals herausfinden? Es geht konkret um das Jahr 1956.«

»Da muss ich nicht einmal nachsehen. Sie hieß Sigurlaug.«

Sofort wurde Ari Þór von neuem Optimismus ergriffen. »Wo finde ich sie?«

»Nirgends. Sie ist schon lange tot.«

Das war also eine Sackgasse, entschied er und stand auf.

»Tja, danke, da hab ich Pech gehabt. Dann kannst du dich jetzt deinem nächsten Baby widmen.«

»Schön wär's«, sagte sie. »Bei uns werden keine Kinder mehr geboren. Die Frauen gehen ins Krankenhaus nach Akureyri oder sogar bis runter nach Reykjavík. Ich bin für die Betreuung vor und nach der Geburt zuständig, was mit einer Menge Papierkram verbunden ist, wie du siehst.« Sie legte die Hand auf einen der Papierstapel.

Ari Þór setzte sich wieder hin. »Hast du hier Unterlagen von damals? Ich suche nach Informationen über eine Geburt in Héðinsfjörður, im Mai 1956.«

»Das war dann wohl Hédinn«, antwortete sie nach kurzem Nachdenken. »Soviel ich weiß, war er das einzige Kind, das je in Héðinsfjörður geboren wurde.«

»Stimmt.«

»Wir haben hier alle möglichen Unterlagen, aber es dauert, sie durchzusehen.« Sie blickte ihn aus zusammengekniffenen Augen verschmitzt an. »Möchtest du, dass ich das tue?«

»Das würde ich sehr zu schätzen wissen«, erwiderte er verschämt. Ihr Gesichtsausdruck verriet, dass sie auf eine Erklärung wartete. Doch er entschied, sie lieber fragen zu lassen.

»Das ist wirklich eine ungewöhnliche Bitte«, sagte sie zögernd. »Kannst du mir verraten, warum du dich für diese Unterlagen interessierst?«

Ari Þór grinste. Er freute sich, sie richtig eingeschätzt zu haben. »Wenn du die Unterlagen findest, erzähle ich dir die ganze Geschichte. Ich komme dann noch mal her«, sagte er und erhob sich.

»In Ordnung, gern. Ich tue mein Bestes. Montagmorgen steht es ganz oben auf meiner Liste. Reicht das?«

»Klingt perfekt.«

Das hatte ganz sicher keine Priorität, aber es wäre interessant zu erfahren, was andere, die damals dort waren, für einen Eindruck von den Bewohnern am Héðinsfjörður hatten.

Als er schon draußen auf dem Parkplatz des Krankenhauses war, drehte er noch einmal um und ging zurück. Er hatte vergessen, sich nach Sandra zu erkundigen. Er fragte am Empfang, ob er Helga noch einmal kurz sprechen konnte, und sie kam kurz darauf zu ihm.

»Noch mal hallo«, sagte Ari Þór. »Ich hab völlig vergessen zu fragen, wie es Sandra geht.«

»Sie spricht viel von dir.« Helga ignorierte seine Frage.

»Geht es ihr besser?«

»Eigentlich darf ich mit niemandem über ihren Zustand sprechen, der nicht mit ihr verwandt ist«, sagte sie. »Aber ich denke, ich kann eine Ausnahme machen. Die Polizei kann ruhig wissen, wie das Krankenhaus in so einer ungewöhnlichen Zeit mit anderen Krankheiten fertigwird.«

Ari Þór wartete besorgt.

»Die Grippe hat sie sehr geschwächt. Sie sieht schlecht aus und ist sehr erschöpft. Ich glaube nicht, dass sie noch lange zu leben hat. Willst du sie nicht einmal kurz besuchen? Sie ist wahrscheinlich gerade wach, und ich weiß, dass sie sich freuen würde.«

Ari Þór blickte auf seine Uhr, als wäre er schon zu spät für das nächste Meeting.

»Im Moment habe ich leider keine Zeit«, log er feige. »Ich komme heute Abend oder morgen wieder. Kannst du sie von mir grüßen?«

# 34. Kapitel

»Sie suchen nach Kjartan, wir müssen Geduld haben«, sagte Róbert, als Sunna sich etwas beruhigt hatte.

»Warum hast du den See erwähnt?«, schrie sie.

»Sie haben den Kerl erwischt, der ihn mitgenommen hat, Sunna, und er sagt, dem Jungen geht's gut. Dass er ihn am See zurückgelassen hat.«

»Nicht *im* See? Bist du sicher. Sag es mir, Róbert, sag mir … ich muss es wissen!«

»*Am* See, Schatz, er hat am See gesagt. Jetzt müssen wir nur noch warten.«

Sie setzte sich auf den Boden und weinte.

Er sah ihr hilflos zu, hatte das Gefühl, auf das Ende des Countdowns einer tickenden Zeitbombe zu warten. Es würde eine Explosion geben, und wer sie überlebte, stand in den Sternen.

»Ich muss gehen«, sagte Heida nach kurzem Schweigen.

Normalerweise wäre Róbert darüber froh gewesen, aber jetzt würde er alles dafür geben, damit sie blieb. Er wollte nicht mit Sunna allein sein, es war zu schwer. Dann hatte er keine Ausrede mehr, ihr die Wahrheit zu verschweigen.

»Nein, bitte, Heida, bleib hier. Du gehörst doch zur Familie.«

»Tut mir leid, ich muss jetzt wirklich los, Róbert. Ich melde mich wieder, und ihr sagt Bescheid, wenn es Neuigkeiten gibt, okay?«

Seufzend nickte er. Sunna sagte kein Wort, stöhnte nur leise.

*Emil hatte gegrinst, als die Polizei fragte, wo der kleine Junge war.* Was zum Teufel bedeutete das?

* * *

Als das Telefon schließlich klingelte, hatte Róbert jegliches Zeitgefühl verloren. Die Nummer des Kriminalkommissars erschien auf dem Display. Sein Herz schlug ihm bis zum Hals. Sunna, die noch immer auf dem Boden saß, blickte mit weit aufgerissenen Augen zu ihm auf.

»Wir haben Kjartan gefunden. Es geht ihm gut.«

Róbert atmete erleichtert auf. Dann glitt ihm das Telefon aus der Hand.

»Sie haben ihn gefunden«, stieß er aus, ging in die Hocke und nahm Sunna in die Arme. »Sie haben ihn gefunden. Sie haben Kjartan gefunden. Er ist gesund, er ist in Sicherheit.«

Aber es war, als hielte er eine Schaufensterpuppe im Arm, so verkrampft und ruhig war sie. Sunna sagte kein Wort, gab keinen Ton von sich. Zeigte keinerlei Reaktion.

Er hob das Telefon vom Boden auf. »Ich kann dir nicht sagen, wie erleichtert ich bin«, sagte er, schluckte die Tränen hinunter. »Wo habt ihr ihn gefunden?«

»Ob du's glaubst oder nicht, auf dem Spielplatz eines Kindergartens beim See. Der kleine Kerl ist hungrig und erschöpft und war wahrscheinlich zu schwach, um so laut zu schreien, dass ihn jemand hört. Erst als die Kindergartenkinder zum Spielen ins Freie kamen, hat eine der Kindergärtnerinnen den unglücklichen kleinen Kerl gefunden.«

Róbert blickte zu Sunna und sah, dass sie langsam zum Leben erwachte. Etwas wie ein Lächeln legte sich auf ihr Gesicht, aber es war verzerrt, fast wie vor Schmerz verzogen. Und dann brach ihre Erleichterung in einer Flut aus Tränen und Schluchzen durch.

»Seid ihr auf dem Weg hierher?«, fragte Róbert.

»Wir fahren gleich los. Der Arzt untersucht noch kurz den Jungen.«

»Wunderbar, danke«, sagte Róbert.

Er nahm Sunna wieder in den Arm. Sie zitterte am ganzen Leib. Durfte er hoffen, dass es nicht mehr nötig war, ihr von seiner Verbindung zu Emil zu erzählen? Waren seine Gebete erhört worden?

* * *

Als der Kommissar und sein Team wenig später eintrafen, hatte Róbert sich schon so sehr in eine neue Panik hineingesteigert, dass er den kleinen Jungen, der eineinhalb Tage lang verschwunden war, kaum noch wahrnahm. Seine ganze Aufmerksamkeit galt dem Kommissar, dessen Lächeln er krampfhaft zu deuten versuchte. War er einfach nur zufrieden, dass alles gut ausgegangen war? Oder würde er das Geheimnis von Róberts Vergangenheit lüften? Freute er sich womöglich darauf? Vielleicht würde er auch nur etwas sagen, wenn Sunna danach fragte. Das Warten war eine einzige Qual, und er merkte, dass er dringend einen Drink brauchte. Nein, keinen Drink. Etwas

Stärkeres. Und zum ersten Mal seit Monaten fiel es ihm schwer, die Wirklichkeit nüchtern zu ertragen.

»Besser hätte das Ganze nicht ausgehen können«, sagte der Kommissar, als Sunna den Jungen schon eine ganze Zeit fest im Arm hielt. »Dem Kleinen scheint es wieder gutzugehen, er braucht nur ein bisschen Mutterliebe.«

»Und Emil ist in Haft, wie du weißt.« Er hielt kurz inne, fuhr dann fort. »Wir haben seine Wohnung – oder, besser gesagt, das Haus seiner Eltern – durchsucht und ein paar interessante Dinge gefunden. Die Presse wird sich darauf stürzen, deshalb möchte ich dich vorwarnen. Du wirst eine Menge Aufmerksamkeit bekommen.«

Er machte sich auf zur Tür, und Róbert glaubte schon, sich endlich entspannen zu können.

Doch da löste Sunna ihren Blick von Kjartans Gesicht und fragte: »Hat er gesagt, warum er das getan hat?«

Róbert hatte das Gefühl, die Welt würde vor seinen Augen schwarz. Der Kriminalkommissar blieb stehen, drehte sich um und starrte ihn an. Er musste die Frage nicht stellen: *Hast du ihr nichts gesagt?*

Róbert setzte sich aufs Sofa, senkte den Blick und hoffte, dass sein Gesicht seine Gefühle nicht verriet. Sunna stand mit Kjartan im Arm mitten im Zimmer.

»Er hatte dich beobachtet und war dir gefolgt«, erklärte der Kommissar an Sunna gewandt.

Sie sagte nichts, aber der Schock in ihren Augen war nicht zu übersehen. Sie öffnete fragend den Mund, runzelte die Stirn.

»Er wollte sich rächen, so, wie wir es vermutet haben.«

»Rächen?«, fragte Sunna verwundert.

»Er glaubte, noch eine Rechnung mit Róbert begleichen zu müssen.«

Sunna stand mit offenem Mund sprachlos da, sah vom Kommissar zu Róbert und wieder zum Kommissar, unfähig, die offensichtliche Frage zu stellen.

»Es hat mit einem Überfall von vor zwei Jahren zu tun. Damals ist im Januar abends in eine Wohnung eingebrochen worden, wobei es sich allerdings höchstwahrscheinlich um einen Irrtum handelte – wir glauben, der Täter hatte sich einfach in der Hausnummer geirrt. Eine junge Frau war zu diesem Zeitpunkt allein zu Hause, ihr Freund war bei der Arbeit. Sie wurde brutal zusammengeschlagen, vermutlich mit einem Baseballschläger.«

»Ich erinnere mich daran …«, sagte Sunna. »Aber …«, begann sie, offensichtlich total verwirrt.

»Sie ist nie wieder gesund geworden und Anfang des Jahres verstorben. Ihr Freund Emil hat seit dem Überfall große psychische Probleme. Er konnte nicht mehr arbeiten und lebte wieder bei seinen Eltern. Anscheinend war er wild entschlossen, sich zu rächen.«

»Aber was hat das alles mit Róbert zu tun?«, fragte sie, die Stimme jetzt schrill. Kjartan stieß einen Schrei aus und fing an zu weinen.

Der Kriminalkommissar zögerte kurz, dann fuhr er fort.

»Róbert wurde damals der Tat verdächtigt, und das wusste Emil. Im Grunde war Róbert der einzige Verdächtige in diesem Fall, aber es gab keine Beweise gegen ihn. Dass Emil seine Wut und Trauer auf euch konzentriert hat, ist deshalb keine Überraschung. Die ganze Geschichte ist einfach nur tragisch, von Anfang bis Ende.«

Sunna sagte nichts. Sie drehte sich zum Fenster um und versuchte, Kjartan zu beruhigen.

Als der Kommissar das Zimmer verließ, sprang Róbert auf und folgte ihm. An der Haustür murmelte er einen Dank für dessen Mühe.

Der Kommissar wandte sich um, blickte ihn eiskalt an und ging wortlos zu seinem Wagen.

Der Weg zurück ins Wohnzimmer kam Róbert lang und mühsam vor. Dort traf ihn Sunnas harter Blick.

»Ich werde mich jetzt nicht aufregen«, sagte sie langsam und ruhig. »Nicht in Kjartans Gegenwart. Aber ich finde es unglaublich, dass du mir das verheimlicht hast. Ich kann deine Gründe verstehen, aber das heißt nicht, dass ich dir vergebe.« Sie hielt inne, atmete tief durch und schloss dabei die Augen. »Ich muss es wissen, Róbert: Hast du diese Frau überfallen?«

Die nachfolgende Stille knisterte vor Spannung.

Róbert stand reglos da, schwitzte am ganzen Körper.

»Nein … nein … natürlich nicht, Schatz …«, stammelte er schließlich, wusste aber sofort, dass sie seine Lüge durchschaute.

*Verdammt.*

Das war so unfair. Er war total erschöpft und hatte die Nase gestrichen voll. Ein einziger Drink würde alles so viel leichter machen. Er wagte es nicht, sie anzusehen, konnte den Anblick der Wut in ihrem Gesicht nicht ertragen.

»Verschwinde«, sagte sie. Mit tränenerstickter Stimme wiederholte sie das Wort leise mehrere Male: »Verschwinde, verschwinde, verschwinde.«

Wortlos zog er Jacke und Schuhe an und ging hinaus in den hellen Tag.

Er konnte an nichts anderes denken, als in der Innenstadt eine Kneipe zu finden, sich reinzusetzen und zu trinken.

Dass es irgendwann so kommen würde, hatte er immer gewusst; nicht einmal er hatte sich etwas anderes vormachen können. Sunna war zu gut für ihn. Als Kleinkrimineller ein neues Leben zu beginnen war immer schwer – und wahrscheinlich sogar unmöglich.

Kleinkrimineller. Er lachte selbstironisch. Dieser Überfall war keine Bagatelle gewesen. Aber er hatte ja eine Entschuldigung – er stand unter Drogen und war schlecht drauf, als er den Job annahm. Dabei hätte alles ganz einfach sein sollen – nur ein bisschen drohen und das Geld einsammeln. Nichts wirklich Schlimmes. Keine Gewalt.

Er erinnerte sich noch gut an den Abend, trotz seines zugedröhnten Zustands damals. Er war sicher, dass die Frau log und einfach behauptete, den Mann nicht zu kennen, von dem er das Geld eintreiben sollte. Dann war er ausgerastet. Er hatte die Beherrschung verloren und mit dem Schläger zugeschlagen. Ihren erstaunten Gesichtsausdruck, als er das Holz schwang, hatte er noch immer vor Augen. Als hätte sie nie für möglich gehalten, dass er so weit gehen würde. Er selbst hatte es nicht für möglich gehalten, dass er so weit gehen könnte …

Als er dann wieder klar im Kopf war und ihm bewusst wurde, was er getan hatte, beschloss er, sein Problem anzugehen – er musste therapeutische Hilfe suchen und sich von den Drogen verabschieden.

Gleichwohl blieb ihm die Erinnerung an jenen Abend unauslöschlich im Gedächtnis, hielt ihn wach und verfolgte ihn in seinen Träumen. All das Blut, und dann noch das widerliche Krachen des Baseballschlägers auf dem Kopf der Frau …

Man hatte ihn wieder und wieder verhört, aber nie genug Beweise gehabt, um ihn festzunageln. Es war, als hätte eine höhere Macht ihn beschützt. Vielleicht sollte er einfach nicht bestraft werden für etwas, woran die Drogen schuld waren. Sein neues Leben empfand er als eine Art Buße, mit der er sicherstellte, dass so etwas nie wieder passierte. Aber die Albträume blieben trotzdem seine ständigen Begleiter.

Schon auf dem Weg ins Stadtzentrum wusste Róbert, dass es mit ihm und Sunna aus war. So hatte Emil am Ende doch noch seine Rache bekommen.

## 35. Kapitel

Ihre Beharrlichkeit hatte sich schließlich ausgezahlt. Nach endlosen Versuchen war es Ísrún gelungen, mit ihrem Polizeikontakt zu sprechen. Da wusste sie schon, dass der kleine Junge gefunden und ein Verdächtiger verhaftet worden war. Sie würde also nicht die Erste sein, die diese Neuigkeit in den Abendnachrichten verkündete.

»Endlich«, sagte sie heiter. »Du hast offensichtlich viel zu tun!«

»Das kannst du laut sagen.«

»Herzlichen Glückwunsch. Es ist wirklich toll, dass ihr den Jungen gefunden und den Entführer geschnappt habt«, sagte sie. »Ist der Fall damit abgeschlossen?«

Schweigen.

»Nicht ganz«, sagte er schließlich.

»Wie meinst du das?«, fragte sie, wobei ihr Puls sofort schneller schlug.

»Wenn ich es dir sage, musst du versprechen, es nicht vor morgen früh zu veröffentlichen; kein Ton darüber vorher. Heute Abend geben wir eine Presseerklärung heraus.«

Ísrún versprach es leise; ihr blieb keine andere Wahl, als seine Bedingungen zu akzeptieren.

»Der Mann, Emil, wohnt bei seinen Eltern. Wir haben ihr

Haus durchsucht, aber die wirkliche Überraschung war in der Garage.« Er machte eine Pause, wollte offensichtlich aufgefordert werden, das Geheimnis preiszugeben.

»Klingt interessant. War da noch etwas anderes als ein Auto drin?«, fragte Ísrún.

»Nein. Das Auto war das Interessante, besonders das Blut an der Kühlerhaube.«

»Und was heißt das?«

»Der Wagen scheint in einen Unfall verwickelt gewesen zu sein; oder, besser gesagt, in einen Unfall mit Fahrerflucht. Aber vergiss nicht: kein Wort zu irgendjemandem.«

Ísrúns Hirn arbeitete blitzschnell. Doch den Zusammenhang, den es herstellte, wollte sie selbst kaum glauben.

»Ein Unfall mit Fahrerflucht – sprichst du von Snorri Ellertsson?«

Langes Schweigen. »Wir verhören Emil in dieser Sache«, sagte er schließlich. »Er hat zugegeben, dass er es war. Er hat Snorri überfahren.«

»Aber warum?«

»Aus Rache für den Tod seiner Freundin. Vermutlich glaubt er, dass Snorri etwas damit zu tun hatte, genau wie der Freund der Frau, deren Kind er entführt hat. Er war entschlossen, sie beide dafür bezahlen zu lassen.«

* * *

Ísrún hatte Mühe, sich die Story mit den wenigen Informationen, die sie hatte, zusammenzureimen. Ein und derselbe Mann – Emil – schien Snorri ermordet und den kleinen Jungen entführt zu haben, weil er offensichtlich davon ausging, dass sowohl Snorri als auch Róbert etwas mit dem Überfall zu tun hatten, der zum Tod seiner Freundin geführt hatte.

Unglaublich.

Hatte etwa der Sohn des hochgeschätzten Politikers Ellert Snorrason eine Frau kaltblütig ermordet? Das wäre zweifellos *die* Nachricht des Jahres.

Es war allgemein bekannt, dass Snorri früher Probleme mit Alkohol hatte, und mit Drogen wahrscheinlich auch, und damals mit zwielichtigen Gestalten verkehrte. Das hatte definitiv die Arbeit seines Vaters überschattet, aber dem Sturm, der sich wegen seines Sohnes um ihn zusammengebraut hatte, schien Ellert standgehalten zu haben.

Oder vielleicht doch nicht?

Jetzt erinnerte sie sich wieder, dass der alte Herr sich abrupt aus der Politik zurückgezogen hatte, und zwar nicht lange bevor die Parteienallianz an die Regierung kam, in der er andernfalls wohl Premierminister geworden wäre.

Sie eilte zu ihrem Computer, recherchierte die genauen Daten des Überfalls und verglich sie mit den Daten von Ellerts Rückzug aus dem öffentlichen Leben. Sie fand heraus, dass Ellert Snorrason nur wenige Tage nach dem Überfall auf die Frau angekündigt hatte, schon bald aus privaten Gründen vom Amt des Parteivorsitzenden zurückzutreten. Eine merkwürdige Verkettung von Ereignissen, dachte Ísrún.

Sie nahm ihr Handy und rief Lára an, Marteinns persönliche Assistentin. Hoffentlich hatte sie die Neuigkeiten über Emil noch nicht gehört.

»Ísrún«, sagte Lára herzlich, als wären sie alte Freundinnen. »Schön, von dir zu hören.«

»Hallo, Lára, ja, schön, dich zu erreichen«, erwiderte Ísrún ebenso gespielt herzlich. »Ich habe über deinen Vorschlag nachgedacht und würde Marteinn gern wegen der geplanten Zusammenlegung von Ministerien interviewen.«

»Wunderbar!«, rief Lára aus. Ísrún fragte sich, ob sie auch beim Telefonieren zur Zimmerdecke blickte oder ob sie das nur tat, wenn ihr jemand gegenüberstand. Ob es vielleicht eine Eigenart von Menschen war, die einem nie in die Augen sahen. »Lass uns einen Termin für nächste Woche machen, okay?«

»Da bin ich oft unterwegs«, sagte Ísrún. »Wir sollten es so bald wie möglich machen, heute wäre ideal. Seit das entführte Kind gefunden wurde, ist es ruhig in der Redaktion. Es könnte vielleicht sogar ein Aufmacher werden.«

»Heute ist es unmöglich, der früheste Termin wäre morgen.«

»Okay, lass uns eine Zeit festlegen«, erwiderte Ísrún, ohne sich ihre Enttäuschung anmerken zu lassen. »Wann hat er Zeit?«

»Einen Moment«, sagte Lára. »Ich sehe in seinem Terminkalender nach.« Kurz darauf kam sie zurück. »Wie passt dir fünfzehn Uhr, im Ministerium?«

Er bevorzugt heimisches Terrain, dachte Ísrún und akzeptierte den Vorschlag.

* * *

Es war noch keine Stunde vergangen, da rief die rothaarige Assistentin Marteinns wieder an. Ísrún ließ das Telefon eine Weile in ihrer Hand klingeln, bevor sie den Anruf annahm. Sie konnte sich schon denken, was sie wollte. Lára hatte zweifellos Wind von den Ermittlungen der Polizei bekommen, die Snorri mit dem Überfall in Verbindung brachten.

»Hallo, Ísrún, ich bin's noch einmal«, sagte Lára. Sie war bemüht, sich den Druck, unter dem sie stand, nicht anmerken zu lassen, klang aber trotzdem gestresst.

»Hi, Lára«, erwiderte Ísrún und lehnte sich auf dem Stuhl, der nur dank des schlechten Lichts als Bürostuhl durchging, bis weit in die knarrende Gefahrenzone zurück. Sie war entschlossen, kein Erbarmen zu zeigen und so viel sie konnte aus der Unterhaltung herauszuholen.

»Ich fürchte, wir müssen das Interview verschieben.«

»Kein Problem. Ich kann auch um sechzehn Uhr. Aber später wird es schwierig, weil ich das Filmmaterial schneiden muss.«

»Nein, tut mir leid, das hast du falsch verstanden. Es geht frühestens nächste Woche oder die Woche danach.«

»Das verstehe ich jetzt nicht. Wir hatten doch gerade erst einen Termin vereinbart. Warum machst du jetzt einen Rückzieher?«

Lára ließ sich Zeit mit der Antwort. Ísrún nutzte die Gelegenheit, um den Druck weiter zu erhöhen.

»Hat Marteinn vielleicht etwas zu verheimlichen, das mit Snorri Ellertsson zu tun hat? Ich hatte das bislang ausgeschlossen, aber jetzt machst du mich wirklich stutzig, dass da doch etwas dran ist.«

»Nein, er hat überhaupt nichts zu verheimlichen, rein gar nichts«, sagte Lára. »Tut mir leid, wenn das so rüberkam. Ich sorge dafür, dass der Termin morgen klappt. Fünfzehn Uhr.«

So leicht hatte Ísrún sich Láras Sinneswandel nicht vorgestellt. Sie war offensichtlich nicht in Topform.

»Wunderbar, dann bis morgen.«

## 36. Kapitel

Kurz vor den Abendnachrichten fiel Ísrún ein, dass sie ja einen Karton von Nikulás abholen sollte. Versprochen hatte sie es zwar nicht, doch sie wollte den alten Mann nur ungern enttäuschen.

Außerdem hatte sie mit ihrem Vater verabredet, nach der Arbeit zum Dinner zu ihm zu kommen. Wobei Dinner vermutlich eine freundliche Umschreibung dessen war, was er auftischen würde, denn gewöhnlich bestellte er Pizza oder kaufte ein Grillhähnchen im Geschäft an der Ecke, das er mit Pommes und Ketchup servierte. Doch sie war zufrieden damit und genoss die gemütliche Atmosphäre bei ihm, die sie an vergangene Zeiten erinnerte. Sie würden mit Sicherheit vor dem laufenden Fernseher essen, und mit etwas Glück konnte sie sich nach einer anstrengenden Arbeitswoche ein bisschen entspannen.

Es gab nur eine Möglichkeit, ihren Vater und Nikulás nicht zu enttäuschen: Sie musste stattdessen Ívar vor den Kopf stoßen. Und sie hatte keine Skrupel, genau das zu tun. Forschen Schritts marschierte sie zu seinem Schreibtisch, wo er sich im Chefsessel thronend die Abendnachrichten ansah.

»Ich muss weg«, sagte Ísrún.

»Du kommst nicht zum Meeting?«

Sie nickte. Es war unwahrscheinlich, dass beim abschließenden Abendmeeting etwas Wichtiges besprochen würde, allerdings herrschte grundsätzlich Anwesenheitspflicht.

»Sollte irgendetwas sein, ich bin morgen früh wieder hier. Bis dann.«

Ívar schnaubte. »Ich hab am Wochenende frei. María übernimmt in der Zeit die Redaktionsleitung. Du kannst ja alles mit deiner Freundin besprechen.« Er gab sich nicht die Mühe, seinen Hohn zu verbergen. »Du solltest dich beeilen, wenn du pünktlich zu deiner Verabredung kommen willst.« Mit diesen Worten wandte er sich wieder der Nachrichtensendung zu.

Das Gespräch war so schnell beendet, dass Ísrún sich sogar die vorbereitete Lüge sparen konnte. Insgeheim grinsend, eilte sie hinaus, bevor er es sich anders überlegen konnte.

* * *

Als Ísrún im Altenheim eintraf, saß Nikulás im Gemeinschaftsraum und sah sich ebenfalls die Nachrichten im Fernsehen an. Als er sie erblickte, strahlte er übers ganze Gesicht und erhob sich mühsam vom Sofa.

»Hallo, ich habe dich gerade im Fernsehen gesehen«, sagte er. »Hören kann ich nicht mehr gut, aber ich bin sicher, dass du etwas Schlaues gesagt hast«, fügte er lachend hinzu. Dann bat er sie, mit in sein Zimmer zu kommen, wohin er ihr auf einen Stock gestützt langsam folgte.

Der Karton stand neben seinem Bett, auf das er sich seufzend niederließ.

»Tut mir leid, aber Gehen ist ziemlich anstrengend, auch wenn der Weg nicht weit ist«, sagte er und verfiel einen Moment in Schweigen. »Das sind alles Sachen von Maríus, die kannst du durchsehen. Viel Schriftliches ist nicht dabei, und unnützes Zeug hat er auch nicht aufgehoben, nur Sachen, die ihm wichtig waren – alte Sparbücher und Briefe und so.«

»Hast du sie dir mal angesehen?«, fragte sie, dicht zu ihm hingebeugt. »Ist etwas dabei, was besondere Beachtung verdient?«

»Letzte Nacht habe ich das alles zum ersten Mal gelesen. Vorher hab ich ja keinen Grund dazu gehabt. Es waren seine Sachen, und die gehen mich nichts an. Hören kann ich zwar fast nichts mehr, aber sehen kann ich noch gut«, sagte er.

»Das ist schön«, sagte Ísrún, um etwas zu sagen.

»Da bin ich mir nicht sicher. Vermutlich wäre ich froh gewesen, wenn ich in dieser Hinsicht einen besseren Handel mit Gott abgeschlossen hätte«, sagte er, und Ísrún starrte ihn fragend an. »Weil ich dann immer noch die Musik genießen könnte. Gesehen habe ich alles, was ich jemals sehen wollte, aber es ist so traurig, dass ich keine Symphonien mehr hören kann«, sagte er und schüttelte frustriert den Kopf. »Aber darum geht es jetzt nicht. Ich habe tatsächlich einen Brief gefunden, der dich interessieren wird. Nimm trotzdem den ganzen Karton mit. Ein paar Tage kannst du ihn behalten, aber dann bring ihn wieder zurück.«

Ísrún nickte. Nikulás nahm den Brief, der zuoberst in dem Karton lag, und gab ihn ihr. Sie sah, dass er 1952 abgestempelt und an Maríus Knutsson adressiert war, er stammte von seinem Schwager Gudmundur.

Während sie anfing zu lesen, erzählte Nikulás weiter.

»Den hat er bekommen, als der Junge – Jórunns und Maríus' Sohn – gerade geboren war. Gudmundur und Gudfinna müssen herausgefunden haben, dass sie überlegten, das Kind zur Adoption freizugeben. Vermutlich hielten die Schwestern miteinander Kontakt, und Jórunn hatte es Gudfinna erzählt. Du wirst lesen, dass Gudmundur angeboten hat, den Jungen zu adoptieren. Zu der Zeit war es üblich, dass die Ehemänner so etwas diskutierten, so, wie das Gudmundur in seinem Brief an Maríus tut. Sonst steht kaum etwas Interessantes drin, nur noch Nachrichten von Siglufjörður – übers Wetter und die Fischerei. Die Adoption erwähnt er ganz am Ende. Aber es ist nichts daraus geworden, wie ich dir schon gesagt habe. Fremde haben den Jungen adoptiert. Aber ich habe nicht gewusst, dass Gudmundur und Gudfinna angeboten hatten, ihn zu nehmen.« Er räusperte sich. »Es bestätigt aber, was ich immer gespürt habe, nämlich dass Gudmundur ein großzügiger Mann war – immer bereit, jemandem einen Gefallen zu tun, dem es nicht so gut ging wie ihm selbst. So wie er auch Maríus oben im Norden eine Arbeit beschafft hatte.« Der alte Mann lächelte.

»Wie war Gudfinna denn so – ich meine so als Mensch«, fragte Ísrún.

»Beide hatten das gleiche Naturell. Sie war willensstark und eigensinnig. Sie hat gern rumkommandiert, könnte man sagen, und sie war schnell eifersüchtig. Den Eindruck hatte ich von ihr. Vermutlich hätte sie lieber in Reykjavík gelebt als einsam da oben an der Küste, aber abgesehen davon, fehlte es ihr an nichts.«

»Eines verrat mir noch«, sagte Ísrún. »Hältst du es für möglich, dass Jórunns Tod weder Selbstmord noch ein Unfall war?«

Nikulás überlegte. »Schwer zu sagen«, erwiderte er nach einer Weile. »Aber es ist eher unwahrscheinlich.«

»In so einem Fall wird ja immer erst einmal der Ehepartner verdächtigt. Du hast deinen Bruder gut gekannt, und ich entschuldige mich im Voraus für meine mangelnde Sensibilität. Aber kannst du dir vorstellen, dass er so etwas getan haben könnte?«

Er schüttelte den Kopf. »Keine Sorge, ich bin heutzutage nicht mehr leicht zu schockieren. Und es ist eine gute Frage. Aber die Antwort ist Nein. Vielleicht bin ich nicht objektiv genug, um dir eine andere Antwort geben zu können, du kannst also mit meiner Meinung machen, was du willst. Aber eines stimmt: Maríus ist mit Druck nicht gut klargekommen. Wenn es stressig wurde, dann hat er gereizt reagiert, und das waren schwere Jahre für sie: Er hatte Mühe, einen Arbeitsplatz zu behalten, und es war nicht leicht für die beiden, über die Runden zu kommen. Und es wurde immer schwerer. Und dann hat Gudmundur sie in den Norden eingeladen und geholfen, dass er Arbeit bekam. Wie ich schon sagte, er hat es wahrscheinlich aus Gutherzigkeit getan – und natürlich auch, um seiner Frau einen Gefallen zu tun, die sich sicher Sorgen um ihre Schwester machte. Da hatte Maríus wohl kaum noch einen Grund, sich groß zu beschweren. Und obwohl er in der Hitze des Gefechts manchmal sehr wütend werden konnte – damals war er in einige Prügeleien verwickelt –, bin ich sicher, dass er nicht das Zeug dazu hatte, jemanden umzubringen.« Er hielt inne und sah sie an. »Na ja, das glaube ich jedenfalls«, fügte er leise hinzu.

* * *

Das Haus von Anna und Orri, Ísrúns Eltern, stand in einer ruhigen, von Bäumen gesäumten Straße in Grafarvogur. Die dürren Bäumchen, die beim Einzug der Familie vor so vielen Jahren im Garten gestanden hatten, waren jetzt ausgewachsene Bäume und erinnerten Ísrún daran, wie schnell die Zeit verging. Jetzt wohnte Orri ganz allein in dem zweihundert Quadratmeter großen Haus, und je länger er von Anna getrennt war, umso verlorener wirkte er hier.

Ísrún hatte noch immer einen Schlüssel. Sie öffnete die Tür und ging schnurstracks ins Wohnzimmer, wo ihr Vater im Ledersessel saß und die Nachrichten verfolgte. Über dem Sessel hing ein Gemälde, das Ísrún sehr mochte. Ihre Mutter hatte es auf einer Geschäftsreise in Russland gekauft, in einer Zeit, als das Verlagsgeschäft boomte. Wenn man den Raum betrat, zog das zwei Quadratmeter große Gemälde sofort den Blick auf sich. Es zeigte eine Gruppe Fußballer auf einem Spielfeld nach Abpfiff des Spiels, wobei einige schon ihre Trikots ausgezogen hatten. Die Männer waren so realistisch dargestellt und ihre Gegenwart so unmittelbar, dass sie zur Familie zu gehören schienen. Orri hatte das Gemälde nie gemocht, während Anna nur meinte, sie habe es »für einen guten Preis« bekommen. Ísrún war sicher, dass sie eine ansehnliche Summe dafür gezahlt hatte, denn kurz darauf war Orri mit einem schönen Aquarell von Ásgrímur nach Hause gekommen. Er hatte es bei einer Auktion erstanden und neben dem Fernseher aufgehängt, gegenüber dem Fußballbild. Seitdem herrschte in diesem Wohnzimmer ein kalter Krieg zwischen sowjetischem Realismus und isländischer Romantik.

»Schön, dass du da bist«, sagte Orri und stand vom Sessel auf, um sie zu umarmen. »Ich habe ein Grillhähnchen gekauft. Du hast doch sicher Hunger, oder?«

»Und wie«, versicherte sie ihm und musste beim Anblick des

Hähnchens, der Ketchup-Flasche und der Pommes auf dem Tisch lächeln.

Schweigend sahen sie zusammen die Nachrichtensendung zu Ende. Der letzte Beitrag war das Interview mit Ari Þór aus Siglufjörður, an dessen Ende das Foto des unbekannten Teenagers gezeigt wurde.

Nicht schlecht, dachte Ísrún.

»Wie geht es deiner Mutter?«, fragte Orri.

»Ich hab nicht viel von ihr gehört, seit ich von den Färöern zurück bin. Warum rufst du sie am Wochenende nicht mal an?«, fragte sie, um zu sehen, wie er auf den Vorschlag reagierte.

Orri schaute verlegen drein. »Lieber nicht … früher oder später wird sie ja wohl anrufen. Sie will doch bestimmt bald nach Hause kommen.«

»Ich glaube, sie fühlt sich gerade sehr wohl dort. Vielleicht musste sie einfach mal weg«, sagte sie. Dann wechselte sie das Thema. »Wie läuft das Geschäft?«

»Ziemlich gut«, erwiderte ihr Vater, woraus sie schloss, dass er nicht wirklich zufrieden war. »Vielleicht hätte ich nicht so enthusiastisch sein sollen. Deine Mutter hat meistens recht.«

»Und was macht deine Gesundheit? Machst du noch Sport?«, fragte sie, von schlechtem Gewissen geplagt, weil sie ihm noch nichts von ihrer – von seiner Mutter geerbten – genetischen Erkrankung erzählt hatte.

»Mach dir keine Sorgen um mich, mein Schatz. Der Arzt meint, ich hab das Herz eines Zwanzigjährigen«, sagte er, doch an seinem Gesicht konnte Ísrún ablesen, dass er, jedenfalls in gewissem Maße, die Aussage des Arztes beschönigte.

Sollte sie es ihm erzählen?

Das könnte sie – solange er ihr versprach, ihrer Mutter nichts von ihrer Krankheit zu sagen. Anna musste davon nichts wissen. Solche Nachrichten würde sie nicht verkraften. In dieser Hinsicht war ihr Vater wesentlich stärker.

Es würde ihr sicher helfen, außer mit ihrem Arzt noch mit jemand anderem darüber zu sprechen, dachte sie. Der war zwar nett, aber mehr auch nicht. Außerdem war sie nur ein Fall unter vielen für ihn: eine Nummer und eine Patientin, die überleben würde – oder nicht.

»Und du? Wie geht es dir? Arbeitest du nicht viel zu viel?«, fragte ihr Vater.

Das war jetzt die Gelegenheit, sich zu entscheiden zwischen: »Es könnte besser laufen«, oder aber: »Mir geht's gut, aber vor einiger Zeit wurde bei mir diese Krankheit festgestellt.«

Es war schwer, die Wahrheit zu sagen. Sie zögerte, brauchte etwas Zeit, um die richtigen Worte zu finden.

»Stimmt schon, die Arbeit ist wirklich heftig, und ich traue mich momentan nicht, Schichten abzulehnen«, sagte sie und lächelte ihn an.

»Wie du bei diesem Verbrechen auf dem Laufenden bleibst, ist wirklich gut. Aber kannst du nicht mal etwas anderes machen, was weniger Brutales?«

»Momentan ist es gut so, wie es ist. Wenn ich erst mal Nachrichtenchefin bin, kann ich mir die Themen selbst aussuchen.«

»Ehrgeiz«, sagte er anerkennend. »Das gefällt mir.«

* * *

Vom Hähnchen waren nur noch die Knochen übrig, und ihr Vater schob gerade den ausgeliehenen Videofilm in den Rekorder, einen relativ neuen Thriller, den Ísrún noch nicht kannte. Sie ging selten ins Kino, war also bei Filmen nicht auf dem Laufenden und deshalb froh, wenn er etwas aussuchte. Es gehörte seit vielen Jahren zur Familientradition, dass Ísrún einmal die Woche zum Dinner kam, und nach dem Essen guckten sie zusammen einen Film – wobei das Essen, das ihre Mutter immer frisch zubereitete, wesentlich besser schmeckte als das Hähnchen oder die Pizza, die ihr Vater besorgte.

Sie machte es sich auf dem Sofa bequem, der perfekte Platz zum Entspannen. Mit etwas Glück könnte sie vielleicht sogar während des Films ein Schläfchen halten.

Der Thriller war kaum angelaufen, da wurden ihre Augenlider schon schwer. Sie fühlte sich hier geborgen, obwohl ihre Gedanken zu der Krankheit drifteten und dem MRT, dessen Ergebnis noch ausstand. Wenn sich ihr Zustand verschlechtert hatte, blieb ihr nichts anderes übrig, als ihre Familie und ihren Arbeitgeber davon zu unterrichten. Wäre es dann nicht sogar besser, es jetzt gleich zu tun, an einem gemütlichen Freitagabend, unter den Augen der russischen Fußballer?

Das Klingeln des Telefons brachte sie zurück in die Wirklichkeit. Sie wusste nicht mehr genau, ob sie nun eingenickt war oder nicht. Aber beim Blick aufs Display ihres Handys war sie sofort hellwach – es war die Nummer der Nachrichtenredaktion.

»Ja?«, sagte sie mit müder Stimme.

»Hallo, Ísrún. Ich störe doch nicht, oder?«, fragte ihr Kollege von der Abendschicht.

»Nein, alles gut«, murmelte sie.

»Jemand hat gerade die Nachrichten-Hotline angerufen und wollte dich sprechen. Ich wollte ihm deine Privatnummer nicht geben und habe seine Nachricht aufgenommen.«

»Und?«

»Er hat den Bericht mit dem Polizisten gesehen – über die Infektionskrankheit in Siglufjörður. Er sagt, er kennt den Jungen auf dem Foto.«

## 37. Kapitel

Die Quarantäne in Siglufjörður wurde offiziell am Abend um achtzehn Uhr aufgehoben, doch schon eine ganze Weile vorher waren Menschen auf der Straße. Sie hatten es kaum erwarten können, endlich wieder frische Luft zu schnappen. Allmählich kehrte das Leben in die Stadt zurück, die heller und heiterer erschien, trotz der dunklen Regenwolken, die gerade den Himmel bedeckten. Auf dem Schild im Fenster des Co-op war zu lesen, dass der Laden heute Abend geöffnet hatte. Auch Ari Þór machte sich um achtzehn Uhr dreißig auf den Weg dorthin, um sich fürs Wochenende einzudecken. Die Auswahl war nicht berauschend, aber das schien niemanden zu stören.

Eine Stunde später klopfte Kristín an seine Tür. Ari Þór hatte sich sehr darauf gefreut, sie endlich wiederzusehen, war aber gleichzeitig nervös – diesmal durfte er die Sache wirklich nicht vermasseln.

Sie hatte ihren Teil der Abmachung eingehalten und eine leckere Pizza sowie eine Flasche Rotwein mitgebracht.

Kurz darauf saßen sie dicht beieinander auf dem Sofa, aßen Pizza und sahen sich gemeinsam die Nachrichten im Fernsehen an, genau wie früher. Es war, als hätte sich nichts zwischen ihnen verändert – als wäre sie mit ihm nach Siglufjörður gezogen und nie weggegangen. Trotzdem lag da eine Anspannung in der Luft – keiner von ihnen wusste, was er sagen sollte. Glücklicherweise rettete das Fernsehen sie vor zu viel peinlichem Schweigen.

Wie die anderen Abende, die sie in letzter Zeit miteinander verbracht hatten, war es fast wie ein erstes Date, gleichzeitig aber auch herzlich und vertraut. Ari Þór wusste, dass sie ihm eine zweite Chance gab, wofür er sehr dankbar war. Doch er wusste auch, dass es seine letzte Chance war. Seit ihrer Trennung war er erwachsener geworden, und sie offensichtlich auch. Bei den letzten Treffen waren sie respektvoller als früher miteinander umgegangen, aber irgendwie auch nicht mehr so leidenschaftlich. Er liebte sie noch immer, aber der Umgang miteinander war weniger emotional. Ob das nun gut war oder nicht, konnte er nicht sagen.

Ari Þór hatte den Abend und den ganzen Samstag dienstfrei. Das Telefon war stumm geschaltet, damit ihre gemeinsamen Stunden nicht gestört würden.

»Ein ziemlich gutes Interview«, sagte sie am Ende des Beitrags über Siglufjörður. Sie legte die Hand auf sein Knie. »Zu schade, dass es nur ein Telefoninterview war. Und was ist das für eine Sache mit dem alten Foto?«

»Gute Frage«, sagte Ari Þór und erzählte ihr die ganze Geschichte, von Hédinns Besuch, der Toten in Héðinsfjörður und was er und Ísrún inzwischen herausgefunden hatten. Je mehr er sprach, desto entspannter wurde er. Die Fakten hatte er alle im Kopf, und die Geschichte sprudelte nur so aus ihm heraus. Wobei der Wein ebenfalls half.

»Ich habe überlegt, ob du vielleicht Lust hast, morgen Abend zu Délia mitzukommen«, fragte er und hoffte, dass sie ja sagte. Mit Délia hatte er schon gesprochen. Sie würde Hédinn den

Film gern zeigen und bedauerte es, ihm nie davon erzählt zu haben. »Er sieht den Film zum ersten Mal«, ließ er Kristín wissen.

»Du lädst mich ein, mit dir einen Film anzusehen?«, fragte sie.

»So ungefähr.«

»Klingt gut. Dann gehen wir morgen Abend aus und machen etwas Schönes zusammen«, sagte sie, beugte sich dicht zu ihm hin und flüsterte in sein Ohr: »Aber heute Abend haben wir unseren Spaß zu Hause.«

# 38. Kapitel

Ísrún versuchte wiederholt, Ari Þór zu erreichen. Nach dem dritten Mal reichte es ihr, und sie schickte eine SMS hinterher: RUF MICH AN.

Der Mann, der zu wissen behauptete, wer der Teenager auf dem Foto war, hieß Thorvaldur. Sie hatte seine Nummer und wollte ihn unbedingt anrufen, um ihre Neugier zu befriedigen, zwang sich aber zu warten. Es war Ari Þórs Story, deshalb wollte sie zuerst mit ihm sprechen und entscheiden, wer den Mann anrufen sollte. Doch ob sie jetzt oder morgen früh mit ihm redeten, spielte wohl keine große Rolle.

Ihr Vater hatte den Film angehalten, als sie aufgestanden war, um ans Telefon zu gehen. Aus Gewohnheit war sie damit in ihr altes Zimmer gegangen, und als sie dann mit dem Telefon in der Hand zurück ins Wohnzimmer kam, saß er in seinem Lieblingssessel und schnarchte friedlich. Es gab keinen Grund, ihn zu wecken, sagte sie sich lächelnd. Der Film konnte warten. Sie mochte ihren alten Herrn wirklich gern, und er war immer gut zu ihr gewesen – hatte immer Zeit für sie gehabt.

Sie dachte an Emil, der durch einen brutalen Überfall die Liebe seines Lebens verloren hatte, ohne jede Vorwarnung. Wie hätte sie an seiner Stelle reagiert? Was würde sie tun, wenn eines Abends jemand an die Tür ihres Vaters klopfte und ihn mit einem Baseballschläger zu Tode prügelte? Schon bei der Vorstellung stieg blanke Wut in ihr auf. Sie würde Rache wollen, ganz bestimmt; aber wie weit würde sie gehen? Nicht so weit wie Emil, oder?

Doch konnte man sich überhaupt in die Lage eines Mannes versetzen, dessen Welt an einem einzigen Abend zerstört wurde? Für Emils Verbrechen gab es keine Entschuldigung, und sie hatte der Polizei gratuliert, ihn gefasst zu haben. Doch machte sie es sich nicht allzu leicht, ihn aus der Distanz zu verdammen? Sie neigte dazu, Menschen zu hart zu beurteilen, und sollte sich zumindest eingestehen, seine ungeheure Wut nachempfinden zu können. Zweifellos hatte er die Rechnung mit Snorri Ellertsson beglichen, und an der Entführung des Jungen würde Róbert noch lange zu knabbern haben.

Eine halbe Stunde bevor die Abendnachrichten auf Sendung gehen sollten, schickte die Polizei ihre Presseerklärung. Darin stand, dass das Haus von Emils Eltern durchsucht worden und man möglicherweise auch auf eine Verbindung zu Snorris Ermordung gestoßen war. Ísrún fasste die Pressemitteilung zu einem kurzen Beitrag zusammen, der noch in den Abendnachrichten gesendet wurde.

Es war ihr extrem schwergefallen, die Information, dass Emil von Snorris Beteiligung an Bylgjas Tod überzeugt war, nicht wie eine Bombe platzen zu lassen. Doch sie hatte ihrem Kontaktmann versprochen, bis morgen früh Stillschweigen zu bewahren, und wagte es nicht, ihr Versprechen zu brechen. Das wäre das Ende ihres Kontaktes, und selbst eine Nachricht wie diese war das nicht wert. Allerdings hatte sie kurz mit dem Gedanken gespielt.

Morgen würde sie den Premierminister interviewen, just an dem Tag, an dem auch die Emil-Snorri-Geschichte veröffentlicht wurde. Natürlich würde es in dem Interview um eventuelle Veränderungen bei den Ministerien gehen, aber sie rechnete sich gute Chancen aus, Marteinn eine Reaktion zu Snorri zu entlocken.

Ísrún ging nach draußen, um den Karton von Nikulás aus dem Wagen zu holen. Mit der Durchsicht der Unterlagen könnte sie sich beschäftigen, während sie auf Ari Þórs Rückruf wartete.

Sie ging in ihr altes Zimmer und schloss die Tür hinter sich. Zwar stand ihr Bett noch immer an seinem alten Platz, aber das Zimmer wurde inzwischen für Gäste und als Lager für alle Bücher genutzt, für die es im Wohnzimmer keinen Platz mehr gab.

Die Papiere eines fremden, toten Mannes durchzusehen bereitete ihr Unbehagen. Es war, als würde sie die Nase in etwas stecken, was sie nichts anging – ein bisschen wie heimlich in ein fremdes Fenster zu spähen. Sie legte die Sparbücher beiseite, denn die würden ihr nicht weiterhelfen. Die Briefe waren wesentlich interessanter, wobei nur der eine, von dem Nikulás ihr erzählt hatte, von Gudmundur war. Alle anderen schienen hauptsächlich von einem Freund zu sein, der irgendwo in den Westfjorden lebte und nur selten nach Reykjavík kam. In den Briefen kam eine große Herzlichkeit zum Ausdruck – und die echte Sorge um Maríus. Auch seine und Jórunns Finanzen kamen regelmäßig darin zur Sprache.

»Ich habe etwas beigelegt«, endete ein Brief, »um euch durch den Winter zu helfen. Du brauchst es mir erst zurückzuzahlen, wenn du dazu in der Lage bist.«

Persönliche Aufzeichnungen von Maríus fanden sich jedoch nicht in dem Karton. Dafür gab es viele Zeitungsausschnitte, und jeder einzelne betraf Autos: Autowerbung sowie Fotos von teuren Schlitten. Ísrún kam zu dem Schluss, dass Maríus ein Autonarr gewesen sein musste, seiner Liebe aber nur aus der Ferne gefrönt hatte. Denn dass er sich einen dieser Wagen hätte leisten können, war sehr unwahrscheinlich.

Sie legte sich auf dem Bett zurück und schloss die Augen.

Hier, in diesem Raum, traten alle Probleme der Welt in den Hintergrund. Sie vergaß nicht nur ihre Krankheit, sie schien nie existiert zu haben. Ihre Zukunft war ein ungeschriebenes Buch mit unzähligen Möglichkeiten. Sie fühlte sich warm und geborgen und sank in einen tiefen Schlaf.

# 39. Kapitel

Kurz vor Mitternacht stand Ari Þór leise aus dem Bett auf. Er wollte Kristín auf keinen Fall wecken, doch ihm war gerade eingefallen, dass das Telefon noch unten lag. Obwohl er keinen Anruf erwartete, wollte er doch nicht schlafen, ohne es in der Nähe zu haben.

Er ging hinunter ins Erdgeschoss, mied die knarrende Treppenstufe und nahm es aus dem Regal. Überrascht sah er, dass Ísrún nach drei vergeblichen Versuchen, ihn telefonisch zu erreichen, eine SMS geschickt hatte. Er sollte sie sofort zurückrufen.

Was er trotz der späten Uhrzeit tat, denn es war offensichtlich wichtig.

* * *

Ísrún wurde durch das Klingeln des Telefons aus einem erholsamen Schlaf gerissen. Sie schüttelte den Kopf, um ihre Benommenheit zu vertreiben, und hoffte, Ari Þór würde nicht bemerken, dass sie schon geschlafen hatte.

»Hallo, danke, dass du zurückrufst«, sage sie, konnte ihre Müdigkeit in der Stimme aber kaum unterdrücken.

»Gern«, sagte er. »Gibt es was Neues?«

»Wir haben eine Spur«, sagte Ísrún mit Genugtuung.

»Wirklich? Aufgrund der Sendung? Hat sich jemand gemeldet?«

»Kann man so sagen. Ein Mann hat in der Nachrichtenredaktion angerufen und gemeint, er wüsste, wer der Junge auf dem Foto ist.«

»Was? Im Ernst?«, fragte Ari Þór ehrlich erstaunt. »Dann lebt der Junge auf dem Foto also noch? Wie heißt er denn?«

»Das weiß ich nicht, tut mir leid, aber ich habe den Anruf nicht selbst entgegengenommen. Ich habe nur die Nachricht bekommen. Der Mann heißt Thorvaldur. Ich denke, es ist besser, wenn du ihn zurückrufst und nicht ich. Hast du einen Stift und Zettel zur Hand?«

»Moment«, sagte er, meldete sich kurz darauf zurück und notierte die Nummer, die Ísrún ihm durchgab. »Danke. Ich rufe ihn morgen früh an. Jetzt ist es wahrscheinlich schon zu spät, oder?«

»Das nehme ich mal an«, erwiderte Ísrún, ohne sich den sarkastischen Unterton zu verkneifen. »Lass mich wissen, was passiert. Du kannst dir gar nicht vorstellen, wie spannend ich die Geschichte inzwischen finde.«

»Keine Sorge, wir sind jetzt ein Team. Es war wirklich toll, dass du das Foto in den Nachrichten gezeigt hast. Und den alten Nikulás persönlich aufzusuchen hat auch sehr geholfen.«

»Was mich daran erinnert …«, sagte sie mit Blick auf den Karton auf dem Boden. »Nikulás hat mir eine Schachtel mit Maríus' Sachen geliehen: Zeitungsausschnitte, Sparbücher und so was. Es gibt einen Brief von Gudmundur, in dem er vorschlägt, dass er und Gudfinna den Jungen, den Maríus und Jórunn 1952 bekommen hatten, adoptieren. Das ist zwar nie passiert, aber Nikulás meint, dass sich darin Gudmundurs Hilfsbereitschaft gegenüber dem jungen Paar zeigt.«

»Das ist interessant«, sagte Ari Þór. »Ich muss zugeben, dass ich mir Gudmundur nicht so richtig vorstellen kann. Er wird entweder als freundlich und hilfsbereit beschrieben oder aber als arrogant und schwierig. So richtig schlau werde ich nicht aus ihm. Er scheint einen vielschichtigen Charakter gehabt zu haben. Oder interpretiere ich die Anhaltspunkte falsch?«

»Jedenfalls scheint es eine interessante Familie dort am Héðinsfjörður gewesen zu sein«, sagte sie, ohne seine Frage zu beantworten. »Nikulás meinte, dass Gudfinna gern ihren Kopf durchgesetzt hat und von Natur aus herrisch war, und eifersüchtig – die Sorte Frau, die kriegt, was sie will. Maríus war wohl eher einfach gestrickt und hat sich leicht leiten und herumschubsen lassen.«

»Für Jórunn muss das alles schlimm gewesen sein«, sagte Ari Þór. »Sie musste ihr Kind aufgeben und obendrein an diesen abgeschiedenen Ort ziehen. Da ist sie dann in der Düsterkeit des Winters verkümmert und schließlich gestorben. Hédinn hat mir erzählt, dass sein Vater mal etwas gesagt hat, was sich auf Jórunn und ihren Sohn bezogen haben könnte.« Ari Þór gab die beunruhigende Geschichte wieder.

»Das ist wirklich interessant«, sagte Ísrún, als er fertig war. »Aber ich kann nur schwer glauben, dass Jórunn ihr eigenes Kind umgebracht hat. Andererseits muss es für sie schlimm gewesen sein, mit anzusehen, dass ihre Schwester ihr Kind behalten konnte. Das muss sie noch zusätzlich deprimiert haben.«

»Sehr wahrscheinlich.«

»Die Frage ist also«, sagte Ísrún, der das Spekulieren Spaß machte, »was für ein Mensch dieser Junge war, und welchen

Effekt hatte seine Gegenwart auf diese isolierte Gruppe Menschen?«

»Hoffen wir mal, dass wir das morgen herausfinden«, sagte Ari Þór, und Ísrún spürte seine Begeisterung.

Einen Moment lang fragte sie sich, ob das für sie beide nur ein aufregendes Spiel war: ein Rätsel, dessen Lösung sich auf keinen von ihnen beiden persönlich auswirken würde, sondern einfach nur eine nette Abwechslung im tiefsten Winter war. Hatten sie vergessen, dass es dabei um reale Frauen und Männer ging, die Freude und Leid erfuhren? Jetzt, ein halbes Jahrhundert später und ohne jede Verantwortung, gruben sie und Ari Þór im Leben dieser Menschen – sogar in ihren persönlichen Unterlagen –, um herauszufinden, ob einer von ihnen einen Mord begangen hatte. Die Vorstellung bereitete ihr leichtes Unbehagen.

»Ich warte auch noch auf Informationen von der hiesigen Hebamme«, fügte Ari Þór hinzu. »Vielleicht kann sie uns ja Aufschluss über die Bedingungen am Héðinsfjörður geben.«

»Sie lebt noch?«, fragte Ísrún überrascht. »Die Hebamme, die bei Hédinns Geburt geholfen hat?«

»Nein, das wäre zu schön, um wahr zu sein. Die derzeitige Hebamme in Siglufjörður will einmal in den alten Unterlagen nachsehen; mal schauen, was sie herausfindet.«

»Und du bist sicher, dass die Hebamme aus Siglufjörður bei der Geburt dabei war?«

»Warum fragst du das?«

»Weil es auch die Hebamme aus Ólafsfjördur gewesen sein könnte.«

»Da sie selbst aus Siglufjörður waren, finde ich das eher unwahrscheinlich. Außerdem ist es von Ólafsfjördur aus weiter. Aber du hast recht, möglich ist es. Ich checke das morgen.«

»Da werden wir beide einiges zu tun haben, und ich brauche jetzt ein bisschen Schlaf«, sagte sie mit Blick auf die Uhr. »Zumal ich morgen schon wieder Dienst habe.«

»Aber deine Arbeit ist wenigstens abwechslungsreich«, erwiderte Ari Þór mit einem Anflug Bitterkeit. »Kein Tag ist wie der andere.«

»Das stimmt«, sagte sie ehrlich und fragte sich, ob der junge Polizist in der Küstenstadt im Norden sich vielleicht langweilte. »Andererseits ist in diesem Job der Burn-out inklusive«, fügte sie hinzu, als wollte sie ihn trösten. »Und die Jobsicherheit ist gleich null. Das ist bei dir anders, und darum beneide ich dich. Du kannst bis zur Rente Polizist bleiben«, sagte sie lachend und erwartete eine ähnliche Antwort von ihm. Doch Ari Þór schwieg.

»Ich muss jetzt jedenfalls Schluss machen. Es gibt noch einen anderen Mord, über den ich morgen berichte. Den an Snorri Ellertsson.«

»Das hab ich in den Nachrichten gesehen. Ist der nicht inzwischen aufgeklärt?«, fragte Ari Þór. »War das nicht derselbe Mann, der das Kind entführt hat, und sogar aus demselben Grund? Klingt alles ziemlich nach Rache – vielleicht hatte Snorri ja auch etwas mit dem Überfall auf die Frau des Mannes zu tun.«

Ísrún hatte in den Nachrichten erwähnt, dass der Entführungsfall aufgeklärt war und man vermutete, dass Emil Rache für den Tod seiner Frau genommen hatte. Einen möglichen Zusammenhang mit dem Mord an Snorri hatte sie nicht genannt, aber Ari Þór hatte offensichtlich eins und eins zusammengezählt. Ísrún überlegte sich gut, was sie antworten sollte, entschloss sich dann aber, ihm zu vertrauen.

»Es sieht tatsächlich so aus, aber ich bitte dich, Ari Þór: kein Wort zu irgendjemandem. Das muss wirklich unter uns bleiben. Ich berichte morgen früh darüber. Du kannst dir sicher vorstellen, was für einen Aufschrei es geben wird, falls sich herausstellt, dass Ellert Snorrasons Sohn eine junge Frau totgeschlagen hat.«

Schweigen.

»Ich hatte eher daran gedacht, was passiert, wenn sich herausstellt, dass er es *nicht* war«, sagte Ari Þór schließlich. »Wenn er mit dem Mord gar nichts zu tun hatte …«

## 40. Kapitel

Als Ari Þórs Gespräch mit Ísrún zu Ende war, sah er, dass auch Tómas mehrere Nachrichten auf der Mailbox hinterlassen hatte. Sie waren zwar höflicher als Ísrúns, klangen aber nicht weniger dringlich.

Da Tómas Dienst hatte, rief er ihn gleich zurück.

»Hallo, mein Junge, hoffentlich habe ich dich nicht gestört. Du liegst doch noch nicht im Bett, oder?«

»Nein. Ist etwas passiert?«

Er spürte, dass Tómas zögerte, bevor er mit ernster Stimme sagte: »Es gibt Nachrichten aus dem Krankenhaus, die wollte ich dir nicht vorenthalten«, sagte er.

Ari Þór war sofort klar, worum es ging.

»Sandra ist heute Nacht gestorben. Die arme alte Frau. Ihre Zeit war gekommen.«

Ari Þór sagte nichts. Er stand reglos da und spürte, wie all seine Energie schwand. Sofort hatte er das Polizeiauto wieder vor Augen, das an jenem Regentag vor vierzehn Jahren in ihrer Einfahrt stand. Die Polizei war gekommen, um dem jungen Ari zu sagen, dass seine Mutter bei einem Autounfall ums Leben gekommen war.

»Ich hoffe, es trifft dich nicht allzu hart. Sie hatte ein langes, gutes Leben.«

»Danke, dass du mir Bescheid gesagt hast«, sagte Ari Þór kurz. »Ich komme morgen mal vorbei.«

»Das musst du nicht, mach's dir lieber gemütlich. Wir sehen uns Sonntag«, sagte Tómas. »Gute Nacht.«

Ari Þór stand da wie angewurzelt.

Als seine Mutter gestorben war, war er den Tränen, die unablässig rollten, hilflos ausgeliefert gewesen. Jetzt hatte er das Verlangen zu weinen, wollte ihm aber nicht nachgeben.

Seine Trauer war gepaart mit großem Bedauern. Warum hatte er die alte Dame nicht wenigstens besucht?

Als er die Treppe hinaufging, musste er an jenen kalten Herbsttag denken, an dem seine Mutter beerdigt wurde.

Er legte sich neben Kristín ins Bett, hatte aber Mühe einzuschlafen.

Was für ein Schwächling er doch gewesen war. Er hatte sich vor einem schwierigen Abschied gedrückt. Er schämte sich dafür und wusste, dass er das ein Leben lang bereuen würde.

# 41. Kapitel

Als sie zu Hause in ihrem kleinen Apartment zu schlafen versuchte, geisterten Ari Þórs Worte durch ihren Kopf.

Sie wälzte sich hin und her, schlief aber schließlich dann doch ein.

Am nächsten Morgen erwachte sie mit einer neuen Idee.

Was, wenn Snorri tatsächlich *nichts* mit dem Überfall auf die Frau zu tun gehabt hatte? Wenn er unschuldig war? Falls das zutraf, warum war Emil dann davon überzeugt, dass er mitschuldig war?

Konnte es sein, dass es hier um ein teuflisches politisches Doppelspiel ging, das die Gegner von Snorris Vater getrieben hatten? Ihre Gedanken überschlugen sich nur so in ihrem Kopf.

Sie war als Erste in der Nachrichtenredaktion und versuchte sofort, ihren Kontaktmann bei der Polizei zu erreichen. Ihr war bewusst, dass sie diese Beziehung bis hart an die Grenze belastete, und sie bedauerte aufrichtig, ihn jetzt nur noch als Informanten zu benutzen, denn für kurze Zeit waren sie sogar ein Paar gewesen.

Sie hatten sich mehrere Male getroffen, und er hatte sein Interesse an ihr nicht verhehlt. Eines Abends beschloss sie dann, einen Schritt weiter zu gehen – mit ihm zu schlafen und zu sehen, wohin sich das Ganze entwickelte. Er war ein guter Mann, warmherzig und zuverlässig – und sah obendrein gut aus. Sie hatte ihn zu sich nach Hause eingeladen, doch als sie dann an dem Punkt angekommen waren, konnte sie es einfach nicht tun. Sie erfand eine schwache Entschuldigung und bat ihn, zu gehen. Ihr war nicht wohl dabei gewesen, mit ihm allein zu sein, und sie konnte seine körperliche Nähe nicht ertragen. Den Grund dafür kannte sie nur zu gut: Sie hatte sich noch immer nicht von dem Überfall und der Vergewaltigung vor ein paar Jahren erholt. Wahrscheinlich würde sie dieses Erlebnis niemals ganz bewältigen können.

Jetzt hatte sie auf seiner Mailbox eine Nachricht hinterlassen, die letztlich auf eine einzige Frage hinauslief: Von wem hatte Emil die Information erhalten, dass Snorri hinter dem Überfall steckte?

Ihr Kontaktmann rief wenige Minuten später zurück. Ísrún lag richtig mit der Vermutung, dass er ihre ständigen Nachfragen allmählich leid war, doch er sagte auch, dass er »ihre Ambitionen verstehen könne«. Sie lächelte in sich hinein, wusste genau, warum er so kooperativ war.

»Vor einer Weile kursierten in der Partei ein paar Gerüchte in dieser Richtung«, sagte er.

Auf die Frage, welche Partei er denn meinte, erhielt sie eine überraschende Antwort: Es war Ellert Snorrasons Partei gewesen.

»Emil war von einem Mann angerufen worden, der damals aktiv Parteipolitik betrieben hatte. Sein Name ist Nói. Er scheint ein ganz normaler Typ zu sein, mit einem Vollzeitjob in einem Ingenieurbüro. Er sagte, er hätte seinerzeit gehört, dass Snorri mit dem Überfall auf die Frau etwas zu tun gehabt hätte. Es sei ihm nie wohl dabei gewesen, so ein Geheimnis für sich zu behalten, und als die Frau, Bylgja, dann an ihren Verletzungen verstarb, wollte er ihrem Freund diese Informationen weitergeben. Einfach nur, um ein gutes Werk zu tun. Er hatte allerdings keinen Namen genannt, sondern von seinem Handy aus die Festnetznummer von Emils Eltern angerufen, was es schwierig machte, ihn zu finden. Ich hab selber mit ihm gesprochen – er ist der harmloseste Mensch, den man sich vorstellen kann. Aber mit seinem Anruf hat er das Ganze ins Rollen gebracht. Als wir Emil verhört haben, hat er zugegeben, dass das der Tropfen war, der das Fass zum Überlaufen gebracht hat. Aber das muss unter uns bleiben, Ísrún, vergiss das nicht! Jedenfalls hat Emil gesagt, er hätte immer gewusst, dass Róbert verdächtigt wurde. Der Anrufer hatte ihm nur die entscheidende Information gegeben, dass noch ein zweiter Mann beteiligt gewesen war. Er hatte nur noch Rache im Sinn und fing an, Róbert und seine Familie zu beobachten. Gleichzeitig hat er Snorri kontaktiert und ihn mit einer Lüge in eine einsame Gegend gelockt. Und da hat er ihn dann überfahren.«

Ísrún wurde ganz schlecht, als sie das hörte, versuchte jedoch, sich in Emils Lage zu versetzen – wie er mit ansehen musste, dass seine Frau nach dem Überfall den Kampf um ihr Leben ganz langsam verlor.

»Werdet ihr den Fall Bylgja wiederaufnehmen?«

»Bestimmt. Snorri ist seiner Strafe entgangen, wenn man das so sagen darf, aber Róbert wird erneut verhört. Allerdings habe ich wenig Hoffnung, dass wir ihm nach so langer Zeit etwas nachweisen können. Er scheint ein aalglatter Typ zu sein.«

Ísrún dankte ihm, dass er ihr das alles anvertraut hatte, und versprach, ihn auf einen Drink einzuladen, sobald sie beide wieder etwas Luft hatten. Zwar bereute sie sofort, ihm erneut

Hoffnung gemacht zu haben, aber es lohnte sich offensichtlich, ihn bei Laune zu halten.

So wie Ísrún es sah, ging die Polizei von Snorris Schuld aus und glaubte, dass an den Gerüchten etwas dran war.

Sie selbst hatte jedoch eine ganz andere Theorie.

Könnte es sein, dass dieser Nói – oder jemand, den er kannte – das Gerücht über Snorri in die Welt gesetzt hatte? Dass jemand in der Partei von Snorris Vater dahintersteckte?

Da sie jetzt von den politischen Aktivitäten dieses Mannes, Nói, wusste, brauchte sie nur wenige Minuten, um seinen vollen Namen herauszufinden. Er war vierunddreißig Jahre alt und arbeitete tatsächlich in einem Ingenieurbüro. Alle anderen Informationen, die sie im Internet über ihn fand, waren für sie uninteressant. Das änderte sich allerdings sofort, als sie sich die Online-Bilder ansah.

Ein altes Foto der Partei-Website zeigte ihn zusammen mit jemandem, den Ísrún gut kannte: Nói stand Seite an Seite mit dem Vorsitzenden der Parteijugend und der stellvertretenden Vorsitzenden, der heutigen Assistentin des Premierministers: Lára.

# 42. Kapitel

Ari Þór wachte sehr früh auf.

Zu früh, um den Mann anzurufen, der laut Ísrún wusste, wer der Teenager auf dem Foto war. Leise, um Kristín nicht zu wecken, schlüpfte er in die Jeans, zog einen dicken Pullover über und setzte sich draußen vor dem Schlafzimmer auf den Balkon. Er hatte zum ersten Mal in dem großen Schlafzimmer geschlafen und nicht wie sonst in dem kleinen mit dem schmalen Bett – als wolle er die Einsamkeit nicht spüren, die sich zwangsläufig einstellte, wenn man allein in einem großen Bett lag.

Das rot gestrichene, zweistöckige Haus war schon etwas heruntergekommen. In der oberen Etage mit den Dachschrägen befanden sich das große und das kleine Schlafzimmer, ein drittes Zimmer und im Flur ein hübscher Erker, in dem man sitzen konnte. Die Decken waren niedrig und die Zimmer alt und gemütlich. Im Erdgeschoss waren ein Wohnzimmer, eine Küche, ein Fernsehzimmer und eine altmodische Vorratskammer. Alles in allem viel zu groß für einen Junggesellen, aber perfekt für sie beide und vielleicht sogar für Familienzuwachs.

Er setzte sich auf den Stuhl, den er mit hinaus auf den Balkon genommen hatte, und genoss die frische Luft. Das Date mit

Kristín, wenn man es denn so nennen konnte, war bis jetzt schöner gewesen, als er es sich erhofft hatte. Vielleicht würden sie doch wieder ein Paar? Das Haus hier in Siglufjörður hatte etwas Heimeliges, man konnte hier gut zu zweit wohnen – natürlich nur, wenn Kristín das auch wollte. In seiner Phantasie krabbelten bereits Kinder die Treppe hoch und runter.

Als die kühle Luft ihm dann durch den Pullover bis auf die Haut kroch, ging Ari Þór auf Zehenspitzen zurück ins Zimmer, vorbei an Kristín, die noch immer friedlich im Bett schlummerte, und hinunter in die Küche. Dort machte er für sich einen Tee, für Kristín Kaffee und Toast und ging mit einem vollen Tablett wieder nach oben.

Nach dem Frühstück im Bett machten sie einen Spaziergang in der Stadt, die gerade zum Leben erwachte. Sie sprachen über alltägliche Dinge, was bedeutete, dass ihre Beziehung wieder im Lot war.

Es war schon fast elf Uhr, als Ari Þór schließlich Thorvaldur anrief, während Kristín im Co-op Lebensmittel fürs Abendessen einkaufte.

Hoffnungsvoll tippte er die Nummer ein, fragte sich, ob er den Jungen vom Foto wohl bald persönlich kennenlernen würde.

»Hallo?«, meldete sich eine tiefe Stimme.

»Guten Morgen«, sagte Ari Þór. »Bist du Thorvaldur?«

»Und wer möchte das wissen?«

»Mein Name ist Ari Þór. Mir wurde ausgerichtet, dass du gestern Abend in der Nachrichtenredaktion des Fernsehsenders angerufen hast. Du hattest das Interview mit mir gesehen, bei dem das Foto mit dem Teenager mit einem kleinen Kind auf dem Arm gezeigt wurde.«

»Stimmt. Dann bist du der Polizist aus Siglufjörður?«, fragte Thorvaldur. Ari Þór bemerkte, dass er mit einem Akzent sprach und wohl schon älter war.

»Ja, das bin ich.«

»Es freut mich, von dir zu hören«, sagte Thorvaldur. »Nenn mich Thor, Thorvaldur hat mich schon lange niemand mehr genannt. Wenn die Norweger meinen Namen nicht richtig aussprechen konnten, haben sie mich immer Thor genannt.«

Jetzt erkannte Ari Þór auch den norwegischen Akzent des Mannes. »Du hast lange dort gelebt?«

»Ja. Ich bin mit zwanzig nach Norwegen gegangen, das war in den 1960er Jahren, und erst vor ein paar Jahren wieder hierhergezogen. Irgendwann kommen doch alle zurück nach Hause, oder? Ich habe Anton in Norwegen kennengelernt und ihn auf dem Foto sofort wiedererkannt. Das wurde am Héðinsfjörður aufgenommen, stimmt's?«

»Ja, das ist richtig«, bestätigte Ari Þór.

»Ich habe Anton gut gekannt. Er hat für eine Ölfirma gearbeitet, als unsere Wege sich kreuzten. Ich hatte in Norwegen gerade meine Prüfungen hinter mir, und wir beide haben da lange zusammen gearbeitet. Er hat nie studiert. Er hatte in Island das College nicht abgeschlossen, bekam aber in Norwegen ein Privatstipendium für eine Landwirtschaftsschule. Auf die ist er auch nur ein Jahr gegangen, glaube ich, und dann hat er bei der Ölfirma angefangen. Er hat da alle möglichen Jobs gemacht und war ein richtiges Arbeitstier. Es schien keinen Unterschied zu machen, dass er keinen Abschluss hatte; ich glaube, er hätte viel mehr erreichen können. Wir waren lange Zeit die einzigen Isländer in der Firma, deshalb sind wir vermutlich auch so gute Freunde geworden.«

»Ist er noch in Norwegen?«

»Nein, nein. Anton ist tot«, sagte Thorvaldur nach einer kurzen Pause. »Er hatte vor ein paar Jahren einen Schlaganfall. Er hat nicht mal was von seiner Rente gehabt.«

Verdammt, dachte Ari Þór.

»Es tut mir leid, das zu hören. Hat er Familie in Norwegen?«

»Nein. Eine Zeitlang war er mit einer Norwegerin verheiratet, aber das hat nicht gehalten. Anton war ja Einzelkind, und mit seinem Tod ist die Familie ausgestorben.«

»War er aus Siglufjörður?«, fragte Ari Þór, obwohl er die Antwort schon zu wissen glaubte.

»Nein, er war aus Húsavík, seine Familie war arm. Ich habe sie einmal kennengelernt, als wir zusammen in Island waren. Wir haben eine Wanderung im Hochland gemacht. Seine Eltern waren da schon ziemlich alt, aber es war interessant, sie zu treffen. Sie haben an seinem Leben in Norwegen immer teilgenommen, ich glaube, sie waren sehr stolz auf ihren Jungen.«

»Du hast von einem Privatstipendium gesprochen, dann haben ihm also nicht seine Eltern das Studium finanziert?«

»Um Himmels willen, nein. Ich kann mir nicht vorstellen, dass sie sich das hätten leisten können. Sie hatten ja nicht mal genug Geld für sein Studium in Island. Er musste schon in jungen Jahren seinen eigenen Unterhalt verdienen, sein Leben war alles andere als leicht. Aber warum interessierst du dich für Anton? Geht es um eine Polizeisache?«, fragte Thorvaldur jetzt argwöhnisch.

»Nein, eigentlich nicht«, sagte Ari Þór und wählte seine Worte mit Bedacht. »Es geht um ein kleines Kind, das er auf einem Foto im Arm hält. Das Kind ist jetzt natürlich ein erwachsener Mann, und der hat mich gebeten herauszufinden, wer der Junge war, der ihn damals gehalten hat. Der Mann heißt Hédinn und hat nicht gewusst, dass außer seiner eigenen Familie – das heißt, seinen Eltern und einer Tante und einem Onkel – sonst noch jemand am Héðinsfjörður gelebt hat.«

»Ich verstehe«, sagte Thorvaldur. »Hat seine Tante nicht Gift genommen und ist daran gestorben?«

»Hat er dir davon erzählt?«

»Ja. Und auch, dass es kein guter Ort war. Als sie das Gift genommen hat, war er aber schon wieder zurück in Húsavík. Vermutlich hat sein Vater ihm davon erzählt. Wir haben uns viele Geheimnisse anvertraut, musst du wissen. Und von der Zeit in Héðinsfjörður sprach er mit Grausen. Er war ein paar Monate zum Arbeiten dort, aber danach nie wieder. Natürlich kam hinzu, dass man nicht gerade leicht hinkam, selbst wenn man es wollte.«

»Jetzt ist es nicht mehr schwer«, bemerkte Ari Þór.

»Stimmt. Ich wohne jetzt im Westen von Reykjavík, aber ich hatte mir schon überlegt, mal eine Reise in den Norden zu machen und mir den neuen Héðinsfjörður-Tunnel anzusehen. Und wo Anton gewohnt hat. Gibt's den Bauernhof noch?«

»Der ist vor langem von einer Lawine erfasst worden, aber die Überreste stehen noch da.«

»Es war keine gute Idee für einen Teenager, da hinzugehen, so isoliert und weit weg von allem. Die endlose Dunkelheit schlägt den Menschen aufs Gemüt, glaube ich; jedenfalls schien das der Dame dort im Haus so gegangen zu sein. Laut Anton ist sie täglich seltsamer geworden. Ich kann mir kaum vorstellen, wie es ist, an einem so abgeschiedenen Ort zu leben.«

Die Schilderung stützte die Theorie, dass Jórunn Selbstmord begangen hat, dachte Ari Þór. Wie viele andere hatte Anton den Eindruck, dass sie sehr unter den dortigen Lebensbedingungen litt. Allerdings hatte Thorvaldur nicht erwähnt, wer Antons Privatstipendium für die Landwirschaftsschule bezahlt hatte, und er fragte ihn danach.

»Das war derselbe Mann, der ihn damals zum Arbeiten an den Héðinsfjörður geholt hatte«, erwiderte Thorvaldur. »An seinen Namen erinnere ich mich nicht mehr. Er war der Vater des Babys und kannte wohl Antons Vater. Ich hatte den Eindruck, er war ziemlich wohlhabend.«

»Gudmundur«, murmelte Ari Þór, aufs Neue erstaunt über den Großmut des Mannes. »Weißt du noch, wann genau Anton am Héðinsfjörður gelebt hat?«

»Hm, da muss ich überlegen«, sagte Thorvaldur, und kurz darauf: »Das Jahr weiß ich nicht mehr, aber er war damals fünfzehn oder sechzehn.«

»Wann ist er denn geboren?«

»1940.«

»Kann es sein, dass er kurz nach Hédinns Geburt dort eintraf?«

»Gut möglich. Sie brauchten Hilfe, weil das Baby ziemlich viel Zeit in Anspruch nahm. Ich glaube, es war Herbst, als Anton dort anfing.«

»Das war dann wahrscheinlich 1956«, sagte Ari Þór. »Hédinn ist im Frühjahr geboren. War Anton den ganzen Winter über dort?«

»Ja, in der schlimmsten Zeit des Jahres. Wir haben uns lange Zeit immer Weihnachten getroffen, und er hat oft gesagt, wie trist das Weihnachtsfest dort gewesen sei. Ich hatte das Gefühl, dass er in der Zeit dort große Angst vor der Dunkelheit entwickelt hat, die er jahrelang nicht losgeworden ist.«

»Und im Frühling ist er wieder nach Hause gegangen?«

»Als die Frau gestorben ist, war er nicht mehr da, das habe ich ja schon gesagt«, erwiderte Thorvaldur. »Ich glaube, er ist nicht lange nach Weihnachten weg – im Januar oder Februar. Wenn ich mich recht erinnere, wurde er aufgefordert zu gehen, ist aber bis zum Frühjahr bezahlt worden.«

»Weißt du, wer gesagt hat, dass er gehen soll?«

»Der Mann, der auch sein Stipendium bezahlt hat. Der hat das wohl alles arrangiert.«

»Dann war das Stipendium auch ein Teil der Abmachung?«, fragte Ari Þór, der Gudmundurs Verhalten Anton gegenüber immer merkwürdiger fand.

»Ach du liebe Güte, nein«, erwiderte Thorvaldur. »Das mit dem Stipendium war später, kurz nach dem Tod der Frau. Der Mann hat Antons Familie aufgesucht, woran Anton sich noch gut erinnerte, weil er Angst hatte, dass er wieder bei ihnen am Héðinsfjörður arbeiten sollte, was er absolut nicht wollte. Aber der Mann wollte ihm nur für seine Arbeit danken, indem er ihm die Überfahrt nach Norwegen bezahlte und ihm genug Geld gab, damit er dort einen Winter lang studieren konnte. Aber dann ist Anton ganz in Norwegen geblieben und nur noch zu Besuch nach Island gefahren.

Wie ich ja auch, nur dass ich jetzt wieder zurückgezogen bin. Trotzdem fühle ich mich noch jeden einzelnen Tag wie ein Tourist.«

Gudmundur steckte wirklich voller Überraschungen, und Ari Þór fragte sich, ob hinter seiner Großzügigkeit noch etwas anderes als Altruismus steckte. Aber da Thorvaldur ihm diese Frage wohl kaum beantworten konnte, fragte er ihn, ob es am Héðinsfjörður gespukt habe, was ja Délias Eindruck gewesen war.

»Hat Anton in dem Zusammenhang von Gespenstern erzählt?«

»Gespenstern?«, fragte Thorvaldur offensichtlich erstaunt. »Daran erinnere ich mich nicht. Allerdings erzählte er kaum Gutes über seine Zeit am Héðinsfjörður, sondern immer nur, dass es schlimm war, dort zu leben. Aber an Gespenstergeschichten kann ich mich nicht erinnern.«

Ari Þór wiederholte das Wort, das Délia in dem Zusammenhang benutzt hatte. »Anton muss wohl etwas Übernatürliches gesehen haben … oder, wie er es ausdrückte, etwas Abnormales.«

Thorvaldur schwieg.

»Wo du das jetzt sagst – ich erinnere mich an so etwas in der Richtung«, erwiderte er nach einer Weile.

»Weißt du noch, was er damit gemeint hat?«, fragte Ari Þór gespannt.

»Vage … ja, doch, es hatte etwas mit dem Stillen des Kindes zu tun. Schwer zu glauben, aber das stimmt. Er hatte es mal erwähnt, als meine Frau gerade unseren Sohn gestillt hat, aber an Einzelheiten kann ich mich nicht mehr erinnern«, sagte er und konnte ein Kichern nicht unterdrücken.

Diese ganze Geschichte hatte etwas Unheimliches, dachte Ari Þór, irgendetwas war vorgefallen, das geheim gehalten werden musste. Er hatte das sichere Gefühl, der Lösung näher zu kommen, musste aber noch ein bisschen tiefer graben. »Mehr hat er nicht gesagt?«

Er schüttelte den Kopf. »Nur dass der Anblick meiner Frau, wie sie unseren Kleinen stillte, ihn an etwas erinnerte, was ihm damals schlaflose Nächte bereitet hatte. An etwas Abnormales – ja, genau, das war das Wort, was er benutzte. So ein seltsamer Ausdruck bleibt einem im Gedächtnis haften.«

»Das ist wirklich sehr hilfreich«, sagte Ari Þór. »Kann ich dich wieder anrufen, falls ich noch mehr Fragen habe?«

»Aber gern. Ich habe nicht oft Gelegenheit, über so einen feinen Mann zu sprechen. Er hatte nur wenige Freunde in Norwegen, und seine Verwandten in Island kannte er kaum, weil er das Land ja schon früh verlassen hat. Alle Erinnerungen an Anton werden mit mir sterben.«

»Eines fällt mir gerade noch ein«, sagte Ari Þór. »Es sieht ja so aus, als wäre Anton nicht mehr in Húsavík gewesen, als die Frau starb. Aber kannst du dir trotzdem vorstellen, dass er etwas mit ihrem Tod zu tun gehabt haben könnte?«

»Du meinst, ob er sie vergiftet hat?«, fragte Thorvaldur.

»Ja. Hältst du das für möglich?«

»Du bist ja nicht ganz bei Trost, junger Mann«, fuhr Thorvaldur ihn mit fester Stimme an.

Ari Þór verkniff es sich, sofort zu antworten, ließ ihn erst einmal weiterreden.

»Er war ein guter Mann, so eine Vorstellung ist lächerlich. Ausgeschlossen«, sagte Thorvaldur, jetzt wieder ruhiger. »Anton war ganz bestimmt kein Mörder.«

# 43. Kapitel

Ísrún erreichte Nói am Samstagnachmittag. Als sie sich vorstellte, wurde er sofort misstrauisch.

»Was? Warum rufst du an? Das Gespräch wird doch nicht aufgenommen, oder?«

Sie versicherte ihm, dass sie keineswegs die Absicht hatte.

»Hat es was mit dem Kraftwerk zu tun, an dem wir gerade arbeiten?«, fragte er, doch sein Ton verriet, dass er das kaum für wahrscheinlich hielt. Vermutlich ahnte er den Grund ihres Anrufs, legte aber nicht auf. Vielleicht wollte er wissen, was gerade im Gange war.

»Darüber kann ich nämlich nichts sagen, dazu bin ich nicht befugt. Alle Anfragen müssen an unsere Pressestelle gerichtet werden«, fuhr er fort.

Sie wusste sofort, welche Taktik bei ihm angebracht war.

»Es hat nichts mit deinem Job zu tun«, sagte sie freundlich. »Ich wollte über etwas anderes mit dir sprechen. Du kannst offen reden, ich werde alle Informationen in dieser Sache vertraulich behandeln und deinen Namen nicht erwähnen.« Sie wählte ihre Worte mit Bedacht. Falls er wirklich etwas Entscheidendes sagte, konnte sie seinen Namen auf andere Weise einfließen lassen – sie hatte ihm im Prinzip nur versprochen, ihn nicht als Quelle zu nennen.

Ihr Puls schlug schneller. »Ich weiß über diese Sache schon eine ganze Menge«, fuhr sie fort. »Du kannst also auflegen, wenn du willst. Aber in dem Fall kann ich nicht garantieren, dass ich deinen Namen raushalte.«

»Was …?«, stammelte er. »Geht es um Snorri?«

Das war alles viel zu einfach, dachte sie. »Richtig, es geht um Snorri. Ich versuche gerade, mir einen Überblick über den Ablauf der Ereignisse zu verschaffen. Ich bin nicht daran interessiert …«, sagte sie und wiederholte die Worte, um ihnen Nachdruck zu verschaffen. »Ich bin *nicht daran interessiert*, dich ohne guten Grund da mit reinzuziehen. Du willst doch bestimmt nicht damit in Zusammenhang gebracht werden, oder?«

»Hör mal … ich hab damit nichts zu tun … Ich kann es mir nicht leisten, in irgendeinen Mordfall verwickelt zu werden. Hier bei der Arbeit würden sie durchdrehen, ist das klar?«

»Sicher, das verstehe ich sehr gut. Ich versuche genau wie du, die Leiter nach oben zu klettern. Die Arbeitswelt ist erbarmungslos.«

»Genau«, stimmte er zu, etwas weniger aufgebracht.

»Stimmt es, dass du Emil erzählt hast – das ist der Mann, der Snorri überfahren hat –, dass Snorri etwas mit dem Überfall auf seine Freundin von vor zwei Jahren zu tun hatte?«

»Ja, okay, das stimmt. Ich hab ihn angerufen, weil ich das Wissen nicht länger mit mir rumtragen wollte, verstehst du? Seine Frau oder Freundin war gerade an den Folgen des Überfalls gestorben. Er hatte es verdient zu erfahren, wer dahintersteckte, findest du nicht?«, fragte er und versuchte, Zustimmung für sein Handeln zu bekommen.

»Natürlich.«

»Ich … ich …«, stammelte er. »Ich konnte doch nicht ahnen, dass er Snorri umbringt!« Er seufzte. »Ich bin wirklich ziemlich fertig, seit ich das gestern gehört habe. Ich fühle mich verantwortlich. Aber ich hab das Einzige getan, was ich tun konnte, meinst du nicht auch?«

»Stimmt«, erwiderte Ísrún, froh, dass er die Information einfach so preisgab. »Aber wie hast du denn erfahren, dass Snorri hinter dem Überfall steckte?«

»Damals wurde in der Partei darüber gesprochen, kurz nach dem Überfall.«

»Also zu der Zeit, als Ellert eine neue Regierung bilden sollte?«

»Richtig. Der Zeitpunkt hätte nicht schlechter sein können. Ich kannte Snorri nicht persönlich, doch alle wussten, dass er eine Belastung für den alten Mann war, und für die Partei. Natürlich hatte niemand gewusst, wie tief er da schon gesunken war, und niemand konnte sich vorstellen, dass es so brutal enden würde. Wir hatten das intern diskutiert und befürchteten, dass es der Partei schaden würde, wenn es herauskam. Natürlich umso mehr, wenn Ellert gerade Parteivorsitzender oder gar Premierminister geworden wäre.«

»Wer hat dir das mit Snorri gesagt?«

»Weiß ich nicht mehr. Ich hab nur gehört, dass er an dem Überfall beteiligt war.«

»War es vielleicht deine Parteifreundin, Lára?«, fragte Ísrún – ein Schuss ins Blaue, der sich als Volltreffer erwies.

»Ja, sie wusste davon. Sie war zu der Zeit stellvertretende Vorsitzende der Parteijugend. Ich weiß noch, dass sie uns alle aufgefordert hat, es unbedingt für uns zu behalten, und wie sie am nächsten Tag erzählte, dass Ellert sich aus der Politik zurückziehen wollte. Von da an war es kein Parteiproblem mehr, na ja, nicht wirklich. Wir haben also beschlossen, den Mund zu halten«, sagte er, hielt inne. Doch dann fuhr er aufgeregt fort: »Ich war erstaunt, dass er einfach so davongekommen ist. Soviel ich weiß, wurde er nicht einmal verhaftet. Ich fand das damals unglaublich. Vielleicht habe ich einen ungewöhnlich ausgeprägten Sinn für Recht und Unrecht. Ich konnte tagelang nicht schlafen, und als ich dann hörte, dass die arme Frau gestorben war, konnte ich es einfach nicht länger für mich behalten.«

»Du hast gesagt, ihr hättet es parteiintern diskutiert. Haben damals viele davon gewusst?«

»Das kann ich mir kaum vorstellen …«

Genau das hatte Ísrún vermutet. Wahrscheinlich hatten nur wenige Leute von dem Gerücht gehört, aber es war schwer für Nói, das zuzugeben. Weil es seine Schuld, so lange geschwiegen zu haben, noch vergrößerte.

»Nur du und Lára?«

»Ja. Und ein oder zwei andere. Nur die führenden Köpfe der Parteijugend.«

»Marteinn auch?«

»Marteinn?«, fragte er überrascht.

»Hat er davon gewusst?«

»Keine Ahnung. Oder, na ja … vielleicht hat Lára das mal erwähnt, dass sie mit ihm darüber gesprochen hat. Sie waren ja immer ganz dicke miteinander«, sagte er. Die sexuelle Anspielung war nicht zu überhören.

»Warum hast du damals nicht mit der Polizei geredet? Und auch jetzt nicht?«

»Ich wollte nicht in die Ermittlungen reingezogen werden, verstehst du? Der Name des Freundes der toten Frau war leicht herauszufinden. Ich musste nur ein paar Anrufe machen, um seine Nummer zu bekommen. Er wohnt bei seinen Eltern. Ich dachte wirklich, ich mache das Richtige, aber inzwischen bereue ich es total. Es ist immer besser, den Mund zu halten und sich nicht in die Angelegenheiten anderer Leute einzumischen.«

»Da hast du wahrscheinlich recht«, sagte Ísrún.

# 44. Kapitel

»Ihr seid ein schönes Paar«, sagte die alte Dame und lächelte Ari Þór und Kristín an.

Er hatte Ísruns Rat befolgt und dabei herausgefunden, dass nicht die Hebamme aus Siglufjörður, sondern die aus Ólafsfjörður bei Hédinns Geburt dabei gewesen war. Sie hieß Björg und war zu seiner Überraschung noch gesund und munter.

Sie saßen im Wohnzimmer eines großen Hauses in Ólafsfjörður.

»Es ist schön von euch jungen Leuten, dass ihr eine alte Frau wie mich besucht, besonders an so einem kalten Samstag.«

Das Wetter war schlechter geworden, und es hatte den ganzen Tag pausenlos geregnet. Ari Þór wusste, dass es in dieser Gegend bei extremen Regenfällen manchmal zu Überschwemmungen kam, genau wie in Siglufjörður, wenn die Bergbäche die Wassermassen nicht schafften. Man konnte guten Gewissens behaupten, dass das Wetter hier das ganze Jahr über unberechenbar war, und selbst wenn es nicht schneite, konnten die Naturgewalten schlimme Schäden anrichten.

Obwohl bestimmt schon weit über achtzig, war Björg noch sehr fit. Sie hatte einem Treffen sofort zugestimmt und Ari Þór und Kristín in ihr Haus eingeladen. Sie servierte ihnen Eierpfannkuchen mit Marmelade und Sahne und warme Appelsín-

Limonade. Ein Kristalllüster erhellte den Raum, der mit Bücherregalen gesäumt war. An jeder freien Stelle hingen Gemälde und Fotografien, scheinbar ohne jedes System und mit dem einzigen Zweck, kein Stück Wand unbedeckt zu lassen.

»Du hast eine Menge Bücher«, sagte Kristín. Ari Þór war froh, dass sie eingewilligt hatte mitzukommen, denn sein Talent für Smalltalk war eher dürftig.

»Ich horte Bücher«, sagte Björg. »Genau wie mein Vater. Das hier war das Haus meiner Eltern, und jetzt ist es meins. Wenn ich mal nicht mehr bin, wird es wahrscheinlich ein Ferienhaus für irgendwelche entfernte Verwandte in Reykjavík.«

»Wie ich sehe, geht es dir gesundheitlich sehr gut«, sagte Kristín. »Ich bin Ärztin, ich weiß also, wovon ich spreche.«

»Danke für die Einladung«, mischte Ari Þór sich ein. »Ich war überrascht … ich meine erfreut …«

»Dass ich noch lebe?«, sagte Björg und zeigte lächelnd ihre schönen falschen Zähne. »Kann ich mir gut vorstellen. Wie lange ist das jetzt her? Moment, ich muss im Kopf nachrechnen, wie früher in der Schule«, sagte sie und runzelte die Stirn.

»Fünfundfünfzig Jahre«, sagte Ari Þór. »Hédinn wird im Mai fünfundfünfzig.«

»Gütiger Himmel«, seufzte Björg. »Es kommt mir vor wie gestern. Die Zeit vergeht wirklich wie im Flug. Da war ich etwa dreißig und wesentlich hübscher als jetzt.« Sie fuhr mit knorrigen Fingern durch ihr silbernes Haar. »Und die Haare waren damals auch schöner.«

»Du erinnerst dich noch an den Tag?«, fragte Ari Þór.

»Ob ich mich daran erinnere? Es war die einzige Geburt, bei der ich am Héðinsfjörður dabei war, und da war sonst fast kein

Mensch. Der Vater hatte mich in Ólafsfjörður angefunkt, seine Frau liege in den Wehen und ich solle, so schnell es ginge, kommen. Er wartete schon auf mich, als ich den Berg hinunterkam. Es war Frühling und heller als im Winter. Ich glaube kaum, dass ich so einen Marsch heute noch schaffen würde«, sagte sie kichernd. »Seit der Tunnel geöffnet ist, war ich ein paarmal am Héðinsfjörður. Auf dem Weg nach Siglufjörður mache ich gern einen Abstecher dahin, oder ich fahre einfach zum Spaß hin und genieße die schöne Landschaft. Ich hab immer noch meinen Führerschein und fahre ab und zu rum, wenn auch ganz langsam. Mein alter Lada steht in der Garage. Früher hatte ich einen Moskwitsch, aber das ist lange her«, sagte sie lächelnd.

Ari Þór nahm sich einen Eierpfannkuchen und hoffte, dass Björg weitererzählte, vor allen Dingen die Geschichten vom Hof am Héðinsfjörður. Aber sie schien auf seine oder Kristíns Fragen zu warten.

»War dir dort irgendetwas Merkwürdiges oder Ungewöhnliches aufgefallen?«, fragte er.

»Nein, an so etwas erinnere ich mich nicht. Sie waren besorgt, was in so einem Fall normal ist, aber ich hab mir auch kein Urteil über die Leute dort gebildet. Ich kannte sie ja überhaupt nicht und hab auch keinen von ihnen je wiedergesehen. In jener Zeit war es ein weiter Weg von Ólafsfjörður nach Siglufjörður, und es herrschte die übliche Rivalität zwischen den Nachbarorten. Die Menschen in Siglufjörður hatten ihre Lebensweise und wir unsere. Heute ist das alles natürlich besser. Die Zeiten haben sich geändert, wir sind eine große Gemeinschaft, und das war nicht mal schlimm.«

»Verlief die Geburt problemlos?«, fragte Kristín.

»Nein. Sie war schwierig. Die arme Frau musste den ganzen Tag das Bett hüten, und ich bin erst am nächsten Tag nach Hause gegangen.« Sie stieß einen Seufzer aus.

»Es muss seltsam gewesen sein – die Nacht an einem so abgelegenen Ort zu verbringen«, sagte Kristín.

»Ja – und nein. Als Hebamme erlebt man so manches. Es war eine Erfahrung, in Héðinsfjörður zu sein, und es war ein wunderschöner Tag. Es war richtig, dazubleiben. Du hast gefragt, ob mir irgendetwas Seltsames aufgefallen ist«, sagte sie an Ari Þór gewandt. »Ich hatte erwartet, dass der Fjord düster und verlassen ist, aber das war er ganz und gar nicht. Es war ein heller, schöner Ort, und die Sonne hat geschienen. Nur im Haus selbst hat mich die Stille und Einsamkeit überwältigt. Es war sehr merkwürdig. Ich habe mich darin sehr unwohl gefühlt.«

Ari Þór dachte an die Überreste des Hauses. Auch sie hatten für ihn etwas Unheimliches gehabt, besonders, als er näher herangegangen war. Wenn Jórunn sich das Leben genommen hatte, weil sie, wie es schien, zu Depressionen neigte – war ihr dann der Fjord aufs Gemüt geschlagen, oder waren es das Haus und seine Bewohner gewesen?

»Ich erinnere mich, dass es dort keine Musik gab. Die hat mir gefehlt, auch wenn das jetzt seltsam klingt«, sagte Björg.

Sie stand auf und ging zu einem altmodischen Plattenspieler in der Ecke des Raums. Ari Þór sah nirgendwo Schallplatten, aber als sie den Deckel hob, lag eine auf dem Plattenteller. Sie setzte die Nadel auf, und ein altes Lied – eine englische Ballade aus den Kriegsjahren – erfüllte den Raum.

»Vera Lynn?«, fragte Kristín.

»Kluges Mädchen«, sagte Björg und setzte sich wieder zu ihnen. »Ich habe viele Veränderungen miterlebt: einen Weltkrieg und einen Kalten Krieg und was weiß ich noch alles.« Wieder stieß sie einen Seufzer aus, als würden gerade zu viele Erinnerungen auf sie einstürmen.

»Erinnerst du dich an die Leute, die damals dort gelebt haben?«, fragte Ari Þór, der momentan kein großes Interesse an Balladen verspürte. »Weißt du noch, wie viele dort wohnten?«

»Sie waren zu viert. Zwei Paare. Ich erinnere mich an die Nachricht von dem Todesfall im darauffolgenden Jahr. Es wurde nicht viel darüber gesprochen, aber ich hatte das Gefühl, es war eine schlimme Tragödie.«

»Es gab keine zusätzliche Arbeitskraft? Ein Junge, so um die fünfzehn Jahre?«, fragte Ari Þór, der nach dem Gespräch mit Thorvaldur schon wusste, wie die Antwort ausfallen würde.

»Nein, ich erinnere mich nicht, dass sonst noch jemand da war. Und es wäre mir sicher nicht entgangen. Warum fragst du danach?«

Ari Þór hatte keine Lust, das groß zu erklären, und stellte stattdessen eine weitere Frage. »Weißt du, warum sie nicht die Hebamme aus Siglufjörður geholt haben?«

»Sigurlaug? Sie war ein paar Jahre älter als ich und hatte sich den Weg dorthin vermutlich nicht zugetraut. Es war wirklich nicht leicht, dahin zu kommen, das kannst du mir glauben.«

»Jedenfalls war es gut, dass du es hin geschafft hast«, sagte Kristín. »Mit deiner Hilfe hat sie einen gesunden Jungen geboren.«

»Das ist richtig, meine Liebe«, erwiderte Björn. »Die Arbeit hat mir viel Freude gemacht. Anderen Menschen zu helfen ist wunderbar. Das verstehst du sicher. Hast du nicht gesagt, du bist Ärztin?«

Kristín nickte, antwortete aber nicht direkt. »Hast du vielleicht Lust, den Jungen, bei dessen Geburt du geholfen hast, einmal kennenzulernen?«, fragte sie; Ari Þór hatte das Gefühl, sie wollte das Thema wechseln.

»Das würde mich freuen«, sagte Björg freudestrahlend. »Wenn du ihn siehst, sag ihm, er ist hier jederzeit willkommen.«

* * *

Ari Þór und Kristín analysierten ihren Besuch bei der alten Dame auf dem Rückweg nach Siglufjörður, wobei sie Björgs Bemerkung, sie seien ein schönes Paar, nicht erwähnten.

Es hatte aufgehört zu regnen, und so machte Ari Þór in Héðinsfjörður halt. Kristín hatte ihn darum gebeten, weil ihr Interesse an dem Ort geweckt war und sie sich die Überreste des Hofs ansehen wollte.

»Ich hoffe, du hast feste Schuhe an«, sagte er.

Strammen Schritts marschierten sie schweigend unter dem wolkenverhangenen Himmel. Erst als sie die Ruinen erreichten, hatte Ari Þór eine Idee. Als er das letzte Mal hier gewesen war, hatte er sich gefragt, ob vielleicht beide, Jórunn und der Teenager, hier gestorben waren, doch jetzt wusste er, dass dem nicht so war. Nur Jórunns Geist hing über der Lagune.

Gern hätte Ari Þór jetzt geglaubt, dass der Sterbeort selbst ihn der Wahrheit näherbringen würde – dass Jórunn ihm vielleicht die Lösung des Rätsels zuflüsterte. Aber er war von Natur aus viel zu rational, um sich so einer Vorstellung hinzugeben. Und trotzdem fröstelte ihn jetzt. Er hatte das Gefühl, hier am Fjord alles viel deutlicher zu sehen als zuvor, dass sich die Fakten und die Geschichten langsam zusammenfügten. Allerdings brauchte er noch ein paar Informationen, um seine Theorie auf den Prüfstand zu legen.

Plötzlich öffnete sich der Himmel, und es fing an zu regnen. Ari Þór und Kristín grinsten sich an und rannten schutzsuchend zu ihrem Auto, als wäre der Teufel hinter ihnen her. Kristín war ganz aufgekratzt und versuchte, auf dem Rückweg ein Gespräch zu beginnen, doch er nickte nur geistesabwesend. Als Erstes musste er Ísrún anrufen und sie bitten, sich Maríus' Sparbücher und vielleicht noch einige andere Unterlagen genauer anzusehen. Danach würde er sich die Aufnahme von Ísrúns Gespräch mit Nikulás noch einmal anhören und mit Thorvaldur sprechen. Und zu guter Letzt würde er wohl Ísrún bitten, Nikulás einige weitere Fragen zu stellen.

Anstatt den Wagen anzulassen und nach Siglufjörður aufzubrechen, wandte er sich Kristín zu, die neben ihm auf dem Beifahrersitz saß und ihn durch ihr nasses Haar hindurch anlächelte.

»Ich möchte dir eine merkwürdige Geschichte erzählen …«, begann er, »… eine wahre Geschichte, die vor einem halben Jahrhundert hier in Héðinsfjörður passiert ist und in der am Ende jemand stirbt.«

# 45. Kapitel

»Danke, dass du gekommen bist«, sagte Ísrún.

Lára saß ihr gegenüber in dem kleinen Café in der Nähe des Senders. Ísrún hatte einen Ecktisch gewählt, an dem sie ungestört reden konnten, aber im Moment waren sie sowieso die einzigen Gäste. Sie hatte Lára unter dem Vorwand, das anstehende Interview mit Marteinn vorbereiten zu wollen, zu dem Treffen überreden können.

»Kein Problem, Ísrún«, erwiderte Lára, wirkte jedoch ungewöhnlich nervös.

»Ich muss zugeben …«, begann Ísrún langsam und trank einen Schluck Cappuccino, »eigentlich will ich über etwas anderes mit dir reden.«

»Was denn?«, fragte Lára. Ísrún sah die Angst in ihren Augen.

»Ich habe vorhin mit einem alten Freund von dir gesprochen – Nói. Er hat mir eine interessante Geschichte erzählt, auf deren Basis ich eine Theorie entwickelt habe, die … also die vermutlich die Karriere des Premierministers beenden könnte«, sagte Ísrún. Sie machte sich nicht die Mühe, die enorme Bedeutung dieser Enthüllung herunterzuspielen.

Lára saß wie versteinert da, den Kaffee unangerührt vor sich. Diese mit allen politischen Wassern gewaschene Frau zeigte

Nerven, und Ísrún war bereit, das gnadenlos auszunutzen. Sie hatte ihre Karten auf den Tisch gelegt und wartete auf die Reaktion.

»Ihr habt damals alle gelogen«, fuhr sie fort. »Ihr habt behauptet, Snorri hätte etwas mit dem Überfall auf die Frau zu tun. Und Marteinn hat in der Gerüchteküche mitgekocht, um sich den Weg zum Parteivorsitzenden und Premierminister zu ebnen.«

»Nein!«, brachte Lára mit zittriger Stimme hervor und blickte auf, aber ohne Ísrún in die Augen zu sehen. »Marteinn hatte nichts damit zu tun. Du kannst ihn nicht mit Dreck bewerfen. Ich werde der Skandalpresse verbieten, ihn wegen irgendwelcher haltlosen Vorwürfe durch den Schmutz zu ziehen.« Ihre Hände zitterten so stark, dass sie ihre Tasse mit beiden Händen umschließen musste, um sie zum Mund zu führen.

»Marteinn hatte nichts damit zu tun?«, wiederholte Ísrún. »Dann war es also deine Idee?«

Lára atmete tief durch, strich sich den feuerroten Pony aus den Augen. »Also … ja.«

Sie hatte bereits zu viel gesagt. Ísrún fragte sich, ob sie gerade überlegte, die Schuld ganz allein auf sich zu nehmen.

»Ja«, sagte sie wieder, und nach einer kurzen Pause: »Ja.«

»Dann hast du das Gerücht in die Welt gesetzt, Snorri hätte die Frau überfallen?«

»Ja.« Lára senkte den Blick.

»Warum?«

»Es war nicht meine Absicht, dass so etwas dabei rauskommt, verstehst du? Damals war Snorri komplett durchgeknallt, eine Zeitbombe. Und sein Vater sollte Premierminister werden. Früher oder später hätte er seinen Vater mit in den Dreck gezogen. Ich habe den Prozess nur etwas beschleunigt.«

»Um Marteinns Position zu stärken?«

»Und um die Partei zu retten. Wir sind jetzt in einer hervorragenden Position. Marteinn ist beliebt wie nie zuvor und wird das Land viele Jahre regieren. Wäre Ellert Premierminister geworden, wären wir schon raus aus der Regierungsverantwortung«, sagte Lára.

»Das Mittel heiligt den Zweck.«

»Genau«, murmelte sie.

»Warst du diejenige, die Ellert von dem Gerücht erzählt hat?«

Lára nickte, das Gesicht von Scham gezeichnet.

»Und Snorri? Er wurde ermordet!« Ísrúns Worte kamen lauter heraus, als sie wollte. »Emil hat Snorri ermordet, weil er glaubte, er hätte seine Freundin überfallen.«

»Ich verstehe wirklich nicht, wie das passieren konnte«, jammerte Lára. »Wir … ich hatte ja dafür gesorgt, dass das Ganze schnell in Vergessenheit gerät, nachdem wir unser Ziel erreicht hatten und Ellert zurückgetreten war.«

»Dein Freund Nói hat Emil angerufen und ihm alles erzählt. Nói hat deine Geschichte geglaubt, und sein schlechtes Gewissen hat ihn zermürbt. Er wollte, dass Emil die Wahrheit erfährt. Nicht alle sind so stark wie du«, spottete Ísrún.

»Verdammt …! Dann ist Nói für Snorris Tod verantwortlich. Weil er seinen Mund nicht halten konnte …«

»Ich glaube, das sehe ich anders«, sagte Ísrún. »Warum bist du so weit gegangen? Um Marteinns Karriere zu befördern? Weil du an ihn geglaubt hast … oder war da mehr zwischen euch?«

»Das geht dich nichts an«, erwiderte Lára.

»Und er hatte keine Ahnung von alldem?«

»Nicht die geringste!«, sagte Lára aufgebracht. »Er hat eine weiße Weste. Er ist ein ehrlicher Mensch. Deshalb müssen die, die ihm nahestehen, manchmal schwierige Entscheidungen treffen, um der Sache zu dienen. So ist das nun mal.«

»Woher hast du gewusst, dass Snorri es nicht einfach abstreiten würde?«

»Er … Na ja, Marteinn und er waren zu der Zeit gute Freunde. Marteinn hat mir selbst erzählt, dass Snorri manchmal eine ganze Woche lang vollkommen weggetreten war – Alkohol oder Drogen, was weiß ich. Und in der Woche des Überfalls auf die Frau war genau das der Fall. Ich fand, es war die perfekte Gelegenheit. Die Polizei hatte niemanden verhaftet, und es schien alles zu funktionieren – wenigstens lange genug, dass Ellert überredet werden konnte, sich aus der Politik zurückzuziehen.«

Ísrún hatte Probleme zu glauben, dass Marteinn so unschuldig war, wie Lára ihn hinstellte.

»Und Snorri hat nie etwas von dem Gerücht mitbekommen?«, fragte sie.

»Soviel ich weiß, haben er und Ellert darüber gesprochen, jedenfalls hatte Marteinn das gehört. Aber Snorri konnte sich schlicht an nichts erinnern. Er war unfähig zu sagen, wo er zu dem Zeitpunkt gewesen war. Er meinte zwar, er hätte nie jemandem ein Leid zugefügt, aber ganz sicher könnte er nicht sein. Sein Vater wollte das Risiko nicht eingehen und hat sich sofort aus der Politik zurückgezogen. Natürlich haben alle dafür gesorgt, dass die Polizei keinen Wind davon bekam, so dass kein Schaden entstand. Ellert war nicht mehr der Jüngste, und

Marteinn war genauso beliebt wie er. Unter den Umständen war es klar, dass Marteinn die Regierungsführung übernehmen würde. Und genau so ist es ja auch gekommen.«

»Es ist kein Schaden entstanden? Snorri ist tot.«

»Ich hab ihn nicht umgebracht!«, schrie Lára. Sie hielt inne und sagte dann ruhiger: »Du wirst darüber berichten?«

»Darauf kannst du Gift nehmen«, sagte Ísrún und stand auf.

»Ich werde kündigen. Marteinn hatte nichts damit zu tun.«

Ísrún bezahlte ihren Cappuccino und verließ wortlos das Café.

# 46. Kapitel

María, die Nachrichtenchefin, hatte an diesem Samstag auch die Redaktionsleitung.

Ísrún nahm in ihrem Büro Platz.

»Nun erzähl schon«, drängte María. »Mach es nicht so spannend. Was ist der neueste Knaller?«

»Die komplette Story des Entführungsfalls«, sagte Ísrún selbstzufrieden.

Sie hatte den Beitrag schon fertiggeschrieben, und er würde für Aufregung sorgen. Natürlich gab der Premierminister ihr jetzt kein Interview mehr, sein Büro hatte den Termin ohne Angabe von Gründen abgesagt. Auf einmal war nicht mehr Lára für die Kommunikation mit den Medien zuständig, und aus dem Büro des Ministers kam nur ansatzweise so etwas wie eine Entschuldigung.

»Neue Erkenntnisse?«, fragte María.

»Kann man so sagen«, erwiderte Ísrún. »Es fing alles mit dem Überfall auf Emils Freundin, Bylgja, an.«

»Ja, ich weiß; sie ist erst vor kurzem gestorben – sie hat doch nie wieder das Bewusstsein erlangt, oder?«

»Richtig. Als sie vor zwei Jahren überfallen wurde, hatte sich der Täter vermutlich in der Adresse geirrt. Für die Polizei war Róbert der Hauptverdächtige, aber sie konnten ihm nichts nachweisen. Emil hat den Verlust seiner Freundin psychisch nie verkraftet. Er war sicher, dass Róbert der Täter war, hat aber nichts unternommen – jedenfalls nicht sofort. Ungefähr zu der Zeit, als der Überfall stattfand, war die Parteienallianz im Begriff, die Regierung zu stellen, und Ellert Snorrason sollte sie anführen. Es war ein offenes Geheimnis, dass sein Sohn Snorri ein hoffnungsloser Alkoholiker war …«

»Und wahrscheinlich drogenabhängig«, fügte María hinzu.

»Wie du weißt, war Marteinn als stellvertretender Vorsitzender auch der Kronprinz der Partei und galt generell als ausgesprochen kompetent. Er war zudem ein alter Freund von Snorri, obwohl er sich momentan große Mühe gibt, ihre Freundschaft herunterzuspielen. Snorri hatte ihm anvertraut, dass er gerade eine schlimme Sauf- und vermutlich auch Drogentour hinter sich hatte und ihm in der Erinnerung eine ganze Woche fehlte. Zufällig fand der Überfall auf Bylgja genau in jener Woche statt … und das ist der Moment, wo es sehr interessant wird.«

Ísrún hielt inne. Sie sah, dass María den Rest der Geschichte kaum erwarten konnte, und wusste, dass sie gerade wieder bei ihr punktete.

»Jemand hatte die kluge Idee, Snorri für den Überfall verantwortlich zu machen. Aber nicht öffentlich – nur hinter vorgehaltener Hand, und nur wenige Parteimitglieder wurden eingeweiht. Aber es kam Ellert zu Ohren. Er stellte seinen Sohn zur Rede, und der bestätigte, dass er sich nicht erinnern konnte, was an jenem Tag mit ihm passiert war. Ellert zog sich sofort aus der Politik zurück, aus ›persönlichen Gründen‹, und Marteinn von der Parteienallianz wurde Premierminister. Der Rest ist Geschichte, wie man so schön sagt. Marteinn ist noch jung und hat es schon weit gebracht, und er wird die Politik unseres Landes zweifellos nachhaltig prägen.«

Ísrún atmete tief durch.

María stellte die offensichtliche Frage. »Und wer hatte die kluge Idee?«

»Lára, Marteinns persönliche Assistentin. Vorhin hat sie mir gegenüber zugegeben, dass es ihre Idee war, die Lüge in die Welt zu setzen. Und sie hat auch dafür gesorgt, dass Ellert davon erfuhr. Das werde ich mit Sicherheit in meinem Beitrag erwähnen. Ich kann mir gut vorstellen, dass sie kündigen wird. Und es würde mich nicht wundern, wenn sie und Marteinn ihre Beziehung bald öffentlich machen, wo sie jetzt ihre eigene Karriere für den Mann, den sie liebt, geopfert hat. Er wird nicht umhinkönnen, ihr irgendwann, wenn Gras über die Sache gewachsen ist, eine gute Position anzubieten.«

»Sie opfert sich für Marteinn?« María sprang auf. »Hat er irgendwas mit der Sache zu tun?«

»Sie streitet das rundheraus ab«, sagte Ísrún. »Aber mich hat sie nicht überzeugt.«

María stand schweigend da. »Es ist unglaublich«, sagte sie. »Glaubst du, das könnte die Regierung zu Fall bringen?«

»Schwer zu sagen«, erwiderte Ísrún. »Damals hat Lára dafür gesorgt, dass die Lüge keinen weiteren Schaden anrichtete, und Marteinn wird natürlich jede Kenntnis davon abstreiten.«

»Wie hast du von alldem erfahren?«, fragte María, die jetzt im Zimmer auf und ab ging.

»Von einem Parteimitglied, dem Lára die Story über Snorris Verwicklung in den Überfall zugeflüstert hatte. Der Mann heißt Nói. Nachdem Bylgja im Krankenhaus gestorben war, waren seine Gewissensbisse so groß, dass er nicht länger schweigen konnte. Er hat Emil kontaktiert und ihm die Geschichte erzählt – dass Snorri Bylgja überfallen hätte. Nói hatte keine Ahnung, dass das nicht stimmte. Und Emil beschloss, dass die Zeit für Rache gekommen war. Zwei Jahre aufgestauter Hass haben dafür gereicht.«

»Großer Gott«, sagte María. »Und er hat ihn an Snorri ausgelassen – obwohl der nichts damit zu tun hatte?«

»Es ist schwer zu sagen, was in Emils Kopf vorgegangen ist. Er muss geglaubt haben, dass beide, Róbert und Snorri, an dem Überfall beteiligt waren. Er hat Snorri an einen einsamen Ort gelockt und ihn mit dem Wagen seiner Eltern totgefahren – einen unschuldigen Mann. Auf welche Weise er sich an Róbert gerächt hat, ist ja inzwischen bekannt. Aber wie das geendet hätte, wenn Emil nicht gefasst worden wäre, kann niemand sagen.«

María setzte sich seufzend wieder hin. »Das ist eine unglaubliche Geschichte. Wenn ich es richtig verstehe, wurde ein Unschuldiger ermordet, und Róbert, der Mann, der wahrscheinlich hinter dem brutalen Überfall steckt, kommt möglicherweise ungeschoren davon.«

»Genau so sieht es aus. Aber Emil wird angeklagt. Er kommt viele Jahre hinter Gitter oder wird in der Psychiatrie weggesperrt.«

»Und Marteinn? Können wir ihm etwas nachweisen?«

»Ich bin sicher, dass er hinter allem steckt, nicht Lára. Für mich ist das offensichtlich, für dich nicht?«, fragte Ísrún. »Du kennst ihn doch. Er kommt als klasse Typ rüber, ist aber total rücksichtslos. Er hat es nicht grundlos so schnell an die Spitze geschafft.«

»Und wie sollen wir jetzt vorgehen? Hast du irgendetwas, was ihn belastet?«

Ísrún wich der Frage aus. »Ich würde in den Nachrichten gern etwas in der Richtung andeuten«, sagte sie. Wobei ihr klar war, dass sie wider besseres Wissen handeln würde, wenn sie ihrer Wut und ihrem Sinn für Gerechtigkeit nachgab.

»Und welchen Beweis hast du, dass er etwas mit dem Komplott zu tun hatte?«, fragte María aufgeregt. »Wenn er da mitgemischt hat, wäre das nicht nur eine echte Sensation, sondern auch der größte politische Skandal seit Jahren.«

Ísrún zögerte. »Ich habe keine direkten Beweise ... aber es ist so offensichtlich ...«

»Bist du wahnsinnig?«, brüllte María – eher enttäuscht als wütend. »Wir können den Premierminister nicht aufgrund deiner Verschwörungstheorie öffentlich beschuldigen, Ísrún, das weißt du doch selber. Wir können über die Korruption in seiner Partei und über das Geständnis seiner Assistentin berichten, in diese furchtbare Tragödie verwickelt zu sein. Aber die Zuschauer sollen ihre eigenen Schlussfolgerungen daraus ziehen«, sagte sie.

Ísrún nickte.

Sie hatte schon vorher gewusst, wie María reagieren würde. Und sie kannte Marteinn gut genug, um sicher zu sein, dass er auch diese Sache unbeschadet überstehen würde.

## 47. Kapitel

Es war Abend in Siglufjörður und bald Zeit für ihren Besuch bei Délia. Ein stürmischer Nordwind blies frische Luft vom Meer herein. Ari Þór hatte den Tag gut genutzt und alle Informationen gesammelt, die er seiner Meinung nach brauchte, um seine Theorie zu untermauern. Er und Kristín waren noch einmal in Ólafsfjörður gewesen und hatten ein zweites Mal mit der Hebamme gesprochen, doch auch wenn die Unterhaltung letztlich keine große Hilfe war, hielt er an seiner Theorie standhaft fest.

An seiner Haustür in der Eyrargata klopfte es. Als er öffnete, stand ihm Tómas gegenüber, der unaufgefordert an ihm vorbeidrängte, um dem Regen zu entkommen.

»Hallo«, sagte Ari Þór erstaunt. »Komm doch rein.«

»Tut mir leid, dass ich stören muss«, sagte Tómas. »Bist du gerade beschäftigt?«

»Das nicht. Aber Kristín und ich wollten gleich gehen. Wir treffen Hédinn, um uns einen alten Super-8-Film vom Héðinsfjörður anzusehen«, sagte er. Das musste als Erklärung reichen.

»Klingt gut«, erwiderte Tómas. »Ich muss nur kurz unter vier Augen mit dir reden.«

»Okay.« Er führte Tómas ins Wohnzimmer. »Kristín ist oben und macht sich gerade fertig«, sagte er, wobei ihm einfiel, dass

Kristín und Tómas sich nicht kannten. Wahrscheinlich war es besser, es dabei zu belassen. Er war gerade dabei, sein Leben als wurzelloser Single zu beenden und den Schaden, den er angerichtet hatte, wiedergutzumachen. Er wollte Kristín zurückgewinnen, und da war es besser, sein Polizistendasein in Siglufjörður von seinem Privatleben getrennt zu halten.

»Ich hab vorhin schon mal geklopft«, sagte Tómas und setzte sich.

»Wir waren in Ólafsfjörður«, erwiderte Ari Þór.

»Heute ist etwas passiert«, sagte Tómas mit gewichtiger Stimme. »Ich wollte persönlich mit dir darüber reden.«

Ari Þór wurde es ganz mulmig zumute.

»Ich habe ein Angebot für das Haus bekommen«, sagte Tómas zögerlich. »Von einem Käufer – nicht von einem potentiellen Mieter, was ich eigentlich erwartet hatte.«

»Nun … das ging schnell.«

»Ja. Kann man wohl sagen – schneller als erwartet. Eigentlich gleich nachdem ich es inseriert habe. Von einem Arzt, der in London lebt, aber aus Siglufjörður stammt. Er sucht schon seit geraumer Zeit nach einem Haus hier und sagt, meins sehe traumhaft aus und entspeche genau seinen Vorstellungen. Er hat mir ein gutes Angebot gemacht – sogar mehr, als ich verlangt habe. Er sagt, er will sich die Gelegenheit auf keinen Fall entgehen lassen.«

»Na ja«, sagte Ari Þór. »Du solltest dir das aber gut überlegen.«

Tómas blickte weg. »Wir haben das Angebot schon akzeptiert«, sagte er verlegen.

»Was?«, stammelte Ari Þór.

»Ja. Meine Frau hat gesagt, so ein Angebot können wir nicht

ablehnen. Zumal es nicht einfach ist, in dieser Gegend ein Haus zu so einem guten Preis zu verkaufen.«

»Dann lässt du dich beurlauben?«, fragte Ari Þór. Sein Herz klopfte heftig bei dem Gedanken an die Veränderungen, die das mit sich bringen würde.

»Nein, mein Junge. Ich kündige meinen Dienst hier«, erwiderte Tómas verlegen lächelnd. »Es ist Zeit, dass ich mein Glück woanders versuche. Wir fangen unten im Süden noch einmal neu an.«

Ari Þór sagte nichts.

»Meine Stelle wird ausgeschrieben, und ich möchte, dass du dich darauf bewirbst«, fuhr Tómas fort. »Natürlich werde ich dich für den Posten empfehlen. Ich kann mir nicht vorstellen, dass sie dich übergehen.«

* * *

Punkt zwanzig Uhr stiegen Ari Þór und Kristín aus ihrem Wagen und eilten zu dem kleinen, mit Wellblech verkleideten Haus. Inzwischen stürmte es heftig, der Wind drohte sie umzupusten, und der Regen prasselte erbarmungslos auf sie nieder. Es waren kaum noch Menschen auf der Straße, denn nur wenige hatten Interesse daran, den Elementen die Stirn zu bieten.

Ari Þór klingelte. Diesmal musste er sich nicht durch den Briefkastenschlitz hindurch unterhalten. Schon kurz darauf öffnete Délia die Tür.

»Kommt rein«, sagte sie lächelnd. »Was für ein furchtbares Wetter.«

»Danke«, sagte Ari Þór. »Das ist … Das ist Kristín.«

»Es freut mich, dich kennenzulernen, meine Liebe«, sage Délia. »Der Projektor ist schon in der Küche aufgebaut. Da ist nicht viel Platz, wir müssen zusammenrücken, wenn euch das nichts ausmacht.«

Ari Þór und Kristín folgten ihr in die Küche, wo zwei Sessel und ein Stuhl standen. Er hatte Délia nicht gesagt, dass er noch einen Gast mitbringen würde.

»Hast du noch einen Stuhl?«, fragte Ari Þór.

Délia nickte, verschwand aus dem Zimmer und kehrte mit einem Stuhl zurück.

Auf der grünweißen Wachstuchdecke des Küchentischs standen der Projektor sowie eine Kaffeekanne, Kaffeetassen und gerollte Eierpfannkuchen. Auf der Fensterbank brannten zwei Kerzen und verbreiteten im Raum eine gemütliche Atmosphäre, während draußen der Sturm tobte. Regen hämmerte an die Scheiben, und der Wind drang durch die undichten Stellen der schlecht isolierten Fenster des alten Hauses. Einen Moment lang befürchtete Ari Þór, das Haus könnte einstürzen.

Er und Kristín setzten sich nebeneinander auf die beiden Stühle.

»Hoffentlich gefällt Hédinn der Film«, sagte Délia. »Ich sollte ihn irgendwann für ihn auf eine Videokassette überspielen lassen.«

»Eine gute Idee«, stimmte Ari Þór zu und verkniff sich die Bemerkung, dass das goldene Zeitalter der Videokassetten schon lange vorbei war.

Sobald die Türklingel ertönte, sprang Délia auf und ging hin. Sie führte Hédinn in die Küche. Ari Þór stand auf und begrüßte ihn.

Hédinn nickte und murmelte etwas Unverständliches. Er

trug anscheinend seine beste Kleidung – einen karierten Anzug, in den er gerade noch so hineinpasste, ein weißes Hemd und eine rote Krawatte. Man konnte sich leicht vorstellen, dass er diese Sachen vor langer Zeit gekauft hatte, als er jünger und auch ein paar Kilo leichter war.

Kristín stand auf, stellte sich vor und schüttelte Hédinn die Hand.

»Guten Abend. Ich heiße Hédinn«, sagte er, die Stimme jetzt klarer.

»Setz dich. In der Kanne ist Kaffee«, sagte Délia. »Es ist schön, Besuch zu haben, besonders bei so einem Wetter.«

Hédinn nahm schweigend am Tisch Platz, anscheinend unberührt von Délias heiterem Wesen.

Délia schenkte Kaffee ein, bot Milch und Zucker an und drängte ihre Gäste, die Eierpfannkuchen zu probieren.

»Beginnen wir mit der Vorführung?«, fragte sie.

»Unbedingt«, erwiderte Ari Þór, und an Hédinn gewandt: »In den vergangenen Tagen habe ich mir die Fakten noch einmal genau angesehen. Seit wir das letzte Mal miteinander gesprochen haben, ist eine Menge passiert, was ein bisschen mehr Licht ins Dunkel der Ereignisse gebracht hat. Nach dem Film würde ich dir gern meine Theorie über Jórunns Tod unterbreiten.«

»Deine Theorie?«, fragte Hédinn überrascht. »Du meinst …?« Sein Atem ging flach und schnell, er schien um die richtigen Worte zu ringen.

»Absolut sicher kann man natürlich nicht sein, was vor all den Jahren passiert ist«, erklärte Ari Þór, ohne allzu bestimmt zu klingen. »Aber ich glaube, ich weiß, was damals in dem Haus am Héðinsfjörður geschehen ist.«

Délia machte den Projektor an und knipste das Küchenlicht aus. Die Lichter im Wohnzimmer waren bereits gelöscht, so dass nur noch der Projektor und der Kerzenschein auf dem Fensterbrett als Lichtquellen dienten. Es war wie vor Beginn einer Filmvorführung im Kino. Die erwartungsvolle Spannung im Raum wurde von dem draußen wütenden Sturm verstärkt, der dem Ganzen eine finstere, ja geradezu unheimliche Atmosphäre gab. Hédinn murmelte etwas vor sich hin; sein schwerer Atem übertönte beinahe den ratternden Filmprojektor. Aber er wurde ganz still, als die Bilder auf der Küchenwand zu laufen begannen und Jórunn erschien und sie alle anlächelte. Dieser Abend würde vielleicht offenbaren, warum sie so plötzlich gestorben war.

Obwohl Ari Þór den Film schon einmal gesehen hatte, war die Wirkung diesmal nicht weniger überwältigend. Der Geist einer lange vergangenen Zeit erfüllte die Küche, und die Schönheit des entlegenen Fjords in seiner weißen Winterpracht war fast greifbar.

Als der Junge ins Bild kam, schnappte Hédinn hörbar nach Luft. Auch Kristín schien sein Anblick nicht zu behagen, denn sie tastete nach Ari Þórs Hand und umklammerte sie fest.

»Also, ich werd … das ist Dad«, rief Hédinn aus, als Gudmundur in der Ferne auftauchte. »Erstaunlich, wirklich erstaunlich.«

Als der Film zu Ende war, herrschte Schweigen in der kleinen Küche, als brauchten alle einen Moment, um aus dem fünfzig Jahre zurückliegenden schwarzweißen Héðinsfjörður-Winter ins 21. Jahrhundert zurückzukehren.

Eine heftige Sturmbö, die an der Wellblechfassade des Hauses rüttelte, brachte sie schließlich zurück in die Realität.

»Nun«, sagte Ari Þór in das Halbdunkel hinein. »Hédinn, hast du etwas dagegen, wenn ich meine Theorie über den Jungen und über Jórunns Tod kurz erläutere?«

»Nein, natürlich nicht … Ich habe nichts zu verbergen, tu dir keinen Zwang an. Ich bin gespannt darauf. Aber ich möchte darum bitten, dass das alles hier in diesen vier Wänden bleibt«, sagte er mit einem gepeinigten Blick zu Délia.

»Du kannst mir vertrauen, Hédinn«, sagte sie.

Ari Þór drehte seinen Stuhl so um, dass er Hédinn und nicht mehr die Wand anblickte.

»Meine Vermutung ist, dass Jórunns Tod mit etwas zusammenhängt, was damals ein heikles Thema war und auch heute noch bei manchen Menschen auf Unverständnis stößt. Aber ich beginne am besten am Anfang. Dazu muss ich noch ein Stück weiter zurückgehen, ungefähr bis 1950.«

»Als Jórunns und Maríus' Sohn geboren wurde?«, sagte Hédinn.

»Richtig. Alles deutet darauf hin, dass sie einen Sohn hatten. Wenn er noch lebt, ist er jetzt in seinen Sechzigern. Aber ich konnte nicht herausfinden, was aus ihm geworden ist. Zu der Zeit waren Jórunn und Maríus beide etwa zwanzig Jahre alt. Es sieht aus, als hätte Nikulás, Maríus' Bruder, sie ermutigt, den Jungen zur Adoption freizugeben. Maríus war arbeitslos, und sie trauten sich nicht zu, eine Familie zu ernähren.«

»Das ist wirklich interessant«, bemerkte Délia. »Hédinn, du musst versuchen, den Mann ausfindig zu machen.«

Hédinn murmelte etwas.

»Maríus wird meistens als ein leicht zu beeinflussender, ja sogar unreifer Mann beschrieben«, fuhr Ari Þór fort. »Vielleicht war er zu der Zeit einfach noch nicht so weit, Vater zu sein. Aber diese Beschreibung wirft Licht auf das, was später passiert ist«, sagte er und hielt inne.

»Das passt gut zu meiner Erinnerung an Onkel Maríus«, sagte Hédinn so leise, dass der tobende Wind ihn fast übertönte. »Er war ein sanftmütiger Mann, aber kein starker. Eher still und in sich gekehrt – ich dachte immer, er wäre erst nach dem Tod seiner Frau so geworden, aber es ist gut möglich, dass er immer so war. Menschen ändern sich nicht mehr sehr, wenn sie älter werden.«

»Da hast du verdammt recht«, unterbrach Délia ihn. »Ich fühle mich immer noch wie zwanzig, nur der Blick in den Spiegel erzählt mir was anderes«, sagte sie und heiterte mit ihrer Bemerkung die Stimmung etwas auf.

»Interessant dabei ist, wie unterschiedlich Maríus und sein Schwager, Gudmundur, beschrieben werden«, fuhr Ari Þór fort. »Die meisten Leute sagen, Gudmundur wäre das genaue Gegenteil gewesen: ein starker, resoluter Mann, der es gewohnt war, sich durchzusetzen.«

»Das stimmt. Mein Vater hat sich von niemandem etwas sagen lassen. Er hat immer gekriegt, was er wollte, und nie auch nur einen Zentimeter nachgegeben«, sagte Hédinn stolz.

»Richtig«, erwiderte Ari Þór. »Trotzdem schien er auch eine fürsorgliche Seite zu haben, die nicht ganz zu dem Bild passte, das ich von ihm hatte.«

»Wie meinst du das?«, fragte Hédinn herausfordernd.

»Na ja, immerhin sieht es so aus, als hätte er keine Mühe gescheut, seinen Schwager und seine Schwägerin zu unterstützen.«

»Und das findest du seltsam?«

»Nicht unbedingt.«

»Was hat Gudmundur denn getan?«, fragte Délia vorsichtig, als wage sie kaum, die spürbare Anspannung zwischen Ari Þór und Hédinn zu durchbrechen.

»Also zunächst einmal hatte er Maríus in Siglufjörður eine Arbeit verschafft und später auch Maríus und Jórunn angeboten, mit ihnen am Héðinsfjörður zu leben, wobei ich davon ausgehe, dass er alles bezahlt hat«, sagte Ari Þór. »Außerdem war er bereit gewesen, ihren kleinen Jungen zu sich zu nehmen, schon bevor sie ihn zur Adoption freigaben. Es ist ein Brief aufgetaucht, in dem er das eindeutig angeboten hat. Meine Recherchen haben allerdings ergeben, dass der Junge dann doch von Fremden aus einem anderen Teil des Landes adoptiert wurde. Jórunn wollte ihrem Sohn auf keinen Fall zufällig auf der Straße begegnen. Wahrscheinlich hat sie ihn nach der Adoption nie wiedergesehen, und Maríus vermutlich auch nicht.«

»Kann ich den Brief einmal sehen?«, fragte Hédinn mit fester Stimme.

»Sicher«, antwortete Ari Þór. »Aber jetzt noch einmal zurück nach Héðinsfjörður.« Er warf einen Blick zur Wand, an der kurz zuvor der Héðinsfjörður-Film seine Geschichte so anschaulich dokumentiert hatte. Jetzt war da nur noch ein rechteckiges Licht vom Projektor.

»Es ist 1955, und kein Mensch lebt am Héðinsfjörður, als Gudmundur, Gudfinna, Maríus und Jórunn beschließen, auf der Westseite der Lagune in ein altes Bauernhaus zu ziehen. Die Gegend ist wunderschön, aber gefährlich, direkt am Fuße eines gewaltigen Berges. Der einzige Grund dafür war anscheinend der Wunsch, etwas Neues auszuprobieren. Gudmundur ging es nach allem, was ich gehört habe, finanziell sehr gut, und so war es vielleicht die Sehnsucht eines reichen Mannes nach einem

Abenteuer. Aber sicher bin ich mir da nicht. Im Gegenteil, ich glaube, der Grund war ein ganz anderer, und der ist auch des Rätsels Lösung.«

Ari Þór senkte den Blick, hielt kurz inne und sah Hédinn dann direkt in die Augen.

»Du bist ein Jahr später geboren, 1956.« Hédinn nickte, und Ari Þór fuhr fort. »In dem Herbst hatten sie einen Arbeiter eingestellt, um ihnen bei der Arbeit auf dem Hof zu helfen – einen Teenager aus Húsavík. Sein Name war Anton.«

»Anton? Das ist der Junge, den ich damals beim Haus getroffen habe?«, fragte Délia.

»Richtig.«

»Sein Name *war* Anton?«, fragte Hédinn mit gedämpfter Stimme. »Ist er tot?«

»Ja.«

»Hat das etwas mit … Ist er in Héðinsfjörður gestorben?«, fragte Hédinn.

»Keine Sorge«, erwiderte Ari Þór. »Deine Familie hat absolut nichts mit Antons Tod zu tun. Im Gegenteil, dein Vater hat ihn sehr gut behandelt und ihm sogar ein Studium im Ausland bezahlt.«

»Das ist ja unglaublich!«, sagte Hédinn eindeutig verblüfft und wollte schon aufstehen, doch überlegte er es sich anders. »Das hat er tatsächlich getan? Aber warum?«

»Ich glaube, er hatte gute Gründe, den Jungen zum Studieren außer Landes zu schicken; und genauso gute Gründe hatte seine Großzügigkeit gegenüber Maríus und Jórunn«, sagte Ari Þór mit zunehmend ernster Stimme. »Der Winter, in dem Maríus das Foto gemacht hatte, war der Auslöser. Wie du jetzt weißt, Hédinn, ist der Teenager, der dich auf dem Arm hält,

Anton. Anfangs war ja die große Frage, warum ein unbekannter Junge das Baby hält, aber da er auf dem Hof gearbeitet hat, ist das nicht weiter verwunderlich. Wir können davon ausgehen, dass er zur Zeit des Fotos bereits eine Zeitlang zum Haushalt gehört hatte. Dann, an einem wunderschönen Wintertag um Weihnachten herum, wanderte eine junge Frau aus Siglufjörður über den Pass, um die Landschaft dort zu filmen«, sagte Ari Þór mit einem Seitenblick auf Délia. »Délia ist die Einzige, die Anton je getroffen hat.«

»Hédinn doch auch«, bemerkte Kristín.

»Richtig«, bestätigte Ari Þór lächelnd. »Aber er war noch ein Kleinkind, und nur Délia erinnert sich daran.«

»Stimmt«, sagte Délia. »Die Unterhaltung mit dem Jungen, Anton … die hab ich in all den Jahren nicht vergessen«, fügte sie nachdenklich hinzu.

»Hattest du nicht mit ihm darüber gesprochen, wie schwer es gewesen sein musste, an so einem abgelegenen Ort zu leben?«, fragte Ari Þór und gab Délia so die Gelegenheit, ihre Geschichte zu erzählen.

»Ganz richtig!«, sagte sie. »Ich hatte das Gefühl, dass es irgendwie schauerlich dort war. Die Dunkelheit dort hatte etwas Geisterhaftes.«

»Etwas Geisterhaftes?«, fragte Hédinn zweifelnd. »Das glaube ich nicht. Meine Eltern haben nie so was erzählt. Aber wenn ich ehrlich bin, haben sie auch kaum über ihre Zeit in Héðinsfjörður gesprochen.«

»Jedenfalls hat der Junge mir erzählt, dass etwas Abnormales dort vor sich gehe«, fuhr Délia fort. »Er hatte ganz offensichtlich Angst und hat sich keineswegs gefreut, als ich plötzlich dort auftauchte. Das war jedenfalls mein Eindruck.«

»Ich habe mit einem guten Freund von Anton gesprochen und ihn danach gefragt. Er erinnerte sich daran, dass Anton etwas in der Richtung gesagt hat und dass es wohl etwas mit dem Stillen zu tun hatte.«

»Mit dem Stillen? Und hatte er eine Erklärung dafür?«, fragte Délia.

»Mehr wusste Antons Freund auch nicht, aber es passt wunderbar zu meiner Theorie über die Ereignisse dort.«

»Und wie lautet deine Theorie?«, wollte Délia wissen.

Sie schien wesentlich mehr daran interessiert, eine befriedigende Begründung zu finden, als Hédinn. Vielleicht hatte er Angst vor der Wahrheit, dachte Ari Þór, und je mehr ans Tageslicht kam, desto weniger wollte er die ganze Geschichte hören.

»Dazu komme ich noch«, sagte Ari Þór, genoss sichtlich das Rampenlicht.

Er fühlte sich wie ein Geschichtenerzähler – wie jemand, der verschwinden würde, wenn die Geschichte fertigerzählt war. Aber das war vielleicht gar nicht möglich, wurde ihm gerade klar. Seit Tómas' Besuch mied er alle Gedanken an die Zukunft. Er wollte einen schönen Abend verbringen und später überlegen, ob er sich auf die Stelle des Polizeichefs in Siglufjörður bewerben sollte oder nicht. Allerdings waren die Zukunftsgedanken jetzt doch plötzlich in seinem Kopf. Es führte kein Weg daran vorbei: Er hatte eine wichtige Entscheidung zu treffen. Trotzdem musste das im Moment noch warten, und so konzentrierte er sich weiter auf seine Geschichte.

»Zuerst erzähle ich euch noch etwas über Anton«, sagte er. »Er war nicht in Héðinsfjörður, als Jórunn starb, und es scheint, dass Gudmundur dafür gesorgt hat, dass nur wenige Menschen von seinem Aufenthalt dort wussten.«

Hédinn schnappte hörbar nach Luft.

»Demzufolge musste Anton im Januar oder Februar von dort weggegangen sein«, fuhr er fort. »Gudmundur hatte ihn wohl dazu aufgefordert, aber seinen Lohn bis zum Frühjahr gezahlt.«

»Was hatte er denn angestellt?«, fragte Hédinn.

»Gar nichts. Dein Vater wollte ihn einfach aus dem Weg haben. Nach Jórunns Tod hat er ihm sogar die Schiffsreise nach Norwegen und dort das Studium bezahlt«, erwiderte Ari Þór.

Es wurde ganz still im Raum, und dann schien sogar der Winter die Luft anzuhalten.

»Gudmundur wollte den Arbeiter loswerden?«, fragte Délia schließlich leise.

»Richtig. Zuerst wurde er vom Héðinsfjörður weggeschickt, doch nach Jórunns Ermordung konnte er kein Risiko mehr eingehen. Deshalb schickte er ihn noch weiter weg in ein anderes Land.«

Hédinn starrte ihn fassungslos an.

»Was sagst du da? Jórunns Ermordung?«, fragte er mit bebender Stimme.

»Ja, sie wurde ermordet. Da bin ich mir ganz sicher.«

»Und wer war der Mörder?«, fragte Hédinn angstvoll.

»Das kann ich dir sagen, Hédinn«, erklärte Ari Þór. Er ging in seiner Rolle als Geschichtenerzähler vollkommen auf und vergaß dabei, in Gegenwart von sensiblen Menschen vorsichtig zu sein. »Vor allem aber auch, dass deine Mutter und dein Vater absolut unschuldig an ihrem furchtbaren Tod waren.«

# 48. Kapitel

Eine fast greifbare Anspannung lag in der Luft. Hédinn murmelte etwas und verfiel dann in Schweigen. Délia sagte nichts. Kristín hatte Ari Þórs Hand losgelassen, doch jetzt ergriff er ihre und drückte sie. Das gab ihm das Gefühl von Sicherheit, das er plötzlich brauchte.

Hédinn räusperte sich. »Willst du damit sagen, dass Maríus seine Frau umgebracht hat?«, durchbrach er das Schweigen, Erstaunen und Erleichterung in seiner Stimmte.

Ari Þór ließ einige Sekunden verstreichen, bevor er antwortete.

»Nein. Maríus hat sie nicht ermordet.«

»Was soll das heißen?«, fragte Hédinn, zunehmend verärgert. »Willst du damit sagen, dass Anton nach Héðinsfjörður zurückgekommen ist und Jórunn umgebracht hat?«

»Nein, das ist vollkommen falsch. Er ist absolut unschuldig. Er war einfach zur falschen Zeit am falschen Ort und wusste zu viel.«

»Aber dann … ich verstehe gar nichts mehr«, sagte Hédinn. »Es war doch niemand sonst da.«

»Nur noch Hédinn selber«, sagte Délia langsam.

Hédinn sprang geräuschvoll vom Stuhl auf. Gleichzeitig schlug eine Windbö ans Haus und brachte sie alle zum Schweigen.

»Verdammt nochmal. So einen Quatsch hör ich mir nicht länger an. Ich war damals nicht mal ein Jahr alt.«

Ari Þór stand auf und legte eine Hand auf Hédinns Schulter.

»Beruhig dich. Natürlich behaupte ich nicht, dass du mit zehn Monaten einen Mord begangen hast.«

Hédinn setzte sich wieder.

»Dann muss es also der Geist gewesen sein«, murmelte Délia mit bebender Stimme.

Ari Þór ignorierte ihren Kommentar. »Werfen wir doch einen Blick auf die Fakten, die meine Aufmerksamkeit erregt haben«, sagte er und nahm ebenfalls wieder Platz. »Als ich anfing, mir den Fall genauer anzusehen, habe ich zunächst mit dem Vorsitzenden der Siglufjörður-Gesellschaft gesprochen. Er war der Meinung, dass beide Schwestern, Jórunn und Gudfinna, das gleiche Naturell hatten und wenig Lust verspürten, an einem dunklen Fjord zu wohnen. Sie waren ja in Reykjavík aufgewachsen. Grundsätzlich hieß es in Gesprächen über Jórunns Tod immer, dass ihr Gemütszustand labil war. Ich habe mir die Tonbandaufnahme mit Nikulás angehört, und anfangs hatte ich den Eindruck, dass er diese Einschätzung bestätigte. Er sagte, und ich kann seine genauen Worte wiedergeben …«

Ari Þór zog einen Notizblock aus der Tasche und schlug die Seite mit den Notizen auf, die er sich vor dem heutigen Zusammentreffen gemacht hatte.

»Nikulás war der Meinung, dass Jórunn Selbstmord begangen hatte«, fuhr er fort. »Er war sich ganz sicher. Seine genauen Worte lauten: ›In Gesprächen hat Maríus das oft angedeutet. Er sagte, dass die Dunkelheit einigen von ihnen schlimm zusetzte.‹ Als ich dann anfing, das Ganze aus einem anderen

Blickwinkel zu betrachten, beschloss ich, Nikulás deswegen zu fragen. Also habe ich heute in seinem Altenheim angerufen und eine der Pflegerinnen dort überredet, ihm ein paar Fragen zu stellen, weil der alte Mann so schlecht hört, dass Telefonieren keinen Zweck hat. Und er konnte ein wenig Licht ins Dunkel bringen. Also: Maríus hatte zwar von Jórunn gesprochen, als er meinte, dass sie sich schlecht an die Dunkelheit dort gewöhnen konnte – aber Gudfinna ging es genauso.«

»Und das hat sie dir gegenüber nie erwähnt?«, fragte Délia an Hédinn gewandt.

Ari Þór schwieg und wartete.

»Nein, ich kann mich nicht erinnern«, erwiderte Hédinn bekümmert.

»Dann ist ihr das Leben dort auch schwergefallen?«, fragte Délia Ari Þór. »Das verstehe ich gut. Ich wäre nie dahin gezogen.«

»Ja. Nikulás hatte sogar den Eindruck, dass das Leben für Gudfinna in Héðinsfjörður noch härter war als für Jórunn. Gudfinna empfand die lange Dunkelheit und die Abgeschiedenheit als noch quälender, aber darüber wurde seltsamerweise nie gesprochen. Vielleicht wollte Gudmundur, dass es niemand erfährt. Psychische Krankheiten wurden zu der Zeit wesentlich negativer beurteilt als heute.«

»Das ist wahr«, sagte Délia. »Über solche Sachen redete man nicht.«

»Ich vermute, dass Anton von ihrem Gemütszustand wusste. Laut Thorvaldur, dem Freund von Anton, wurde ›die Dame des Hauses‹ von Tag zu Tag seltsamer, und ich hatte angenommen, dass er Jórunn damit meinte. Also habe ich noch einmal mit Thorvaldur gesprochen, um sicherzugehen, und da stellte sich heraus, dass er Gudfinna meinte, da *sie* für ihn ja ›die Dame des Hauses‹ war.«

»Manche Menschen tun sich sehr schwer mit so harschen Bedingungen«, sagte Kristín. »Es kann sogar zu einer klinischen Depression führen, die umgehend und professionell behandelt werden muss.«

»Wenn das also der Fall war«, fuhr Ari Þór fort, »hat Gudmundur sicher alles getan, um Gerede zu verhindern.«

»Du sagst, er hätte den Jungen zum Studieren nach Norwegen geschickt?«, fragte Délia.

»Richtig«, erwiderte Ari Þór lächelnd. »Finanziell war das kein Problem für ihn. Aber Anton wusste sicher noch mehr als das, und so hatte Gudmundur gute Gründe, ihn ins Ausland zu schicken.«

Sofort sprang Hédinn wieder auf. »Was zum Teufel unterstellst du da meinem Vater? Er war ein guter Mensch!«

»Immer mit der Ruhe«, sagte Délia und stand ebenfalls auf. »Da ist noch Kaffee.« Sie füllte die fast vollen Tassen nach.

»Sei jetzt vorsichtig«, flüsterte Kristín Ari Þór zu.

»Vermutlich hatte Gudmundur gute Gründe, Anton das Studium zu bezahlen und Jórunn und Maríus zu unterstützen, denen er aus ihrer Armut heraushalf«, sagte Ari Þór.

Er hielt inne. Die Stille in der Küche war ohrenbetäubend. Délia war sichtlich unwohl. Wahrscheinlich hätte sie ihre Gäste am liebsten nach Hause geschickt. Hédinn blieb stehen, einen wütenden Ausdruck im Gesicht.

»Also … was gibt es sonst noch.« Ari Þór machte eine Kunstpause. »Maríus besaß ein schuldenfreies Apartment und Geld auf einem Sparbuch, das er nie angerührt hat – Geld, das über die Jahrzehnte von der Inflation aufgefressen wurde. Auf meinen Wunsch hin hat sich jemand die Papiere in Maríus' Karton genau angesehen – die Kontoauszüge sowie alle Informationen, die es über den Kauf des Apartments gab. Zwei Dinge fielen dabei auf: ein Zahlungseingang auf Maríus' Sparbuch im Sommer 1956. Man kann nicht mehr herausfinden, woher das Geld stammte, aber vermutlich kam es von Gudmundur.«

»Hör auf. Es reicht. Das sind alles nur wilde Spekulationen über meinen Vater«, verkündete Hédinn und machte sich auf zur Tür. »Ich gehe jetzt.«

»Nur einen Moment noch«, sagte Ari Þór.

Hédinn blieb vor der Tür stehen und drehte sich um.

»Wir haben die Originaldokumente vom Kauf von Maríus' Apartment in Reykjavík gefunden. Ursprünglich hat es einer Gesellschaft mit beschränkter Haftung in Siglufjörður gehört, die die Eigentumsrechte an Maríus übertragen hat – und zwar nachdem das Wohnprojekt am Héðinsfjörður gescheitert war. Es gibt allerdings keinerlei Unterlagen, dass Maríus etwas für das Apartment bezahlt hat.« Ari Þór blickte auf seinen Notizblock und las den Namen der Firma laut vor.

»Verdammt«, sagte Hédinn, die Sorge in seinem Gesicht offenkundig. »Das war eine von Vaters Firmen.«

»Das dachte ich mir«, sagte Ari Þór. »Kannst du dir vorstellen, dass dein Vater so große Schulden bei Maríus hatte, dass er ihm so viel Geld gab? Das war damals eine ganze Menge, zumal er ihm obendrein das Apartment überschrieb. Bemerkenswert ist auch, dass Maríus das Geld unberührt auf dem Sparbuch ließ, wo es von der Inflation allmählich zunichtegemacht wurde.«

Ari Þór hielt inne, um das alles erst einmal wirken zu lassen.

»Es gibt noch zwei Dinge, auf die ich aufmerksam machen

möchte«, fuhr er dann fort. »Bei der Suche nach der Traueranzeige für Jórunn habe ich lediglich eine schlichte Mitteilung gefunden, dass sie gestorben ist, ohne ein Foto von ihr. Aber das war damals normal. Andererseits gab es auch sonst nirgendwo Fotos in Verbindung mit den Berichten über ihren Tod. Das ist nicht unbedingt verdächtig, aber ich habe das Gefühl, es war Gudmundur sehr recht. Vermutlich wollte er sichergehen, dass nach Jórunns Tod keine Fotos mehr von ihr auftauchten.«

»Aber warum nicht?«, fragte Délia.

»An dem Punkt scheint wichtig, was Björg uns erzählt hat«, sagte Ari Þór mit Blick auf Kristín. »Wir waren heute bei ihr in Ólafsfjörður – wobei mir gerade einfällt: Sie würde dich sehr gern einmal sehen, Hédinn.«

»Was? Mich? Wer ist diese Frau?«, fragte er kopfschüttelnd. Er stand zwar immer noch bei der Tür, aber hinausstürmen wollte er wohl nicht mehr.

»Sie ist die Hebamme aus Ólafsfjörður, die bei deiner Geburt dabei war. Sie lebt noch und ist erstaunlich fit für ihr Alter.«

»Sie lebt noch? Sie muss uralt sein«, sagte Hédinn.

»Sie ist putzmunter und vollkommen klar im Kopf«, erwiderte Ari Þór. »Aber warum war Gudmundur zu ihr gegangen und nicht zu der Hebamme in Siglufjörður? Warum weiter als nötig? Siglufjörður ist näher und über die Berge leichter zu erreichen. Björg meinte, dass die Hebamme in Siglufjörður sich wahrscheinlich nicht zugetraut hatte, bei dem Wetter über den Hestsskard-Pass zu gehen, was plausibel klingt. Aber sie ist vor Jahren gestorben, wir können uns also nicht sicher sein. Es gibt auch noch eine andere Erklärung. Der Grund könnte nämlich sein, dass Björg die Leute in Héðinsfjörður nicht kannte und sie auch hinterher nie wieder gesehen hat.«

Alle Blicke waren auf Ari Þór gerichtet. Er spürte, wie sein Puls schneller schlug.

»Gudmundur hatte sich bei Björg gemeldet und gesagt, seine Frau liege in den Wehen«, sagte er. »Björg hat uns erzählt, dass es eine schwierige Geburt war und dass Hédinns Mutter danach den ganzen Tag im Bett gelegen hatte. Björg war erst am nächsten Tag zurück nach Ólafsfjörður gegangen. Ich habe eine Weile gebraucht, um zu merken, wie wichtig diese Information ist, bis es mir dann plötzlich klar wurde.«

Ari Þór fing Hédinns Blick auf. Sein Gesicht war wie versteinert. Und dann sah er, wie ihm die Bedeutung seiner Worte langsam dämmerte.

»Nein … das kann nicht stimmen«, sagte er wie vom Donner gerührt.

»Richtig. Es ergibt keinen Sinn. Möglicherweise sagt Björg nicht die Wahrheit, aber warum sollte sie lügen? Es kann auch sein, dass sie Sachen durcheinanderbringt. Aber ich hatte den Eindruck, dass sie sich an die Ereignisse von damals deutlich erinnert. Findest du nicht?«, fragte er an Kristín gewandt.

»Doch, den Eindruck hatte ich auch«, sagte Kristín leise.

»Also, das muss mir jetzt jemand erklären«, verlangte Délia. »Warum ergibt es keinen Sinn?«

»Sagst du es ihr?«, fragte Ari Þór Hédinn.

Hédinn zögerte kurz, dann begann er zu sprechen. »Ja … Also, ich habe Ari Þór schon bei unserer ersten Begegnung gesagt, dass mein Name mit dem Héðinsfjörður zusammenhängt. Meine Mutter hat immer erzählt, dass sie an dem Tag, an dem ich geboren wurde, hinunter zur Lagune am Héðinsfjörður gelaufen ist; dass es ein wunderschöner, sonniger Tag war und sie dort beschlossen hat, mich Hédinn zu nennen.«

»Kann es sein, dass sie nicht die Wahrheit gesagt hat?«, fragte Ari Þór. »Weil das ja nicht mit dem zusammenpasst, was Björg erzählt hat, nämlich dass es eine schwierige Geburt war und sie den ganzen Tag im Bett bleiben musste.«

»Doch, es ist wahr«, sagte Hédinn, aber nur zögerlich. »Sie hat oft davon gesprochen, was für ein schöner Tag es war. Ich verstehe nicht …«, begann er, brach den Satz aber ab und verstummte.

»Die einfache Antwort ist, dass Gudfinna nicht deine Mutter war, Hédinn«, sagte Ari Þór geradeheraus, und alle in der Küche sahen ihn fassungslos an.

»Was? Nein, das ist unmöglich«, sagte er. »Das kann nicht sein …«, fügte er noch hinzu, dann brach seine Stimme.

»Das ist die einzig mögliche Erklärung«, sagte Ari Þór. »Ich habe ja anfangs gesagt, dass es mit einem Thema zusammenhängt, das auch heute noch heikel ist und sogar im Parlament intensiv diskutiert wird. Ich spreche von Leihmutterschaft.«

»Leihmutterschaft?«, sagte Délia verblüfft. »Was um Himmels willen willst du damit andeuten?«

»Dieser Begriff wurde erst vor relativ kurzer Zeit geprägt, aber es geht um die gleiche Sache: Man trifft mit einer Frau die Vereinbarung, für eine andere Frau ein Kind auszutragen. Gudmundur und Gudfinna hatten außer Hédinn keine weiteren Kinder, das war damals sehr ungewöhnlich. Zudem hatten sie nachweislich angeboten, Jórunns und Maríus' Kind, das ein paar Jahre vor Hédinn geboren war, zu adoptieren. War der Grund dafür vielleicht einfach, dass sie keine eigenen Kinder bekommen konnten, und nicht, um Jórunn und Maríus das Leben zu erleichtern?«

»Und Jórunn wollte, dass das Kind von Leuten aus einem anderen Teil des Landes adoptiert wird?«, fragte Délia.

»So ist es. Sie wollte, dass Fremde es adoptieren, damit sie ihm nicht später zufällig begegnete. Damals hatte sie sich gegen ihre Schwester und deren Mann durchgesetzt. Vermutlich haben Gudmundur und Gudfinna weiter versucht, ein eigenes Kind zu bekommen, aber ohne Erfolg. Damals gab es noch keine Behandlung gegen Unfruchtbarkeit, und sie hatten keine andere Wahl«, sagte er und blickte die Ärztin an seiner Seite an.

Kristín nickte zustimmend.

»Vielleicht haben sie einen Arzt aufgesucht, der ihnen gesagt hat, dass das Problem bei Gudfinna liegt, nicht bei Gudmundur. Vielleicht war das der Moment, in dem Gudmundur die Idee hatte, Maríus und Jórunn nach Siglufjörður zu holen. Sie hatten kaum Geld, und Maríus war offensichtlich leicht zu beeinflussen. Vielleicht war ihre finanzielle Situation noch schlechter geworden, und für Gudmundur war das die Gelegenheit, sie nach Siglufjörður zu holen – er finanzierte ihren Umzug und besorgte Maríus einen Job. Wofür sie ihm zu Dank verpflichtet waren. Und dann hat er ihnen ein Angebot gemacht, wie sie sich revanchieren konnten, was sie nach allem, was er für sie getan hatte, nicht ablehnen konnten. Er bat Jórunn, für ihn und Gudfinna ein Kind auszutragen.«

»Das glaube ich nicht«, sagte Hédinn wütend.

»Jórunn und Maríus sollten reichlich entlohnt werden, wie das Geld auf Maríus' Sparbuch belegt – das erst nach Hédinns Geburt einging. Wahrscheinlich hatte man sich im Vorfeld auf die Einzelheiten geeinigt, falls Jórunn ihre Meinung ändern sollte, wenn das Kind da war. Aber niemand durfte die Wahrheit erfahren; niemand durfte sehen, dass in Wirklichkeit Jórunn schwanger war und das Baby mehrere Monate lang stillte. Und da hatte Gudmundur die Idee, an einen verlassenen Fjord zu ziehen, unter dem Vorwand, dort von der Landwirtschaft zu leben. Damals hielten viele Leute das für eine verrückte Idee, aber es war die perfekte Tarnung.«

»Du bist doch nicht ganz bei Trost!«, schrie Hédinn ihn an.

»Und ich wurde deshalb unfreundlich empfangen, als ich mit meiner Kamera dort auftauchte?«, fragte Délia.

»Ich kann mir gut vorstellen, dass das der Grund war«, erwiderte Ari Þór. »Aber sie schafften die Arbeit nicht allein und brauchten Hilfe. Sie holten sich einen Jungen aus Húsavík, der bei ihnen arbeitete, was sich aber als Fehler herausstellte. Vermutlich hat er gesehen, wie Jórunn das Baby stillte, was er als seltsam empfand, da ja Gudfinna die vermeintliche Kindsmutter war. Gudmundur war sicher nicht glücklich darüber, dass er das mitbekommen hat.«

»Aber wer …?«, stammelte Délia, und Ari Þór wusste sofort, wohin die Frage führte. »… Aber wer ist der Vater des Kindes? Wer ist Hédinns Vater?«

Ari Þór wandte sich an Hédinn. »Ich glaube, dass Gudmundur dein Vater ist«, sagte er.

»Und wie soll das funktioniert haben?«, fragte Délia verlegen.

»Ich bezweifele, dass das kompliziert war. Wahrscheinlich hat er seine Schwägerin auf die altmodische Art und Weise geschwängert, was vermutlich Teil der Abmachung war«, sagte er. »Dann warteten sie und sahen, dass es funktioniert hatte. Sie war schwanger und brachte schließlich das Kind zur Welt. Vielleicht hatten sie gehofft, bei der Geburt keine fremde Hilfe zu brauchen. Am Ende holten sie dann aber doch eine Hebamme. Wahrscheinlich wollten sie kein Risiko eingehen.«

»Deshalb haben sie die Hebamme aus Ólafsfjörður kommen lassen«, sagte Délia. »Hier in Siglufjörður kennt jeder jeden, der hiesigen Hebamme hätten sie nichts vormachen können.«

»So ist es«, sagte Ari Þór. »Wahrscheinlich hat Gudmundur Jórunn als Gudfinna vorgestellt und gehofft, damit durchzukommen. Zudem sahen sich die Schwestern sehr ähnlich, jedenfalls auf dem Foto, das dann alles jetzt ins Rollen gebracht hat.«

Er nahm den Computerausdruck aus seinem Notizblock und entfaltete ihn.

»Hier sieht man, dass der wesentliche Unterschied zwischen den beiden Schwestern das Gewicht war. Die eine ist schlanker, und das hier ist Gudfinna – von der man glauben sollte, dass sie gerade ein Kind zur Welt gebracht hatte. Das ist nur ein Detail, aber es hilft, das Puzzle zusammenzusetzen. Übrigens war ich noch einmal bei Björg und hab ihr das Foto gezeigt, aber nach all den Jahren konnte sie nicht mehr sagen, wer von den beiden Frauen das Kind zur Welt gebracht hatte.«

»Was für eine Geschichte«, sagte Délia, offensichtlich von Gefühlen überwältigt. »Dann war das der Grund, warum es keine Fotos von Jórunn gab, als sie starb?«

»Richtig«, erwiderte Ari Þór aufgekratzt. »Sie wollten nicht das Risiko eingehen, dass die Hebamme sie wiedererkennt und merkt, dass nicht die Schwester, sondern sie die Mutter des kleinen Jungen war.«

»Und wer hat dann Jórunn umgebracht?«, fragte Hédinn mit gequälter Stimme.

»Natürlich Gudfinna«, erwiderte Ari Þór.

»Was soll das heißen?«, fuhr er ihn an. »Du hast doch selber gesagt, dass weder mein Vater noch meine Mutter etwas mit ihrem Tod zu tun hatten …« Seine Stimme brach ab, als ihm klar wurde, dass Ari Þór nicht gelogen hatte.

Délia sprach es aus.

»Gudfinna war ja seine Tante, nicht seine Mutter.«

»Das höre ich mir nicht länger an. Ich soll glauben, dass meine Mutter nicht meine Mutter war?«

Ari Þór fragte sich, ob er seine Geschichte hier und jetzt beenden sollte, beschloss aber nach einer kurzen Pause, das letzte Puzzleteil zu präsentieren.

»Hat dein Vater nicht gesagt, deine Tante hätte jemanden umgebracht, Hédinn? Ich habe viel über diese Worte nachgedacht und bin sicher, dass er damit Gudfinna meinte: deine Tante, die deine Mutter umgebracht hat.«

»Das war eine vertrauliche Information, verdammt«, fuhr Hédinn ihn an.

Délia stand auf. »Es ist spät. Das reicht jetzt, finde ich.«

Aber Hédinn war noch nicht fertig. »Und warum hat sie Jórunn ermordet? Erklär mir das!«

»Sicher bin ich mir natürlich nicht, aber es scheint durchaus möglich, dass Gudfinna von alldem emotional überfordert war. Wahrscheinlich trifft das auf beide Schwestern zu. Jórunn hatte für ihre Schwester ein Kind ausgetragen und hatte es nun Tag für Tag vor Augen.«

»Und Gudfinna blieb nichts anderes übrig, als mit der Frau zusammenzuleben, die mit ihrem Mann geschlafen hatte«, fügte Délia hinzu.

»Gut möglich, dass Eifersucht den Ausschlag gegeben hat; oder aber die Angst, dass Jórunn das Kind an sich nehmen könnte, sobald sie Héðinsfjörður verließen. Vielleicht hatte Jórunn ja damit gedroht. Nur eines ist wirklich sicher, nämlich dass beide Frauen unter der Abgeschiedenheit sehr litten. Gudmundurs Verhalten legt nahe, dass er jemanden, der ihm nahestand, schützen wollte – jemanden wie seine Frau, die einen Mord begangen hatte. Er hat für Maríus in Reykjavík eine Wohnung gekauft und so eine räumliche Distanz zwischen ihnen geschaffen – und in gewissem Maße auch sein Schweigen erkauft. Wenn man der Erinnerung von Maríus' Bruder trauen kann, schien Maríus geglaubt zu haben, dass seine Frau Selbstmord begangen hat. Das ist vielleicht auch der Grund, warum er gegenüber der Polizei nichts gesagt hat und die Lüge akzeptierte, sie hätte das Gift aus Versehen genommen. Es war eine schwere Zeit für Jórunn gewesen, und es fiel Gudmundur wahrscheinlich leicht, Maríus von ihrem Selbstmord zu überzeugen. Es kann gut sein, dass Gudmundur und Gudfinna als Einzige die Wahrheit kannten. Aber alle drei, Gudmundur, Gudfinna und Maríus, haben gemeinsam die Polizei belogen und angegeben, Jórunn hätte selbst gesagt, dass sie das Gift aus Versehen genommen hat. Gudmundur und Gudfinna haben es getan, um die Wahrheit zu verheimlichen, und Maríus vielleicht, um das zu vertuschen, was er für die Wahrheit *hielt.*«

»Und Gudmundur hat dafür gesorgt, dass Anton das Land verlässt«, fügte Délia hinzu.

»Der Junge hatte wahrscheinlich gemerkt, dass Gudfinna den Winter über in schlechter Verfassung war und zwischen den Schwestern eine vergiftete Atmosphäre herrschte. Anton hätte das womöglich rumerzählt und das Misstrauen der Leute geweckt«, sagte Ari Þór. »Vielleicht wusste er auch, dass im Polizeibericht eine Lüge stand – nämlich dass das Rattengift in einer Dose aufbewahrt wurde, die genauso aussah wie die Zuckerdose.«

Ari Þór verfiel in Schweigen. Die Küche wirkte viel düsterer als zuvor. Das lag sicher nicht nur daran, dass eine der beiden Kerzen auf der Fensterbank abgebrannt war.

Niemand sagte etwas, und so sprach er weiter, um die Leere zu füllen.

»Das Foto erzählt eine ganz eigene Geschichte«, fuhr er fort und strich die Kopie auf dem Küchentisch glatt. »Weder das Gesicht von Gudmundur noch das von Jórunn oder Gudfinna drückt Freude aus. Außerdem ist nicht zu übersehen, dass die beiden Schwestern so weit wie möglich voneinander entfernt stehen – jeweils an einem Ende der Gruppe. Und keine hält das Baby.«

Kristín stand auf. Sie hatte genug.

Ari Þór erhob sich ebenfalls, doch ganz fertig war er noch nicht.

»Es war ein riskantes Unternehmen, das von Anfang an unter einem schlechten Stern stand, und tatsächlich endete es tragisch. Maríus akzeptierte vermutlich das Apartment, damit er ein Dach über dem Kopf hatte. Aber Gudmundurs Judaslohn rührte er nie an – das Geld, das sie für ihren Teil des Handels bekommen hatten. Der Jórunn das Leben kostete. Das einzig Positive, das bei alldem rausgekommen ist, war Hédinns Geburt«, sagte er und wollte Hédinn ein Lächeln schenken, doch es gelang ihm nicht.

Hédinn starrte ihn an.

Stille trat ein, die Ari Þór schließlich durchbrach. »Ich fürchte, Kristín und ich müssen jetzt gehen. Sie muss zurück nach Akureyri, bevor das Wetter noch schlechter wird«, log er.

Hédinn trat einen Schritt zur Seite, um die Tür frei zu machen und sie durchzulassen.

»Du musst selbst entscheiden, ob du meiner Theorie Glauben schenkst oder nicht. Aber ich bin davon überzeugt, dass es so gewesen ist«, sagte Ari Þór zum Abschied.

Er fühlte sich nicht besonders gut, und er fragte sich nach dem Grund. Warum er nicht stolz und glücklich war, das Rätsel gelöst zu haben. Hätte er lieber alles auf sich beruhen lassen sollen?, fragte er sich, als er hinaus in den Regen trat. Er hatte sein Bestes getan, um Licht ins Dunkel der Vergangenheit zu bringen, aber dadurch vielleicht alles schlimmer gemacht. Jetzt musste Hédinn mit dem Wissen leben, dass die Frau, die ihn großgezogen hatte, wahrscheinlich die Mörderin seiner leiblichen Mutter war, ohne sich dessen jemals sicher sein zu können. Allerdings hatte er jetzt auch die Möglichkeit, Jórunns und Maríus' ersten Sohn, seinen Halbbruder, ausfindig zu machen – vorausgesetzt, er lebte noch.

Ari Þór und Kristín eilten zu ihrem Auto und ließen Hédinn und Délia in Schweigen gehüllt zurück.

## 49. Kapitel

Ísrúns Prophezeiung, dass der Skandal Lára die Stelle kostete, aber keine erkennbaren Auswirkungen auf den Premierminister haben würde, erwies sich als zutreffend.

Marteinn saß weiter fest im Sattel, gewohnt weltmännisch und vertrauenswürdig. Er hatte zu diesem Thema ein einziges Fernsehinterview gegeben – bei einem anderen Sender. Was Ísrún nicht überraschte, denn seit sie den Skandal aufgedeckt hatte, zählte sie sicher kaum noch zu seinen Lieblingsjournalisten.

Marteinn hatte das Interview hervorragend gemeistert, indem er all jene, die das Gerücht in die Welt gesetzt hatten, entschieden verurteilte, ohne Lára übermäßig zu kritisieren. Lächelnd hatte er jede Beteiligung bestritten.

Zwei Wochen waren vergangen. Journalisten und Blogger widmeten sich wieder anderen Themen, ebenso die Bevölkerung. Andere Storys waren in den Blickpunkt gerückt.

Ísrún hatte gehört, dass Lára und Marteinn ein Paar waren, was aber unbestätigt blieb. Offensichtlich gelang es ihnen, das Rampenlicht zu meiden. Lára würde sicher weiterhin an Marteinns Seite sein und keinerlei rechtliche Konsequenzen für ihr Handeln fürchten müssen; niemand würde sie ins Gefängnis stecken, weil sie ein Gerücht in die Welt gesetzt hatte.

Vor einer Woche hatte Ísrún einen Anruf von ihrem Arzt bekommen.

»Hallo, Ísrún«, sagte er freundlich, und sofort hatte sich ihr Magen verknotet. Sie wartete noch immer auf das Ergebnis des MRT.

»Hallo«, erwiderte sie. Ihr Mund war so trocken, dass sie kaum sprechen konnte.

»Ich habe Fotos vorliegen«, sagte der Arzt. »Es sieht alles gut aus.«

Sie schnappte nach Luft. Ihr war, als hätte ihr Herz kurz ausgesetzt. Hatte sie sich wirklich nicht verhört?

»Was?« Mehr brachte sie nicht heraus.

»Es sieht gut aus«, wiederholte der Arzt. »Es hat sich kein neuer Tumor gebildet, Ísrún.«

Sie hatten sich noch ein paar Minuten unterhalten. Ísrún wurde von einer Euphorie erfasst, die sie nicht beschreiben konnte. Ihre Krankheit war zwar unberechenbar, aber das waren erst einmal gute Nachrichten.

In den darauffolgenden Tagen fragte sie sich, ob sie ihren Eltern und Kollegen davon erzählen sollte.

Ihr Vater, Orri, hatte endlich nachgegeben und Anna auf den Färöer Inseln angerufen. Beide hatten Ísrún ihre Interpretation des Gesprächs erzählt, die zwar nicht übereinstimmte, aber wenigstens schien die Kluft zwischen ihnen kleiner zu werden. Ísrún war sicher, dass sie noch vor dem Sommer wieder zusammenziehen würden, und wollte lieber nicht für neue Unruhe sorgen und von ihrer Erkrankung berichten. Zumal sie gerade gute Nachrichten bekommen hatte.

Das Gleiche traf auf ihre Arbeit zu. Was würde sie gewinnen, wenn sie dort von ihrer Erkrankung erzählte? Es war wirklich nichts, worüber sie unbedingt mit anderen sprechen wollte. Sie führte weiterhin einen harten Konkurrenzkampf um die spannendsten Themen, und es konnte nicht mehr lange dauern, bis die Position als Nachrichtenchefin in greifbare Nähe kam.

Aber im Moment trat das alles hinter der Nachricht des Arztes zurück. Sie fühlte sich wie im siebten Himmel.

»Ich bin sehr optimistisch«, hatte er gesagt.

Und dieses Mal hatte sie ihm geglaubt.

* * *

Róbert hatte mehrfach versucht, Sunna telefonisch zu erreichen, aber sie hatte nie zurückgerufen. Und dann hieß es auf einmal: kein Anschluss unter dieser Nummer. Natürlich war ihm klar, dass er sie nicht zurückgewinnen konnte, aber einen Versuch war es wert. Er war kein schlechter Mann, sagte er sich immer wieder. Es waren die Drogen gewesen, die ihn so verrückt gemacht hatten.

Als der Grund für die Kindesentführung bekannt wurde – nämlich dass Emil Róbert für den Mörder seiner Freundin hielt –, halfen die Medien kräftig mit, dass ihn die öffentliche Meinung für schuldig befand. Aus formellen Gründen wurde er noch einmal verhört, doch man konnte ihm einfach nichts nachweisen. Er war frei, jedenfalls formaljuristisch, aber die Bilder der Frau, Bylgja, wie sie nach seiner Attacke blutüberströmt am Boden lag, würden ihn nie wieder loslassen.

Er hatte Island verlassen, sein Studium aufgegeben und auch sonst alle Brücken hinter sich abgebrochen. Seine Eltern taten, als glaubten sie ihm, doch er sah ihnen an, dass auch sie die Wahrheit jetzt kannten.

Er wollte einen Neustart im Ausland versuchen, was leichter gesagt war als getan.

Die Albträume kamen immer wieder.

Nacht für Nacht für Nacht.

# 50. Kapitel

Ari Þór und Kristín saßen in der Küche des alten Hauses in der Eyrargata. Ari Þór nippte an seinem Tee und blickte gedankenverloren aus dem Fenster zu den Bergen hinüber. Er war heute Morgen nicht schwimmen gewesen, sondern joggen, hatte gerade geduscht und fühlte sich frisch an Körper und Geist. Der Hauch Regen in der Luft machte es zum perfekten Laufwetter. Und der Frühling war gleich um die Ecke.

Seit Aufhebung der Quarantäne hatte ihn Kristín regelmäßig in Siglufjörður besucht, und auch er war öfter bei ihr in Akureyri gewesen.

Da er sie jetzt zurückgewonnen hatte, wollte er sie keinesfalls wieder verlieren.

»Ein schöner Tag?«, fragte sie.

»Ein sehr schöner Tag.«

»Vielleicht kann ich mich ja doch an Siglufjörður gewöhnen«, sagte sie und lachte ihr helles Lachen, das er so liebte.

»Hier im Haus ist eine Menge Platz für dich«, erwiderte er.

»Vorsicht, Ari Þór, langsam. Jetzt wo der Tunnel geöffnet ist, kann man auch gut in Akureyri wohnen und in Siglufjörður arbeiten. Vielleicht ziehst du ja zu mir?«

»Vielleicht«, sagte er. »Aber es ist nicht sicher, dass ich den Job kriege.«

»Natürlich kriegst du ihn«, sagte sie lächelnd. »Tómas hat dich vorgeschlagen, und ich habe volles Vertrauen zu dir.«

Sie fühlten sich wohl miteinander. Vielleicht hatte ihnen die vorübergehende Trennung gutgetan, auch wenn sie nicht gerade das Resultat erfreulicher Umstände gewesen war. Doch jetzt hatte Ari Þór das Gefühl, sie könnten glücklich miteinander werden.

Dann klingelte das Telefon.

»Hallo, Ari Þór.«

Es war die Frau aus Blönduós. Sie rief sicher wegen des Vaterschaftstests an. Sein Herz schlug wild, und ihm wurde klar, dass er nicht genau wusste, welches Ergebnis er sich erhoffte.

»Also … ich habe einen Anruf bekommen … wegen dem Testergebnis. Du bist nicht der Vater, und es tut mir wirklich leid, dass ich dich da mit reingezogen habe«, sagte sie kleinlaut.

Ari Þór war so überrascht, dass er nicht wusste, wie er reagieren sollte.

»Kein Problem«, sagte er, ohne zu überlegen.

»Du bist sicher erleichtert«, sagte sie.

»Was? Ja, sicher. Dann ist dein alter Freund der Vater?«

»Ja. Er war immer der wahrscheinlichste Kandidat. Unsere Beziehung ist schon eine ganze Weile ziemlich schwierig … Ich hatte gehofft, dass du es bist.«

Wieder wusste Ari Þór nicht, wie er das verstehen oder was er darauf antworten sollte. Aber eins war sicher, dass er den Anruf so schnell wie möglich beenden wollte.

»Tut mir leid, ich bin auf dem Sprung«, log er. »Viel Glück mit allem. Ihr drei kriegt das sicher hin.«

»Danke. Vielleicht können wir uns ja irgendwann einmal sehen«, sagte sie peinlich berührt.

Ari Þór sagte ja, ohne ernsthaft daran interessiert zu sein, und beendete den Anruf, so schnell es ging.

Kristín stand neben ihm, und er nahm sie in die Arme.

»Dann bist du also nicht der Vater des kleinen Jungen?«, fragte sie erfreut.

»Stimmt, das bin ich nicht. Und das ist gut so, es macht das Leben ein bisschen einfacher«, sagte er, merkte aber selbst, wie wenig überzeugend das klang. Weil auch ein bisschen Bedauern mitschwang.

»Das stimmt«, sagte sie zärtlich. Doch es war klar, dass auch sie ihm das nicht ganz abnahm und wenig gewillt war, ihn mit der Äußerung, froh über das Resultat zu sein, davonkommen zu lassen.

Sie fragte nicht, ob er sich darauf gefreut hatte, den Jungen kennenzulernen, um ihm den Lauf der Welt zu erklären – und dafür zu sorgen, dass er nicht, wie Ari Þór selbst, ohne Vater aufwachsen musste.

Die Frage hing aber in der Luft. Sie musste weder gestellt noch beantwortet werden. Stattdessen schlug Kristín das vor, worauf er schon so lange wartete.

»Dann fangen wir jetzt mal gleich damit an, aus dir einen Vater zu machen.«

# DANK

*Blindes Eis* ist dem Andenken meiner Großeltern Þ. Ragnar Jónasson und Guðrún Reykdal gewidmet. Beide sind inzwischen verstorben, doch sie haben viele Jahrzehnte in Siglufjörður in einem Haus gewohnt, das für Ari Thórs Haus Pate stand. Mein Großvater war Stadtkämmerer in Siglufjörður, doch er hat immer auch geschrieben und im Ruhestand fünf Bücher über die Geschichte Siglufjörðurs veröffentlicht. Meine Großmutter hat Stadtfolklore gesammelt und veröffentlicht. Seit meiner Kindheit haben sie mich zum Schreiben ermutigt, wie auch meine Eltern, Jónas Ragnarsson und Katrín Guðjónsdóttir.

Die Reise von der Veröffentlichung meiner Bücher in Island bis zur Publikation in Großbritannien hat fünf Jahre gedauert, und ich möchte den Menschen danken, die mir auf dem Weg dorthin eine große Hilfe waren. Barry Forshaw hat, lange bevor meine Bücher in Großbritannien erschienen sind, in seinen Nordic-Noir-Berichten über mich geschrieben und mich seither immer unterstützt. Yrsa Sigurðardóttir hat mich im Ausland mit vielen wundervollen Menschen aus dem Bereich der Kriminalliteratur zusammengebracht; zudem hat sie mich in einer Zeit, als ich noch gar keinen britischen Verlag hatte, ermuntert, an Krimi-Festivals in Großbritannien teilzunehmen.

Quentin Bates, der alle meine Bücher übersetzt und ihre Verbreitung vom ersten Tag an befördert hat, ist in dem ganzen Prozess von unschätzbarem Wert. Ann Cleeves und William Ryan habe ich die Zusammenarbeit mit David Headley, meinem Agenten in Großbritannien, zu verdanken; sie konnten ihn davon überzeugen, mir einen Vertrauensvorschuss zu geben, was dazu geführt hat, dass Karen Sullivan sich der Buchreihe annahm. Auch sie hat meinen Büchern großes Vertrauen entgegengebracht, wofür ich ihr immer dankbar sein werde.

Natürlich danke ich auch meinen hervorragenden isländischen Verlegern, Pétur Már Ólafsson und Bjarni Þorsteinsson, und meiner wunderbaren Agentin für internationale Rechte, Monica Gram von der *Copenhagen Literary Agency*.

Nicht zuletzt gebührt meiner Familie – María, Kira und Natalía – mein allergrößter Dank.

# ANMERKUNG DES AUTORS

Diese Geschichte ist frei erfunden, keine der hier beschriebenen Personen existiert in der Wirklichkeit. Der Héðinsfjörður, ein Fjord im Norden Islands, ist seit 1951 unbesiedelt. Die Geschichte der Menschen, die auf der Westseite des Héðinsfjörðurs wohnen, ist mithin reine Fiktion, auch ist mir nicht bekannt, dass es in dieser spezifischen Gegend jemals eine Ansiedlung gab. Ich möchte darauf hinweisen, dass die Geschichte im dritten Kapitel – die Reise einer Frau von Hvanndalir nach Héðinsfjörður – auf einem Bericht von Thórhalla Hjálmarsdottir basiert, in dem sie die Reise von Gudrún Thórarinsdóttir im Jahr 1859 beschreibt und den mein Großvater, Þ. Ragnar Jónasson, 1986 aufgezeichnet hat. Der Bericht ist in seinem Buch *Folk Tales from Siglufjörður* enthalten, erschienen 1996 bei Vaka-Helgafell. Das Zitat auf Seite 7 stammt aus seinem Buch *Siglufjörður Stories* (Seiten 91–92), das im darauffolgenden Jahr veröffentlicht wurde.

Besonderen Dank für die fachkundige Hilfe und die Überprüfung des Manuskripts schulde ich Dr. Haraldur Briem, Spezialist für Infektionskrankheiten beim Surgeon General's Office in Island, Kriminalinspektor Eiríkur Rafn Rafnsson, Staatsanwältin Hulda María Stefánsdóttir und Dr. Jón Gunnlaugur Jónasson. Die Verantwortung für dieses Buch sowie für alle Fehler liegt jedoch ausschließlich beim Autor.

Lesen Sie auch den vierten Band der
Dark-Iceland-Serie von SPIEGEL-Bestseller-Autor
Ragnar Jónasson!

**Totenklippe**
**Thriller**

Ab sofort erhältlich